媳婦好粥到

4

文創風

1023

踏枝 著

目錄

第三十一章

魯國公府這邊，望天樓結束了一天的營業後，馮濤帶著疲色回了府裡。

秦氏早就在等著他了，看他累得話都說不出，可是心疼壞了，又是讓人給他上熱茶，又是讓人給他捏肩、捶腿。

歇過一陣，不等秦氏發問，馮濤就開口說起了今天開業的狀況。

秦氏給了他三萬兩，買酒樓花去了二萬兩，還剩下萬兩左右，秦氏讓他放開手腳花銷，他便使著勁地折騰，重金聘請了幾位大廚，而且不惜以本傷人，各種菜品的定價都比食為天便宜一成，加上那熱熱鬧鬧的鑼鼓隊和舞獅隊伍，本以為能夠一舉把食為天的生意都搶過來的，沒承想他們家弄出了個什麼扯麵表演，根本沒怎麼受到影響。

秦氏安撫他道：「沒事，那什麼扯麵表演也就是圖個新鮮罷了，過幾天就沒噱頭了。那食為天新開放的什麼輕食吧，是怎麼回事？」

說到這個，馮濤面色一鬆。「兒子讓人打探過了，三樓輕食吧載歌載舞的，一直有歌聲和樂器聲傳出，卻不對男客開放。」

秦氏嗤笑出聲。「那武家莽夫的髮妻莫不是個傻子吧？自古都知道歌舞是給男子瞧的，她卻放著男人的生意不做，只招待女子？」食色性也，食為天要真是能用歌舞表演，那自然會吸引很多男人，可從沒聽說過用這些來招待女客的，想也知道行不通！同樣是女人，有什麼好瞧的？「我兒放寬心，既知道對方不頂用，只要咱們不自亂陣腳，相信不用多久就能把他家比下去！」

時間有些晚，武青意也和其他女客的夫君一樣，來接顧茵回家了。不過他還是怕嚇到旁人，所以只把馬車停在街口，自己坐在那兒等著。

顧茵和一眾伎人有說有笑的，最後才從酒樓出來。

一見到他，袁曉媛她們立刻止了笑，站住腳步，紛紛福身朝他行禮。

武青意點點頭，跳下馬車。「妳們先回。」

袁曉媛等人看了看他，又看看顧茵，連忙道：「不不，將軍和夫人坐馬車，我們走著回去就行，左右也不遠。」

最後還是顧茵拍板道：「妳們坐馬車回去吧，我剛喝了一點酒，正好走路散散。妳們會趕車不？」

袁曉媛說她會，武青意就把馬鞭遞給了她。

袁曉媛讓其他人進了馬車，她拿了馬鞭坐到車轅上，對顧茵擠了擠眼睛。「天暗路滑，將軍仔細牽好夫人，夫人吃多了果釀，走路可不穩當。」

顧茵笑罵她。「趕妳的車吧！天暗路滑，把車趕翻了，明兒個妳們可要鼻青臉腫地上臺！」

袁曉媛應一聲，很快笑著駕車離開。

等到她們都走了，武青意換過拿燈籠的手，對她伸出手來。

顧茵笑起來。「怎麼還真聽她渾說，我其實沒喝多少。」說是這麼說，她還是把手放進他的手掌裡。

兩隻手相握，武青意握著她發涼的指尖緊了緊。「可是覺得冷？」

「不冷，」顧茵用另一隻手指了指身上的織錦鑲毛斗篷，道：「這是娘從庫房裡翻出來給我的，擋風得很。倒是你，不冷嗎？」武青意穿著一身靚藍色錦緞勁裝，只在袖口和脖領的地方鑲著一圈玄色皮毛，顧茵都替他冷得慌。

他輕笑，又用溫熱的手掌攥緊她的手。「不冷。」

說著話，兩人就往英國公府的方向走去。

武青意走在她身前半步，給她擋風。

走了大概半刻鐘，顧茵身上發了汗，臉上紅撲撲的，手卻還是發涼。

走到快見到自家門口了，顧茵看見等在門口的王氏，都在對著王氏招手了，冷不防卻聽他輕聲詢問——

「妳覺得明年七夕，這個日子怎麼樣？」

沒頭沒腦的，顧茵又酒勁上頭，有些懵懵地道：「七夕？好日子啊！推出情侶套餐，肯定能賣很好！怎麼忽然問這個？」

武青意沒回答，王氏快步過來了。

王氏手裡拿著件更厚實的大氅，兜頭就把顧茵給罩住了。「這天眼看著就要下雪，你怎麼還帶她在外頭走？」王氏邊說邊埋怨武青意。「你不知道你媳婦冬日裡手腳都要生凍瘡嗎？即便是走，你不知道把人揹起來？」

武青意被說得沒吭聲，他是真不知道。

「沒事的，娘。」顧茵依偎著王氏。「我今年冬天一點都沒生呢！看來是要大好了，往後再不會生了。」

王氏趕緊推著她進府。「熱水和薑茶都給妳備上了，先喝一碗再沐浴。」到底是自家親兒子，王氏還是轉頭對武青意道：「你也來，穿這麼少，一起喝一碗再去睡。」

到了後院，主院的燈已經熄了，武重和兩個孩子都睡下了。

熱辣辣的薑湯端到手裡，顧茵呼著熱氣，小口小口喝著，身上的熱汗也發了出來。

王氏檢查過她的手之後，又讓人先端上一盆熱水來，然後幫顧茵脫靴。

「謝謝娘……」顧茵剛還沒覺得怎麼樣，這會兒酒勁上頭了，渾身綿軟得使不出一點力氣。

王氏把她的鞋子脫下，先將她的腳掌托到手上檢查過，才把她的腳泡到熱水裡。

武青意坐在旁邊喝著薑湯，餘光見到如白玉般的小巧腳掌，立刻耳根發燙，忙挪開了眼，側過身子端坐。

王氏見了就笑罵他。「自己媳婦，你這死孩子害臊啥！」

武青意嗆了一下，咳嗽起來。

顧茵泡著腳，舒服地直嘆氣，她暈暈乎乎的，好像一下子回到了剛在碼頭擺攤的那個冬天，不禁靠在椅子上嘟囔道：「明兒個雪就該停了，我得出去找份短工做，不然開年武安的束脩肯定要不夠了……」

這話聽得王氏既好笑、又心酸，壓低聲音哄道：「傻大丫，咱家早就不擺攤啦！」

顧茵揉著眼睛，甕聲甕氣地說：「是喔，咱家開店了，咱家有店了……唔，過年賣麻辣燙，賺好多銀錢……」說著說著，她就迷瞪著睡過去了。

「這是真吃多了酒，還當在寒山鎮上呢！」王氏把她泡熱的腳拿出擦淨，然後端起熱水一邊往外走，一邊朝著武青意嘟囔道：「還傻愣著幹啥？把你媳婦抱上床去啊！」

武青意放了碗，沒怎麼費力就把顧茵打橫抱起。

顧茵醒了一下，見到是他，沒有掙扎，而是伸手圈上他的脖頸，還乖乖把頭靠在他的肩上。兩人的臉離得極近，呼吸都纏繞在一起。

繞過屏風，進到內室，幾步路的工夫他走得極穩當，也極慢。

到了床榻前，武青意俯低身子，把她輕輕放下。

顧茵躺到床上，手從他脖頸上鬆開的時候，卻伸到他的臉上，惡作劇似地把他的面具給揭了下來。她睜開眼，格格笑起來。

武青意沒見過她這孩子氣的一面，也跟著彎了彎唇，低聲道：「別鬧，快睡了。」說著他伸手要去拿自己的面具。

顧茵卻比他快一步，把面具往自己腰下一藏。「不給。」

武青意又笑。「不給我就不給我，但怎麼塞在自己身子底下睡，不硌得慌嗎？」

顧茵蹙了蹙眉。「好吧，是有一點硌的。」她又把面具拿了出來，卻還是不肯還他，埋怨道：「怎麼老戴這個面具啊？一點都不好看。」

「妳不喜歡我戴？」

「不喜歡。」她又撐著坐起身，雙手捧起他的臉，奇怪道：「你的臉也不難看啊，為什麼要把臉藏起來？」她的雙眸霧濛濛的，並未聚焦。

武青意不自然地垂下眼睛，摸著自己臉上顯眼的紅疤，詢問她。「這個不難看嗎？」

顧茵努力地睜眼又瞇眼，總算是看清了他的手指，也看到了那道拇指長的疤。「不難看。」說完她又問：「你不會是覺得這個難看，所以才一直戴著吧？」

武青意沒應，過半晌才道：「好，妳不喜歡，我就不戴了。」

「不行，」顧茵認真道：「我得把你這疤痕弄好看了才成！」

武青意體質如此，連老醫仙都沒辦法把他的疤痕去掉。他心道她是醉糊塗了，卻看她搖搖晃晃地站起身，走到妝奩旁邊，對他招手。他生怕她摔著自己，連忙亦步亦趨地跟過去。

顧茵將他按在梳妝檯前的圓凳上坐下，又從小抽屜裡頭找出一支極細的軟筆。軟筆蘸取口脂，顏色正好和他臉上的疤痕相近。「別動。」顧茵的指尖撫上他的臉頰，另一隻手執著筆在他臉上描繪起來。

她目不轉睛地盯著下筆的部位，呼出的熱氣噴到了他的側臉，加上那軟軟的筆尖在自己的臉上游走，武青意驀地心猿意馬，捏緊了拳頭才逼得自己沒有亂動。

「好了！」半晌後，顧茵停了筆。「你看看。」

武青意抬眼看向圓鏡，才發現自己那道疤痕在她手下被繪製成了一副花圖——疤痕為赤色的樹幹，她另外描繪了幾朵小花點綴。若不是在他臉上，倒也算是一種貼花裝飾。

「真好看！」顧茵滿意地看了看，還不忘掰止他的臉，直視著他的眼睛，叮囑他。「不許擦掉喔！」

武青意低不可聞地「嗯」了一聲。

得到了想要的答覆，顧茵又軟綿綿地爬回床榻上。

武青意在床榻前站了良久，之後才輕聲道：「我覺得七夕還是久了一些，妳說呢？」

回答他的，自然只有顧茵均勻的呼吸聲。

王氏倒完水後就回來了，只是沒進內室。

兒子跟兒媳難得能單獨相處，她還是很有眼力的。只是看到兒子進去快一刻鐘了，王氏又有些擔心。雖說是夫妻，但之前也沒圓房，可不好趁著人家大丫醉著的時候趁人之危！

大兒子的為人，王氏自然是相信的，所以她雖然是擔心，卻也沒上趕著衝進去，只在外頭咳嗽了兩下。

剛咳到第二聲，武青意捂著臉就出來了。

「在裡頭幹啥呀，待這麼久？」

「沒做什麼。」武青意垂著頭快步走過。「天色不早了，娘早些安歇。」然後就逃也似的去了前院。

王氏後腳進了內室，見顧茵穿戴整齊地躺在床上，被子也蓋好了，臉上還帶著饜足的笑容，再回想起方才大兒子那害羞小媳婦似的作派，總覺得好像哪裡不對勁。這兩人怎麼好像調換了角色？

武青意快步出了後院，冷風一吹，他臉上的熱才降了下去。

前院書房裡，他的小廝已經等到睡著了。

武青意沒喊他，自顧自地去了淨房洗漱。

等他帶著一身水氣進了屋內，坐在矮凳上的小廝才揉著眼睛醒了過來。「我給將軍打水洗臉。」小廝說著就要去點燈。

「不用！」武青意立刻喝聲阻止，而後又解釋道：「我洗漱過了。」

「將軍老愛用冷水洗漱，熱水擦把臉才舒坦呢！」自覺偷懶被抓到的小廝趕緊想表現。

「不用。」武青意把人按住。「真不用，我最近都不用。」

小廝便沒再多言，只在心裡奇怪地道：不用就不用嘛，怎麼最近還都不用？將軍您臉上鑲金子啦？還不能洗臉了？

顧茵第二天睡到天光大亮才醒了，醒來後太陽穴隱隱作痛。

她揉著穴位起身，卻發現另一隻手裡還拿著張面具。武青意的銀製面具。她仔細回想著，記憶卻只到回家後王氏幫她脫鞋泡腳那段。

她這邊廂一起身，王氏就進來了。

王氏笑道：「咱家平時最勤快的人，今日可成了大懶蟲了！早上武安和小野都來瞧過妳了，妳半點兒沒帶醒的，這是喝了多少？」

顧茵不好意思地笑了笑。「昨兒個確實沒喝多，但是每樣都嚐了一點，可能是混著喝，所以後頭就醉了。」說著話，顧茵又把面具交給王氏。「青意的面具落在我這兒了，娘幫我交給他。」

王氏說交啥啊。「今兒個是上朝的日子，他天沒亮就從家裡出門。等他晚上回來，妳自己給他就是。」說著王氏又讓人端來解酒湯，讓她先喝過再去沐浴洗漱。

等顧茵沐浴完，上午的時間都過去一半了。

王氏說她已經幫顧茵去知會過周掌櫃了。

顧茵想著文二太太她們喝得比自己更多，上午應該不會過去，乾脆給自己放了半天假。

後頭王氏讓人重新準備一頓朝食出來，顧茵就膩歪在王氏身邊。

王氏好久沒被她這麼賴著了，看她時不時捏眉心，就讓丫鬟站到身後給她揉按，自己則幫著顧茵挾點心、舀粥。

武重在一旁看了，又吃味、又好笑地道：「大丫都這麼大的人了，老婆子妳這是恨不能餵她吃飯呢！」兒媳婦不過是吃了點酒，有些宿醉，他可是半邊身子不索利的人呢，也沒享受過這種待遇！

王氏說：「我樂意，你管得著嗎？」

顧茵也點頭。「我也樂意讓娘餵。」然後她指了指桌上的點心，張了張嘴。

王氏還真把點心餵進她嘴裡，餵完她，又換了雙筷子，挾起點心送到武重嘴邊，說：「來啊，不是想讓我餵？」

「我啥時候這麼說了……」武重老臉一紅，但還是就著王氏的手，吃完了一個點心。

用完朝食，顧茵詢問起家裡的近況。過去一段時間，她都在忙三樓開業的事情，確實沒怎麼管家裡的大小事務，所以也難怪會有人猜測她們婆媳失合。

「家裡有我呢，沒啥事的。最近年貨也都置辦上了，給你們裁的過年的新衣也都快好了。」王氏說著說著，卻皺起了眉。

顧茵一看她這樣就知道有事。「娘別瞞我，我那邊都忙完了，有事咱們商量著來。」

王氏就道：「前兒個不是出了個瞎眼婆子嘛，以為咱倆鬧矛盾了，拉扯出一長串人，一口氣都讓我趕出去了。但是去了他們，咱家現在的下人還有七、八十個呢！最近我就在忙這個，問出一些自己想出去和家人團聚的，又送走了十來人，這不還剩下六、七十人。」

一家子總共就這麼些人，大部分還都有自己的事要忙，不是鎮日閒散在府裡的，而且武重和武青意還另外有一批自己的心腹，真用不上那麼多原王府的下人。

尤其從前王府的女眷多，所以府裡的丫鬟最多，六、七十人裡頭光是丫鬟就有三、四十人。武重和武青意不用丫鬟服侍，所以這些人只能服侍顧茵和王氏。這要是平均攤下來，她們婆媳倆得一人用上二十個丫鬟！

「唉，也都是可憐人。」王氏心軟道：「我都問過了，這些丫頭各有各的苦，都是叫家人發賣，原先王府的主子從人牙子那裡買來的。她們只會做服侍人的活計，又沒別的長項，還個個都嬌滴滴的，這要是放出去，指不定會遇到什麼事呢。」

這事確實難辦。

她們正說到這裡呢，外頭就出現了好多腳步聲。

王氏讓人詢問怎麼回事，才知道是丫鬟們聽說顧茵身子不舒服，需要人服侍，就都自告奮勇來了。

「正好，妳見見她們。」王氏道。「見了人，才好給她們想出路。」

顧茵點了頭，王氏就讓人都進來了。

因為快要過年了，丫鬟們已經穿上王氏讓人置辦的新衣。大家按著從前在王府的品級，穿著銀紅色和水藍色的棉褙子。別說，個個都是眉清目秀的好樣貌，有幾個大丫鬟更是雪膚花貌，不輸袁曉媛她們那樣宮中出來的伎人。

顧茵先點了幾個大丫鬟上前，詢問她們有沒有什麼技藝？

她們原先也是半個主子似的養大，因此琴棋書畫都有所涉獵，一一給顧茵表演過。

顧茵想了想就道：「這樣挺好的，我們三樓還缺幾個人，妳們雖然才藝上比不上宮中伎人，但和普通人相比也算是超群了，就也隨我去那裡上工吧，往後不算是奴婢了，賣身契也還給妳們。工錢先算三兩，後頭也給妳們弄績效考核。」

幾個大丫鬟高興壞了，福身道謝。她們何嘗想一輩子為奴為婢呢？先前聽說王氏肯放人出府，還會給一筆安家的銀錢，她們也是心動的，只是她們除了點超過常人的才藝，再沒有其他謀生技能了，外頭無依無靠的，就怕出去後，這樣貌和才藝會成了招致禍患的源頭。

後頭又出來兩個大丫鬟，這兩人的樣貌差一些，看著有些木訥，但也有其他的本事。她們過去是負責給主子看私庫、管小帳的，關於女子的吃穿用度一清二楚。

顧茵就點了她們作為三樓的帳房。現在食為天的帳目是周掌櫃在負責，但他一個人應付一、二樓的帳還行，如今再加了個三樓，自然是有些吃力。而且三樓主賣的也不是吃食，而是那個氣氛，所以添置了許多女子的東西，這些周掌櫃心底自然是沒數兒的。

當然，顧茵和這兩人相交不深，不可能像信任周掌櫃那樣的相信兩人，所以先讓她們互相監督，她自己也會經常查帳的。

安排好這些有一技之長的，剩下的當然就是沒什麼技藝的了。

顧茵看著她們，有些犯難。

也不知道誰先起的頭，剩下的丫鬟呼啦啦地跪了下來。

「奴婢知道穴位，很會按摩！」

「奴婢會調髮油，能把夫人的頭髮養得極好！」

「奴婢會捏腳！」

「奴婢會……會倒恭桶！」

丫鬟們搜腸刮肚地想著自己的長項，但過去這些年，她們做的就是服侍人的差事，實在是沒有特別出彩的。

顧茵讓她們都起來，說：「妳們說的我都知道了，且讓我想想。」

送走了她們，下午晌顧茵就帶著幾個大丫鬟，去了自家酒樓。

袁曉媛等人已經表演起來，文二太太她們都先後到了。

和顧茵一樣，眾人臉上都帶著宿醉後的疲憊。

一照面，大家都笑起來。

文二太太搖頭道：「早知道昨晚在妳這兒歇一晚了！我走的時候還沒覺得如何，後頭讓馬車一顛，差點在馬車上吐了出來。」

「我也是，還差點著了風寒呢！」

「我看顧娘子後院是有好些廂房的，可能住人？也不用弄得太好，有張床就行。」旁邊的好友就笑話這婦人道：「妳睡覺不得讓丫鬟服侍著？留宿在外頭妳自個兒睡得著？」

婦人笑著拍她。「那把我家丫鬟帶出來不行嗎？」

眾人正閒話打趣著，顧茵卻想到了個主意，接口道：「廂房是修葺過的，不過暫時還不開放，夫人們容我幾日，到時候必然給大家一個落腳的地方。」

後頭顧茵把帶來的幾個大丫鬟介紹給大家認識。

聽說她們都會下棋，有幾個婦人手癢，當場就和她們手談。

顧茵讓人給婦人們每人送上一碗醒酒湯，而後又去聯繫前不久才用過的工人了。

當天下午，食為天寬敞的後院中間開始修牆。原先四處相通的幾排屋子給隔成了兩個院子，一個自然是給員工休息的地方；另一半修葺過沒有住過人的，就成了之後待客的地方。

顧茵親自佈置過，又另外找人訂做了一些東西。

不到十日，顧茵就全鼓搗好了。

這十日裡頭，三樓輕食吧沒讓她費心宣傳，就已經有了越來越多的女客。難得能找到這樣一個適合女子聚會消遣的地方，不論是佈置、吃食還是其他，都格外合人心意，這不得給自己的手帕交都介紹介紹？

所以雖然開業那日只來了文二太太在內的二、三十人，在她們的自發宣傳下，幾日的工夫，二、三十人就輻射出去了上百人，三樓的上座率很快就達到了七、八成。

客房一弄好，這天顧茵就邀請大家去嘗試一番。

文二太太等人自然應了。

眾人從樓上下來，也不用出酒樓，樓梯後頭就有扇小門，小門旁邊還守著丫鬟，若是遇到男客，會把人擋住。

這門是新開的，走過半刻鐘，直通新開放的後院。

三樓的輕食吧已經算是安靜了，但到底一、二樓男客多，呼朋喚友的好不熱鬧，在樓上總能聽到一些，這後院卻是絕對的清幽。

進了院子，幾個屋子門口前都放了不同的招牌，招牌上有沐髮、足浴、全身按摩等題字，旁邊還有一些是可以直接住人的，寫著「客房」的房間。

每間廂房都不大，正好可以容納兩、三人，顧茵就向大家介紹，讓大家可以選擇和最親密的友人一道，也可以自己單獨要一間房，畢竟不論是拆頭髮、露腳或者是趴下按摩，在這個時代還是很私密的事情。

這些人既然能當輕食吧的第一批客戶，自然都是比一般女子放得開的性格，所以很快就三三兩兩地按照自己能接受的項目進了屋。

文二太太笑著拉上顧茵。「咱倆一間。」

顧茵和文二太太進的這間是沐髮的。

文二太太第一次見到這種讓人躺著的皮椅，進入後先稀罕了一陣，然後才躺下。兩人並排躺著，丫鬟就輕手輕腳地過來給兩人拆頭髮。

頭髮拆好後，丫鬟再把她們的髮尾放進木桶，用木勺舀出溫水，輕柔地給她們洗髮，邊洗還邊輕柔地按壓她們頭上的穴位。

丫鬟都是原王府的丫鬟，能在主子跟前服侍的，要麼是天賦異稟，要麼是不知道挨了多少板子練出來的，她們的服侍對普通小官或者富商人家的女眷來說，自然是從未享受過的舒服。

文二太太一直在誇丫鬟手藝好，沒誇多會兒，就一邊聽著水流聲，一邊沈沈睡去。

等到一通洗完，梳頭的丫鬟進來幫著梳髮髻，還調了格外好聞的頭油，把每根髮絲都打理得油光水滑。

見文二太太還沒醒，顧茵先放輕手腳出去了，等了半晌，卻幾乎沒見人出來，便喚來丫鬟一詢問，原來大家的情況都和文二太太差不離。

文二太太等人休息了一、兩刻鐘後才先後醒過來，醒來後她們也不急著離開，還要去享受別間的。等從頭到腳的按摩都享受完後，天色也不早了，那就乾脆還上三樓吃夕食、喝果釀、看看表演、打打牌……

等到宵禁時分，她們也不想走，還下樓去再來一遍！

反正有廂房，且能住呢！

文二老爺最近已經習慣自家夫人每天在外頭玩到天黑時分才回來，這天更好，直接讓下人回來傳話，說在食為天住下了！

這樣的人當然不只文二太太一例，以至於武青意在年前最後一次上朝的時候，有好幾個官員看著他的眼神都怪怪的。

年前食為天三樓的女客越來越多了，眾人還給這裡起了個文雅的名字，叫輕食雅舍，也更貼合這個時代。

後頭連文大太太都讓二太太給請來了。

文大太太是書香門第出身，和商戶出身的文二太太背景、性格都不相同，妯娌倆的感情一般，因知道這裡是顧茵弄出來的，大太太才過來捧場。因為多年來受到的閨秀教養，文大太太一開始並不能接受樓下後院的按摩、沐髮，只是在三樓喝喝花茶、看看歌舞。

但氛圍感這種東西，人一旦沈浸進去就很容易被影響。加上樓下後院的每個廂房都確保了私密性，出於對顧茵的信任，文大太太很快地也經常出入客房按摩部了。

後來她也介紹了其他手帕交來，都是一些文官的夫人，喜歡風雅的。聚在一起後，她們不喜歡打牌、玩桌遊，倒喜歡一道吟詩、作畫、下棋。

好在輕食雅舍本就兼容各種人，自然也有喜歡這些的。

通俗點說，就是在這裡做什麼，其他女子都不會以異類的眼光看妳。

眼看著三樓的經營也上了正軌，顧茵便把大孫氏從樓下調到三樓當負責人，還再三叮囑她，一定要確保女客們不被打擾，尤其是樓下的廂房部。

大孫氏保證道：「東家放心，咱家男人都是戰場上下來的，身上要沒幾分本事，咱孤兒寡母的也支撐不到現在。必不讓咱們的女客讓人打擾，若辦得不好，我提頭來見。」

顧茵忍不住笑道：「倒也沒必要說得這麼嚴重，妳們警醒些就好。」

現在有好些官員女眷出入，只要是正常人，不會想著去冒犯她們的。一、二樓的客人也有周掌櫃和其他夥計看著，只要眾人各司其職，是肯定不會發生那種事的。顧茵也是例行公事地叮囑一下罷了，沒想到大孫氏這般認真。不過員工認真負責是好事，所以顧茵也還是褒獎了她一番，後頭又提拔了樓下的衛三娘，當一、二樓的領班。

不著家地忙了兩個月，顧茵總算是閒散下來，每日只要去食為天待上半天就好。

臘月二十九，這天是年前最後一日上朝的日子，下次正元帝再臨朝就是七日後，下一年了。

顧茵和武青意上次好好說話還是輕食雅舍開放的那日，後頭顧茵忙著按摩部的事，武青意則負責船行招人的收尾工作，兩人回家的時間一個比一個晚，就算晚上碰了頭，也說不上幾句話就到了該就寢的時辰。沒想到這天她前腳回，後腳武青意也回來了。

他如今已經不戴那銀製面具了，而是放下了一縷劉海在臉側，正好蓋住他那道疤痕。說起這個也有些好笑，顧茵醉酒那夜在他臉上描了梅花，雖然大男人頂著朵花在臉上實在臊人，但武青意既答應她不擦，也就準備好第二天讓人看笑話了，卻沒想到過了一夜，口脂描繪的小花顏色就黯淡了許多，加上他當日入睡後心緒難定，翻來覆去，那口脂絕大部分印在了枕頭上。第二天起身的時候發現，若不是像前一夜顧茵那樣貼著臉細看，其實根本看不出來有什麼了。那天晚上顧茵去把面具送還他，武青意還想要同她解釋呢，卻發現顧茵已經完全忘了那夜的事，隻字未提，白讓他糾結了一整日，弄得他無奈發笑。

這天下值後，兩人總算是能坐在一處好好說話了。

武青意難免提起今日上朝時，好些文官看他的眼神都不大對勁。

別看都是同朝為官，自古文武官員涇渭分明，平時最多就是點頭之交，因此今兒個被這麼些平時都沒說過話的人好一頓瞧，武青意一開始還丈二金剛摸不著頭腦，心裡甚至起了一絲疑惑——難道最近自己有言行不端的地方，要被彈劾了？

後頭散朝的時候，他因為心裡想著事，走得就慢了一些，正好落在那幾個文官後頭，而後就聽到了他們的寒暄——

「小李大人，今日你家可還好？」

小李大人搖頭道：「張大人別提了。你家如何？」

張大人跟著嘆氣。「我從前還嫌我家夫人不許我出去應酬喝酒，如今沒了她那嘮叨，實在是不習慣。日日回家都冷鍋冷灶的，這日子可真不好過啊！」

「張大人和小李大人，你們就沒想過重振夫綱？」同行的文官詢問道。

兩位大人你看我、我看你，都沒吱聲。他們自然是不樂意自家夫人出去玩得樂不思蜀的，但一來，那場所也不是什麼不好的地方，就是尋常女子的聚會罷了；再者，那樣的交際場所也能得到不少消息。新朝新氣象，各家都是惴惴不安的時候，能在這個時候多知道些消息、多結交些朋友，自然也不算壞事，所以他們都沒攔著……當然，想攔也攔不住。前朝到如今，民風一直是開放的，加上他們的夫人娘家門楣都不低，都是有自己的底氣的。

於是那小李大人又道：「算了算了，那輕食雅舍也算是風雅之地，我家夫人只是和手帕交聚在一處說說話、下下棋罷了，又不是去做什麼壞事。」

張大人也道：「就是！我夫人操持庶務瑣事多年，身上擔子也不輕，是該放鬆放鬆。」

武青意聽了一耳朵，才算是明白了自己今日這待遇還得「歸功」於顧茵。

「妳呀，」說完來龍去脈後，他笑著看她。「不知道給大家灌了什麼迷魂湯！」不只是給那些女眷灌了，給他也灌了。許多天不見，他心裡一直記掛著她。

顧茵聽完忍不住笑道：「真和我沒關係，前頭文二太太她們雖然是我邀請的，後頭卻都是她們自己私下邀了更多的人來。至於為什麼大家都那麼喜歡那裡，大概是因為時下沒有這種場所吧？獨一份的東西，吸引力自然是會大一些。而且年前瑣事多，夫人們難得能找到適合休息的場所，自是得了空就過來。」

她解釋了一大通，武青意卻只是帶著笑看她。

顧茵被看得臉上都發燙了，嗔道：「我和你說話呢！你聽了嗎？」

武青意皺眉，奇怪道：「聽到什麼？可能是迷魂湯喝多了，最近五感失調了。」

顧茵紅著臉啐他一口，躲開他去尋王氏了。

除夕當天一大早，顧茵就被顧野和武安放鞭炮的聲音吵醒了。

兩個小傢伙從前就很喜歡放掛鞭，但是那會兒家境一般，掛鞭這東西也就是在逢年過節的時候才會放上一、兩串。這次是自家改換門庭的第一個年，武青意也縱著他們，前一天就讓人買了好多的爆竹和鞭炮回來。

顧茵聽到動靜的時候，他們已經放了好一會兒了，出去一瞧，院子裡都霧濛濛的，這還不算，兩個小傢伙腳邊還有一大堆呢！她咋舌道：「怎麼買了這樣多？不怕把咱家炸了？」

買鞭炮沒數的武青意上前一步，站到了顧茵身邊，和她同一陣線，跟著蹙眉道：「就是！怎麼買這樣多？」

都知道這些全是他買的，畢竟一般人也買不到這樣多啊！顧茵笑著捶他。

兩個孩子也笑起來，一人抱住他一條腿，說一起挨罵，不許躲！

武安笑著吟了句他剛學的詩。「爆竹聲中一歲除，春風送暖入屠蘇。」

顧野怕他娘接著唸叨，想著轉移他娘的注意力，因此故意誇張地拍手道：「好呀！武安唸得好！」

顧茵好笑地拍了一下他的背，問他。「你知道他唸的啥嗎？你就說好。」

顧野笑嘻嘻地道：「我猜著就是說過年的嘛，肯定是好句子！」

顧茵說你也別猜了。「開年後怎麼也得讓你讀點書，到時候你自己就能知道是什麼意思了。」

顧野臉上的笑一下子垮了下來，小聲嘟囔道：「大過年的呢！」

顧茵又忍不住笑。「讀書是好事啊，怎麼倒成了過年不能提的話題了？」

顧野都六歲了，早先還在寒山鎮的時候，顧茵就曾想讓他讀書的。

但是一開年，先是改朝換代、廢帝南逃風波，後頭又是回壩頭村修衣冠塚，一家子上京團圓，光是路上的時間就花費了一、兩個月，待在京城安穩下來後，顧茵又忙著開新店的事情，眨眼就是一年了。

顧茵雖然沒指望自家崽子靠著科舉加官進爵，但還是希望他能讀書識字明理。看他垮著張小臉，顧茵又安撫他道：「前兒個不還說肚裡沒墨水害人嗎？年後你還寫戲不？要是還寫，我家小野這麼聰明，不用多久，那故事大綱就不用武安代筆了，說不定甚至連唱段都能自己寫呢！」

顧野臉上這才有了笑模樣，點頭道：「也是，我不只要寫戲，還是顧氏船行的東家呢，可不能一直當白丁。」

後頭笑鬧了一陣，王氏讓大家都進了屋，先一道吃了一頓甜湯圓。

那湯圓飽滿渾圓、白白胖胖、又軟又糯，裡頭填了芝麻、花生等餡料，放了足足的糖和豬油，十分香甜可口。

吃著湯圓，看著老老少少的一家子，王氏又感嘆著，說從前哪敢想這樣的好日子呢？

顧野依偎到王氏身邊。「怎麼就不敢想了？奶的好日子還在後頭呢，往後我讓奶過上更好的日子！」

他嘴甜起來能把人哄死，王氏笑得眼睛都看不見了，雖心中覺得他說的是孩子話——自己都是國公夫人了，哪還能更上一層樓呢？卻還是摟著他笑著點頭。「好，那奶一定努力活到長命百歲，等著咱家小野孝敬！」說完，王氏就給兩個孩子封壓歲錢，一個紅封塞一百兩銀票。

「奶最好了！怎麼會有這麼好又這麼年輕漂亮的阿奶呢？」顧野那張小嘴就跟抹了蜜

般，各種好聽的話不要錢似地往外蹦，把王氏哄得一整天都笑不停。

他們一家子人口簡單，過年的時候也沒有比平時更熱鬧，但因為團圓在一處，便已然是再幸福不過了。

後頭一家子吃了團圓飯，又在一個屋裡一起守歲，和和美美地就到了新的一年。

整個年關，唯一美中不足的，大概就是英國公府隔壁在大肆修葺，門口都用布幕圍上了，攔了半條街，出入的時候有些不方便。

那也是一座極大的府邸，聽王氏說，是十一月上頭就開始大修，一直修到現在了。也不知道正元帝是準備在年後封賞哪家？

好在兩家府邸都極大，雖然外牆挨著，裡頭的院子卻算是隔開的，所以除了偶爾能聽到響動和出行的時候需要繞一繞路外，其他時候日常起居倒是沒有受到太大的影響。

年頭上是酒樓最繁忙的時候，年初二開始，顧茵就也得去食為天上工了。

王氏跟著顧茵去過一次輕食雅舍，一開始王氏也喜歡這樣的地方，但後頭就不想去了。倒也不是王氏覺得那裡不好，而是那裡的婦人年齡層和她不相符，只有文二太太算和王氏聊得來，但文二太太還有其他朋友，王氏也不願意文二太太為了照顧自己而少了同別人玩樂的時間。說起來，和她興味最相投的，還是那位同樣姓王的老姊姊。

王氏剛想到她，隔天一大早，老姊姊就來串門了，還帶了一車年貨。

那會兒武青意帶著兩個孩子上街去玩了，王氏在家實在無聊，正讓人套車準備去戲園子呢，就邀請對方一起去。在馬車上，她們姊妹倆就說起話來。

王太后本來沒見到顧野還有些小失望，但興味相投的人一聊起來，那真是有說不完的話。

聊著家常瑣事，沒怎麼察覺，馬車就已經停在了吉祥戲園外頭。

戲園裡最近還在唱《風流記》，這戲文聽到現在，戲迷們都爛熟於胸了，只是裡頭的唱段實在美妙，回味無窮，每次聽都有不同體會，而且年頭上又正是聽戲的好時候，所以雖然演了一個月了還是很賣座，一票難求。

這次的雅間不用王太后出動侍衛，因為自從食為天和小鳳哥合作的戲曲大賣之後，顧野特地給他奶爭取了個特權——請園主留了一個雅間出來，讓他奶隨時想看都能來看。

別看那園主從前目中無人，不把他們兩個孩子看在眼裡，眼下簡直是把顧野和小鳳哥當祖宗似的供著，無有不應的。當然了，園主也不是肯吃虧的人，所以留出來的不是頂好的單獨一間房的雅間，而是用屏風隔出來，挨在一處的那種，其實沒比樓下大堂安靜多少。

不過王氏也不是講究人，有位子能看戲就成，倒沒因為這樣而不滿意。

連票都不用買，王氏靠著這張臉，就把她老姊姊帶進去了。

兩人落坐後，王氏道：「和老姊姊都第三次見面了，到現在還不知您是哪家的呢！這次可再不好忘了，沒得只有妳尋我，我想妳的時候卻不知道上哪裡去尋妳！」

王太后正要笑著回答，卻聽見旁邊的雅間突然喧鬧起來——

一老一少兩個婦人上了樓來，端茶倒水的夥計背對著樓梯口，沒察覺有人來了，轉身的時候茶湯灑出去了一些，正好灑到那老婦人的衣襬上。

夥計忙不迭地道歉。「小的有眼無珠，不小心把茶湯灑到老夫人身上，老夫人恕罪！」

高髻華衣的老婦人怒目圓睜。

身旁的年輕婦人則幫著打圓場道：「您別生氣，這夥計也不是故意為之，幸好只弄濕了您一小截衣角，用帕子一蓋就瞧不出什麼了。」

「有妳什麼事？」老婦人轉頭怒瞪她。「若不是妳預訂不到最好的包間，又怎麼會發生這樣的事？」

這一開腔，王氏就認出罵人的這位正是魯國公府的秦氏。

兒媳陳氏被她罵得不敢還嘴，只歉然道：「您不肯亮明自家的身分，所以……但歸根究底，確實是兒媳的不是。」

秦氏確實不肯亮明身分。都知道這戲碼是英國公府的人鼓搗出來的，她怎麼可能亮出自己的身分來看戲？可是年頭上走親訪友，女眷們都在說這個戲，只她沒看過，很多時候都插不上話，這才得偷摸著過來瞧瞧。

秦氏懶得同夥計掰扯，煩躁地擺擺手讓他快滾，而後就在王氏她們的隔壁坐下。雙方只一座屏風相隔。

秦氏坐下後嘴巴不閒，挑三揀四了好一通，陳氏依舊不急不惱地好言相勸。後頭到了好戲開場，引人入勝，秦氏的抱怨聲才慢慢低了下去。

王氏兩人一對眼，心裡都不大看得上這樣磋磨兒媳婦的惡婆婆作派，自然也沒了閒聊的興致。

兩人吃著點心、嗑著瓜子，只把注意力放到戲臺之上，再次回味起自己喜歡的戲曲。

一直到戲碼最尾聲處，風流皇帝在生死一線之際為俏寡婦擋了刀子，兩人終於互訴衷腸，解除誤會。

陳氏眼窩子淺，看著看著就拿帕子拭淚。

秦氏哪裡見得了這個？當即咬著後槽牙罵道：「英國公府編排咱家那位……妳倒好，看著還哭上了？妳這胳膊肘往哪裡拐？」

陳氏連忙擦乾了眼淚，小聲道：「您息怒，兒媳不是那個意思。只是今兒個看了這戲，覺得那奸妃根本不是您想的那樣，是影射了那位。而且兒媳方才上來的時候聽人說了，這戲文是英國公府那位幾歲大的小公子請人寫的，那麼大點的孩子，怕是沒什麼壞心思。」

要不是在外頭，秦氏指不定又要對陳氏動手了。秦氏直接起身下樓走去，一邊走還一邊罵道：「妳懂什麼？妳竟為了那奸猾的一家子說話？那家子一個當兒媳婦的拋頭露面，品行不端，生出來的自然不是什麼好東西……」

王氏黑著臉，霍地站起身，人已經衝過去了。

很不巧，剛好戲曲上演到結尾處，整個園子裡爆發出一陣陣喝彩叫好聲，安靜了許久的戲園子一下子人聲鼎沸，哄鬧起來。王氏下去的時候讓人一攔，就沒追上秦氏。

「這個老虔婆，看我不去撕了她的嘴！」王氏回來同老姊姊知會一聲，就準備立刻讓人套車去魯國公府討個公道。

王太后臉色也難看，但她還是把王氏拉住。「年頭上吵嘴動手犯忌諱，來年要走霉運的。」

王氏自然知道這個，只還是恨得咬牙切齒道：「便是來年走一整年的霉運我也認了，沒得讓人這麼編排我家孩子！」

「妳若信得過我，這事兒我來辦，我來幫妳罵！」

王氏愣了。「老姊姊怎只怕我犯忌諱，卻不怕自己犯忌諱？」

王太后道：「我罵她，她不敢還嘴。妳等著，我現在就回去辦這件事！」

啥人罵那位魯國公府老夫人，能罵得她不敢還嘴？王氏還沒理清楚呢，老姊姊已風風火火地走了。

當天傍晚，魯國公府老夫人秦氏受到了來自太后的申斥。

王太后是信佛之人，深居簡出，從沒聽說過她和人擺太后的譜，更別說是從慈寧宮發懿旨，派出一隊宮人浩浩蕩蕩的從正門出去，這樣惹人注意的做法了。

一大隊宮人進魯國公府傳太后懿旨，秦氏還得換上誥命的衣服跪著去接。

一道懿旨雖不帶髒字，通篇卻都是在申斥秦氏品行不端、愛逞口舌之利。

當然，末了王太后還誇了誇魯國公府的晚輩，說幸好她們沒有受到秦氏的影響。這誇的部分自然是誇陳氏，順帶著說馮貴妃也是好的，畢竟馮貴妃現在也是自己人，王太后氣歸氣，還想著給她留面子。

那傳旨的太監在魯國公府門口唸叨了快兩刻鐘，總算是把一道懿旨唸完。

末了，那太監還皮笑肉不笑地道：「老夫人接旨吧！太后娘娘是個不愛攙和事兒的和氣性子，今兒個為了您可算是破了例，希望您別辜負了她老人家的諄諄教誨。」

大過年的讓太后這麼罵，秦氏簡直羞憤欲死，卻還得硬著頭皮恭敬地領旨。

所謂好事不出門，壞事傳千里。不過一夜，這事就傳遍京城，秦氏儼然成了京城高門圈子裡的一個笑話。

她那張嘴早不知道得罪了多少人，只是過去後宮裡王太后和周皇后都不愛管事，馮貴妃風頭無兩，沒人願意當那個出頭鳥，去觸馮家的楣頭而已。

如今太后發了聲，年關上頭本就是外命婦為數不多可以遞牌子進宮的機會，趁著這股東風，一眾受過秦氏排揎的外命婦第二天一早就紛紛進宮去告狀了。

而王氏也終於知道為啥那老姊姊信誓旦旦地說她來幫著罵秦氏，秦氏肯定不敢還嘴了！

乖乖！老太后啊，天底下最大的皇帝都是她生的，那可不是她罵誰，誰都不敢還嘴啊！

後頭秦氏告病，馮源進宮，想以秦氏的年紀為由，和正元帝求個恩典，讓太后再出懿旨撫慰一下自家母親，也挽回一下母親的名聲。

不料正元帝卻表現得比他還急，已經將那些外命婦說的內容都讓人整理出來，全擺到了馮源面前，還苦著臉道：「阿源來得正好，朕正想著幫老夫人挽回聲譽呢，只是老夫人怎麼得罪了這樣多的人？叫朕實在難做啊！」

馮源看著那些張狂到沒邊的話，一時間都愣住了，怎麼也不敢相信這些話是出自自己母親的口中！

「一定也有添油加醋的地方，阿源不必這般。」正元帝在他看過後，就讓人燒掉了那些書信，又拍著他的肩膀道：「你是開國功臣，老夫人更是貴妃的母親，朕也不相信皇子跟公主會有那樣的外祖母。」

馮源哪裡還敢求情？想著不再加重責罰就是好的了！連忙感激涕零地跪下謝恩。

一個年就這樣過完，有人歡喜有人憂。

正元帝自然是屬於歡喜的那個。魯國公府鋒頭實在太過，太后出面，母子倆一個唱白臉、一個唱紅臉，總算是讓馮家有了自知之明，連馮貴妃都消停了不少——沒再出現他去看望周皇后的時候，馮貴妃故意橫插一腳，藉著兒女的名義強行請他移駕永和宮的事。

而更讓他歡喜的，自然就是顧野的身世證據都搜集完整，全部遞送到了龍案之上。

他的大兒子，終於要名正言順地認祖歸宗了！

正元帝讓人搜集的證據分成幾部分，一部分自然是遠洋船行的人的口供，幾個對顧野有印象的人都被押解上京。

另一部分，則是寒山鎮上碼頭攤販的供詞，還根據他們的描述，把當時三、四歲大的顧野的畫像畫了出來。作證的攤販都簽字畫押，表明他們不是信口開河，是要承擔責任的。現在的顧野和走失時畫像上的樣貌差別頗大，但若是中間放上一副三、四歲時的畫像，那就完美地銜接起來了，一看就知道是同一個人。

最後一部分，自然就是顧茵和王氏婆媳當年在寒山鎮上辛苦謀生的證據。這一部分不是給別人看的，是正元帝自己要看的。

收養顧野的若是其他人，如魯國公馮源這樣的人家，正元帝要把人猜疑死。

但是擱武家，武家父子倆的為人正元帝是相信的，尤其當年這父子倆以為王氏他們沒了，一個在重傷之際驚聞噩耗而卒中，差點沒了性命，苟全性命後則成了殘廢之人，之前正元帝派去的御醫都說武重心志消沈，怕是沒幾個年頭可活；另一個則消沈落寞了好幾年，從昔日意氣風發的將領變成了後來沈默寡言的模樣。

父子倆的慘樣還歷歷在目，要是武家父子能有這份心計，一演就是好幾年，用這份心計去籌劃什麼不成？現在的皇位都輪不到正元帝來坐。

而且如果真是他們都這樣有心計，顧野上京之後會放他亂走嗎？不得留著那孩子徐徐圖之？就算真放他亂走，那他們不知道給他改個年紀？六歲的孩子若說是七、八歲，一般人知道他們家早年的境況也不會懷疑的，只會以為他家從前條件艱苦，所以孩子長得不好罷了，還能讓老太后第一次見到顧野，回來後就猜著他是自家大孫子？

正元帝自認文不成、武不就，但看人還是有自己的一套本事，所以他並不猜疑武家，但該查的還是讓人一併查了，以便堵其他人的嘴。

沒讓他失望，當年王氏和顧茵婆媳倆確實是因緣際會到了那處，一路千難萬險地過了好些年。收養顧野更是巧合，因為這小崽子當年在碼頭上只同顧茵親近！

於是年後正元帝第一次臨朝的下朝後，就把武青意留了下來。

第三十二章

武青意從宮裡出來後，就直接回了英國公府。

顧茵這日沒去食為天，顧野也沒去城外的顧氏船行，兩人都待在主院，正在籌劃著年後顧野去上學的事。

「明兒個初六，文老太爺他們應當都空一些了，我帶你和武安一道過去，順帶商量好你入學的事。」顧茵一面寫禮單，一面道。「上元節之前，我就給你準備好束脩。」

顧野木著張小臉，雖說前頭已經說好了，可真到了要進學的日子，他還是不大樂意。

王氏平時最疼惜他的，但關係到讀書的事，她也沒犯糊塗，只哄道：「小野好好學，奶在家讓廚子給你做好吃的！」

武安也跟著安慰他道：「其實讀書不累人的，新來的穆先生人也很和氣，博學多識，什麼都會，他講課的時候會引經據典，可有意思了！而且每過五日就能休沐一日，比一般的學堂鬆快多了！」

再有意思的先生講課，能比在外頭好玩？而且五日才休沐一日什麼的，對顧野這樣一直都在外頭到處玩的人，實在是沒什麼誘惑力，反而更讓他覺得像在坐牢一般。

顧野可憐巴巴地看著他娘。「那每天只上半日成不？我現在可是船行東家，還有事要忙呢！」

顧茵停了筆。「我怎麼記得咱家船行的文書都下來了，夥計也招上了，船員也由你叔的人操練著？」

顧野語塞，正好武青意回來了，小傢伙立即用眼神譴責他——你怎什麼都跟娘說嘛！

擱平時，武青意要笑得不成，但此時他心事重重，坐到一邊後就沒吱聲了。

顧野也不看他了，搔著後腦勺道：「那我還寫戲呢！《風流記》唱到正月結束，不寫新戲的話，誰給娘打廣告啊？」

「不打廣告也成，現在輕食雅舍做起來了。」顧茵回道。

時下女子的地位雖然不如男子，但家裡掌管中饋的還是女子。輕食雅舍在婦人圈子裡風頭無兩，若是要下館子款待親朋好友，雅舍的女客自然是把食為天放在首選。

當然了，一、二樓現在生意那麼好，主要還得歸功於《風流記》的大熱，所以顧茵其實是逗他的。看他又垮起一張小臉，她忍不住笑道：「好了，不逗你了，反正不指望你考科舉，也不用等著文大老爺下值批覆，半日就半日吧！」

顧野這才笑起來，膩到他娘身邊，一肚子誇讚的話張口就要來。

顧茵先把他的嘴巴一捂。「你可省省吧！醜話說在前頭，雖只上半日，但是功課還是要寫的。到時候若是先生說你學得不好，那就得和武安一樣，學一整日。」

「我一定好好學！」顧野討好地用臉蹭他娘的肩膀，若是屁股後頭長根尾巴，現在一定是要晃起來了。

和小崽子商量好這件事後，顧茵轉頭看向武青意，詢問道：「是有什麼事嗎？」他在外頭身兼二職，也算是日理萬機，但很少會把情緒帶回家裡的。

武青意點了點頭。

顧茵看他有話要說，便讓兩個孩子先出去。

武青意開口道：「小野留下，這事和他有關。」

「那武安也留下吧。」顧茵起身讓門口的下人都退到廊下去，又把屋門給關上。

武青意便把正元帝今日下朝後和他說的話，轉述給了一家子。

之前武青意說事情和顧野有關時，顧茵和王氏她們還當是顧野又在外頭惹禍了，小傢伙見狀連忙又是賠笑、又是擺手，表示自己最近可乖了，絕對沒惹任何事！

王氏都已經在打腹稿了，想用「大過年的」為開頭，幫著大孫子求情。

後頭聽武青意說著說著，一家子都笑不出了，全被這驚雷似的消息給嚇著了。

武青意拿出兩幅畫像放到一起。

顧茵和王氏自然記得小崽子剛被收養時的模樣，再看他兩、三歲時的畫像，並和眼下的模樣一對比，自然是沒話說了。

「當時就是我奉命去尋小野的，沒想到兜兜轉轉，竟是在自家。」武青意嘆息一聲。

王氏也跟著嘆息道：「也是怪我，早前只和你說了小野是收養的，沒說具體過程。」

當年顧野在碼頭上像流浪貓崽子似的吃百家飯，王氏和顧茵都心疼壞了，等到後頭相處出感情了，顧野好不容易把前頭吃苦的事都忘得差不多了，那段往事婆媳倆便都不願提起了，就怕觸景傷情。逢人就提孩子當年的慘樣，這不是等於給孩子的傷口上撒鹽？顧茵和王氏都做不來這樣的事，所以只對武重和武青意說孩子是收養的，其他的沒多提。

武青意搖搖頭。「就算娘說了，我也未必會覺得有這麼巧的事。」

當時知道這孩子被遠洋船行的人弄丟，他帶著人沿途尋找，找過的碼頭不說一百，也有五十。那世道外頭亂得很，小乞兒不知凡幾，那麼多碼頭裡，誰能想到孩子正好就丟在王氏和顧茵擺攤的碼頭，還正好讓她們收養了？

「那眼下……陛下是要把小野認回去？」顧茵攬著顧野，輕聲詢問。

武青意點頭。「當年拐走小野的就是遠洋船行的人，負責那次行動的人隨著前朝那些人南逃，如今已經落網，稍後這些人就會被押解上京。陛下的意思是，他們的口供和畫像可以為小野作證，但未免將來橫生枝節，就對外說小野當年就讓我尋回來了，只是身子不好，又被相士批了命，所以先寄養在咱們家。」那些證據只是一重，英國公府為顧野作保是第二重，兩重保障之下，往後自然沒人敢懷疑顧野的血統。「明日一早，小野就要隨我入宮。」

這話說完，大家都相顧無言。

若顧野是一般人家的孩子，就算他父母尋過來了，兩家也可以當成普通親戚那樣時常來往。可若是皇家，誰敢和皇家攀親戚？尤其自古以來未成年的皇子都是住在宮裡的，等於就是要和他就此分開了。這一分開，就要等到他十幾歲的時候出宮建府。若他被封為太子，那還得住在東宮，再不是啥時候想見就能見到的了！

眾人的臉色都不太好，連心最大的王氏想到要和大孫子分開了，都忍不住小聲哭起來，顧茵也緊了緊攬著顧野的手。

顧野一直垂著頭聽著的，聽到他奶的哭聲，小傢伙抬起了頭，笑著說：「阿奶哭啥啊？我是皇子欸！多厲害啊！」他說著，也紅了眼眶，又不以為意地用手背一揩。「我從前還當是被爹娘扔了呢，原來只是我被人拐走了。眼下我不是多了好幾個親人嘛，是好事呀！」

這樣陡生的變故，連一般大人都承受不住，反倒是他小小年紀，還反過來勸大家。

顧茵又心軟、又熨貼，跟著道：「嗯，還是小野想得通透。」

顧野帶著鼻音「嗯」了一聲，又笑道：「多好哇，我都不用去文家唸書了！」

顧茵破涕為笑。「是皇子自然更要唸書，天不亮就要進上書房呢！」

「哈哈，這樣啊……」顧野笑起來。「頭一回當皇子，我都不懂，哈哈……」

他白著張小臉，大眼睛裡全是淚，看得顧茵整顆心都揪起來了。

當天下午，武青意沒去上值，顧茵也沒去食為天，都留在家裡陪著顧野。

只是從前一家子待在一起就有說不完的話，今日大家卻都是沈默的多，只有武青意跟顧野介紹了一下皇家的人員構成。

到了晚上用過夕食後，顧茵自然帶著顧野一起睡，兩人洗漱好後躺在一張床上。

對著他娘，顧野沒再笑了，只是膩在她懷裡小聲說：「從前只想著我這麼大了還要纏著娘的。」

和娘一起睡，讓旁人知道了要發笑，要是早知道只能和娘待這麼幾年，我肯定日日都要賴著娘的。」

顧茵摟著他小小的身子，在他背後輕拍。「現在沒有其他人在，你和娘說實話，尋到家人開心不？」

顧野在她懷裡輕輕地點頭。「開心的。但是小時候的事情我一點兒都不記得了，他們如今對我來說就像陌生人一樣，可能相處著能處出感情來，但是……」他抽噎起來。「但是要是不用和娘、阿奶、武安及大家分開，就好了。」

顧茵也跟著嘆氣一聲，叮囑他道：「宮裡的事娘也不懂，但是你若遇到事也不要怕，娘和你叔、你爺奶都在外頭，知道不？」

「知道的。」顧野點點頭。「船行那邊的事都忙完了，記在誰名下都不要緊，等我得空了就把那些書契的名字改了。小鳳哥那邊我今兒個忘了去通知他了，娘再幫我知會一聲，我應該是寫不了新戲了。生意的事情，我知道娘最有辦法的，但妳也不要太累，若是遇到難辦的事，讓叔進宮的時候給我捎個口信，大小是個皇子呢，我啥事都給娘辦。」

他每說一句，顧茵都應一聲「好」。說完許久，他都沒再作聲，顧茵還當他睡著了，低頭一瞧，才發現他正閉著眼，無聲地流淚。

察覺到她的目光，顧野把頭埋得更深了，最後才小聲道：「……我叔其實人不錯，我離家後，娘就可以再生一個孩子的。」

「你這兔崽子！」顧茵拍了一下他的小屁股。「還操心這些哪？」說著，顧茵伸手撓他的癢癢。

顧野帶著眼淚，格格直笑。

哭過又鬧過，沒多會兒顧野就沈沈睡去了，顧茵卻沒再睡。

回想當初剛遇到顧野的時候，只是覺得他可憐，家裡那會兒境況已比從前好很多，不差他一口飯吃，就把他養在家裡了。那會兒她懂什麼啊，看王氏怎麼對武安，她就有樣學樣地怎麼照顧他，轉眼都把崽子拉拔到這麼大了。

比起分離，她更擔心顧野以後的事。周皇后已經有了第二個孩子，且看得比眼珠子還重要，小傢伙占有慾格外強，若知道他親生母親在他走失後又生了一個孩子，肯定要難受。

更別說，皇家多離不開奪嫡這件事。

周皇后會喜歡後頭的孩子越過他去嗎？馮家會願意突然冒出來個大皇子嗎？

樁樁件件，都超出顧茵的能力範圍了，也只能走一步看一步。

第二天一早，顧茵趁著顧野睡熟，就幫他穿戴整齊了。

王氏和武重、武安都靜悄悄地過來看他。

等到武青意過來的時候，眾人都沒喊他，只把他交到武青意懷裡。
武青意把他抱住，王氏又拿了大氅來將他兜頭包住。
就在這安靜的氛圍裡，武青意把顧野抱上了馬車。
剛到馬車上，睡得香甜的顧野就睜開了眼。「走吧，叔。」他忍著探頭出去的衝動，對武青意淡淡地笑了笑。

顧野第一次進宮，馬車停到宮門口後，他不要武青意抱，自己下了馬車，沿著宮道到處看了一遍。

一直把他送到養心殿附近，武青意才站住了腳，蹲下身子道：「陛下喜歡純直之人，你切記。」說著又拍了拍他的背。「你記得，咱們一家都在，我最近也會在宮裡上值。遇事別怕，去吧。」

顧野用力地點點頭。

錢三思早就在殿外候著了，見到他們過來，立刻笑著迎上。「小殿下快隨奴才進去，陛下和太后娘娘、皇后娘娘都在等著您呢！」

顧野衝著他一笑。「謝謝公公。」

錢三思忙道不敢。

顧野又對著武青意揮揮手，然後就跟著錢三思進去了。

別看顧野面上看著不慌，其實手心都濕了。

他知道新朝的皇帝和從前的皇帝不同，但是至於怎麼個不同，他也不懂，只想著說書人嘴中或者戲文裡都經常提到「伴君如伴虎」這句話。他穩住心神，深呼吸一口氣，進了去。

想到前一夜王氏說他之前見過的阿奶就是太后，顧野就用眼神先找她。

看到王太后慈眉善目的模樣，顧野心下一鬆，轉眼看到她身邊穿著龍袍的中年男人，顧野人傻了。「陸叔，怎是你?!」

正元帝和王太后都笑了，尤其老太后笑得嘴都合不攏了，一邊對他招手一邊道：「好孩子快來！」

殿內一共三個人，兩個都相識，尤其正元帝和他十分相熟，這下顧野是真不緊張了，小跑著上前。

王太后摸著他的手，覺得有些汗濕，就把自己手裡的手爐塞給他。

顧野兩隻小手抱著個掐絲琺琅手爐，先對著王太后道謝，又轉頭看向正元帝。「叔把我騙得好慘！」

正元帝哈哈大笑，他故意沒和武青意說自己見過顧野，就是等的現在。這小子猴精猴精的，知道自己被騙，他又氣、又想笑，卻偏偏要板著張臉，強忍著不笑。笑完他道：「怎了嘛？我前頭才收你那麼點銀錢，卻發動了好幾個翰林學士幫你寫戲本呢！雖然騙了你，難道沒給你好處？」

顧野「嗨呀」一聲，靠在王太后懷裡道：「我說怎有人只收五兩訂金，就把價值五百兩的戲本子賣我了！」又輕輕晃了晃王太后的手。「阿奶，他欺負小孩子！」

王太后心頭軟得能掐出水來，登時就衝著正元帝抬手。「好孩子不氣，奶替你打他！」

因為殿內也沒有其他宮人，正元帝便誇張地抱頭道：「娘是啥意思？要孫子不要兒子了是吧？」

王太后笑得臉都疼了，她都不記得上次這樣開懷大笑是啥時候的事了。

笑鬧過一陣後，王太后把顧野往另一邊推了推。

周皇后正看著顧野默默垂淚。

正元帝從年前努力到現在，周皇后最近總算是能和他好好說話了。前一夜他找到了周皇后心情不錯的時機，把證據都給周皇后看過了。

周皇后一整夜沒睡，生怕醒來發現是場夢。看到顧野的這一刻，她總算是明白了早先正元帝說的雖沒有證據，但就覺得是他。

周皇后揪著胸口的衣襟，哭得上氣不接下氣。「是我對不起你，當年不該在浣衣的時候把你帶出去，還沒看顧好你……後頭你爹和你奶都說尋到你了，我還要什麼證據、不敢相信……」

如果顧野前頭過得並不好，他可能會對他們心生怨懟，可他雖然一開始流浪過一段時間，現在卻早已不大記得當時的事了，後頭都過得很快樂，反而是周皇后這洶湧的眼淚讓他有些手足無措。

「您別哭了，」顧野努力組織著言語。「武叔都和我說了，我是被拐子佬拐走的。那些人的手段防不勝防，也不能怪您。我現在不是好好的嗎？」雖說顧野對她已經沒有印象了，但他看周皇后還是覺得十分親近的，所以他邊說邊拿了她手邊的帕子給她拭淚。「哭多了壞眼睛哩！」

周皇后抓住他的小手，溫溫熱熱，又軟軟和和，不真切的感覺才算是消失了。

這時錢三思進來通傳，說小皇子睡醒了，見不到周皇后，正在哭鬧，幾個奶嬤嬤哄不好他，怕他哭壞了，只能往這邊遞消息。

周皇后下意識地就起身，剛準備抬腳又發現不對，她歉然地看著久別重逢的大兒子。

顧野體貼地道：「您去吧，我曉得的。」

「好孩子。願意和我一道去看看你弟弟嗎？」

顧野轉頭看向正元帝和王太后，得到兩人的准許，他就跟著周皇后去了坤寧宮。

在那裡，顧野第一次見到了小皇子陸照。在顧野看來，他是好大的孩子了，但是都不會說話和走路，還要讓人抱著、哄著，奇怪得很。

不過他也沒說啥，周皇后給他玩具，他就和陸照玩起來。

上到十來歲、下到一、兩歲，就沒有顧野處不好的孩子，更何況兩人是親兄弟。

陸照很快就喜歡上了這個第一次見面的哥哥，不像從前那樣只要周皇后一個人了。

兄弟倆邊玩，周皇后就在旁邊滿眼慈愛地看著，時不時詢問顧野一些事。她問顧野就答，但也不說不好的事，只揀著那些不會讓她哭的話說。

一直玩到中午，周皇后詢問了他的口味，讓御膳房準備了飯食，看著他們兄弟倆都吃過了飯。周皇后一夜沒睡，到現在就有些撐不住了。

顧野等到她和陸照一道睡了後才離開坤寧宮，還回養心殿。

養心殿平時跟鐵桶似的，馮貴妃都進不去，但顧野卻來去自如。

正元帝正在處理公務，看到他來就笑著問道：「看過你弟弟了？」

顧野含糊地唔了一聲。

正元帝又拿出一個腰牌、一份文書，說上頭的東西都是給他的。至於他的身分，則要等遠洋船行的人被押解上京，他下聖旨昭告天下，再讓欽天監尋個好日子，祭告太廟。一系列的安排也在文書裡，三言兩語說不清。若是有不滿意的或者其他要求，儘管提。

顧野又應一聲，把腰牌往腰帶上一繫，隨便看過一眼文書後就揣進了懷裡。

正元帝手邊都是年前積壓到現在的公文，確實沒時間陪他，就同他道：「朕忙過兩日再好好陪你。今日你去一趟慈寧宮，陪陪你皇祖母，後頭就早些歇著。」

顧野應一聲，由錢三思帶著去了慈寧宮。

王太后寵孩子的手法和王氏如出一轍，就是給孩子塞吃的、塞銀子。加上王太后也不習慣殿內有人服侍，就祖孫倆待著，顧野鬆散許多，一個下午把王太后哄得就沒停下來笑過。

到了傍晚時分，王太后想著他起了個大早，就讓他歇著去。

顧野從慈寧宮出來後，按照記憶裡的路線越走越快，最後變成了小跑，一直跑到宮門前，他才站住了腳。站了大概兩刻鐘後，顧野垂頭喪氣地往回走。不知不覺，他又走到了養心殿。

正元帝總算是處理完了公務，見到小傢伙又回來，正元帝愣了下。「怎麼這樣多禮？不是讓你陪完你祖母後直接歇著去就行了嗎？不用來和朕行禮。」

顧野搔了搔頭，說：「沒，我還不知道我住哪裡呢！」

正元帝更奇怪了。「給你的文書裡不都寫了嗎？」

顧野紅著臉說：「我又不識字。」

正元帝正在喝茶，聞言一口茶差點噴了出來。「你看戲本子不是有模有樣的嗎？」

血緣上的一家子，往後是要天長日久相處的，顧野自然不裝了，坦承說：「我也騙你的，我根本看不懂。」

父子倆互相騙，正元帝也不好說什麼，只忍不住笑道：「猴崽子，朕都讓你騙了！你先住宮外的王府，就是英國公府隔壁那間大宅。」

暮色四合，寒風嗚咽，武青意騎馬回到英國公府。

顧茵和王氏正一人提著一個燈籠，都站在門口。

他下了馬，快步上了石階。

婆媳倆都往他身後瞧，見他是一人回來的，兩人的神色都有些失望，不過她們也沒說什麼。

王氏催著道：「夕食擺上好一會兒了，進去吃飯吧。」

三人沈默著到了主院，武重和武安都在，父子倆也是往他們身後瞧，然後都沒說話。

下人又進來添了幾道菜，因為還在年頭上，所以菜色比平時好上不少，有八寶野鴨、鹿羖水鴨、龍舟鑊魚、烏龍肘子四個大菜，配上幾道小菜和一道海參冬菇蝦仁羹。

尤其那烏龍肘子，放了陳皮、八角、茴香、甘草等香料，和周掌櫃做的大不相同。顧野最喜歡吃肘子，這是為他準備的。

家裡用飯的時候不講究什麼食不言的規矩，白日裡大家都忙著自己的事，這時候下工、下學後聚到一處，正是有說不完的話之時。但這天大家都沒什麼話說，安安靜靜地用完飯後，眾人各自回屋歇下。

武青意的腳步頓了頓，沒徑直去前院書房，而是去了顧茵的院子。

因為前一天顧野是在她屋裡睡的，所以屋裡還有他換下來的衣物，已經洗好晾曬好堆疊在一處。

顧茵索性把這些都收拾好，又去了他屋裡，把他愛玩的東西都歸攏到一起。

武青意過來了，顧茵就道：「也不知道他在外頭習不習慣？這些東西我知道他是不會缺的，但也許他用得上呢？」

武青意點頭。「我知道，明日進宮的時候我給他捎帶去。」

顧茵「哎」了一聲，又回了屋裡，坐到書桌前。

她的書桌上日常放著的都是食為天的帳簿或者是採購單子之類的東西，雖然現在手下得用的人越來越多，但顧茵作為東家，自己分內的事還是都會做。然而今天她卻有些看不進去，拿起帳簿沒多久就開始出神了。

武青意站到她身後，大手撫上她的肩膀，輕聲道：「小野今天一大早先去了養心殿，後頭隨著皇后娘娘去了坤寧宮，聽說和小皇子玩得很不錯，在那處用了午飯。下午晌，他又去了慈寧宮，陪伴太后娘娘。」

武青意在宮中職位頗高，但這也不代表他可以肆意窺探皇家的動向。他任值到現下，也就是顧茵和王氏初次赴宴那日，他破例讓人注意了一下慈寧宮，但也沒做到今日這種程度。

顧茵自然也想到了這些，她伸手按住武青意搭在自己肩頭的手，輕聲道：「不必這樣。」他確實是簡在帝心，但若讓正元帝發現他這般，肯定也是要不高興的，甚至很有可能對他心生芥蒂。

「無妨。」武青意翻轉手掌，捏住她的指尖。「我知道不論何時，妳都把小野當成自家孩子，那他便也是我的孩子。」

兩隻手掌交握，顧茵輕聲道：「讓我靠一下可以嗎？」

武青意點點頭，隨後在她身邊坐下，顧茵把頭靠在他的肩上。

雖然這是帶著安慰意味的接觸，但她柔軟的髮頂拂在他的下顎，髮上若有似無的髮油花香縈繞在鼻尖，武青意還是難免心如擂鼓。

屋外無聲嗚咽，兩人靜靜依偎在一處，天地間就好像只有彼此。

武青意張了張嘴，正要說些什麼，窗櫺讓人從外頭開了。

顧野踮著腳，探進半邊臉來，要笑不笑地說：「你倆幹啥呢？」

武青意到唇邊的話嚥回肚子裡。

顧茵則是一下子坐直了，驚喜道：「你怎麼回來了?!」

顧野推門進了來，懶洋洋地道：「怎了嗎？天黑了我回自己家還不成嗎？」

他披著件純白的鶴氅，一絲雜色都無。那鶴氅是不符合他身形的大，所以他一隻手還得提著下襬。他也不自己脫，朝著他娘伸下巴。

顧茵起身幫他把脖子上的繫帶解了，把鶴氅脫下，笑道：「去見過你爺奶了沒？」

顧野拿起桌上的茶盞，也不管有沒有人喝過，咕咚咕咚地灌了兩口熱茶下去，這才道：「去過了，爺奶都睡下了，我想著反正往後日日能回來，就沒去打擾他們。」喝完茶，他一屁股坐到太師椅裡，從懷裡摸出了文書一遞。

顧茵和武青意一起看了，也就明白了。

原來正元帝準備在認回顧野後就封他為烈王，他也就不用日日待在宮裡，晚上是要回王府歇著的。至於烈王府嘛，英國公府隔壁那間，從年前修葺到年頭上的就是。而正元帝給他的那個腰牌，就是方便他出入宮廷的。當然，文書上還有其他安排，因為涉及到皇家秘辛，所以顧茵也沒多看，掃過一眼就連忙合上，還把文書放他手邊。

上頭的東西，回來前正元帝都給顧野解釋過一遍了——

顧野想笑又忍住了，試探著問正元帝。「我怎聽說皇子都得在宮裡住到十幾歲，快成年的時候才能出宮建府？」

正元帝挑眉問他。「你不喜歡？朕之前說過，你有不滿意的地方，盡可以提，既如此，那朕就——」

顧野連忙說「不用」，又覺得自己說得太猴急了，因此放慢語速說：「挺好挺好，我這人就不是那種愛麻煩的人，府邸都修好了，不住太可惜了！」

正元帝也想笑，但忍住了，放了茶盞道：「還不走？晚了朕可能要變卦。」

顧野當然知道他是在故意逗自己，就靠過去道：「天晚了，我餓了。」

正元帝好笑道：「你還得賴一頓晚膳才肯回？」

「我都請你吃多少頓飯了？」顧野掰著手指頭數。「一頓胡辣湯、一頓蟹黃湯包……」

正元帝把他的小手一抓。「沒得讓人笑話。來來，朕今天好好請你吃一頓！想吃啥？」

顧野不同他客氣，點了自己愛吃的，還特別說明道：「肘子要挑那種皮厚肉多的，我娘老說這東西只能偶爾吃，多吃會得啥高血脂。今兒個本來府裡廚子要做的，但這個時辰了，我回去肯定也趕不上，也不知道我娘啥時候肯讓廚子再做……」說著說著，顧野自覺失言，頓住了，小心翼翼地看正元帝的臉色。

正元帝伸手捏捏他的臉蛋，說不礙事。「反正只咱們在一處，沒有其他人，便還照著你的習慣說就好。」顧野雖然養到現在還不胖，但到底生活條件一天好過一天，所以他的臉蛋已經是肉嘟嘟的了。正元帝想捏他的臉不是一日兩日了，從前他還是陸叔的時候，就不自覺地伸過手，顧野之前都是躲開的，今日倒是沒躲，乖乖任由他捏了。

後頭尚膳太監和宮人呈上飯食，父子倆一道用了。

飯後顧野還小大人似地同他道：「你也別太累了，這事也不是一天兩天能忙完的，還是身子要緊。都說過年的時候最養人了，我都胖了一圈呢，反而看你比年前還瘦了，讓人看著心裡挺不是滋味的。」

正元帝這回是真的沒忍住笑，伸手揉著他的髮頂道：「你才多大，跟管家公似的，還管起朕來了？」

顧野這次矮下身子躲開了，跳下凳子說：「那我走啦？」

正元帝擺手道：「走吧走吧！」

顧野剛出門口，末了又站了站腳，小跑著回去問：「明天想吃啥？我從外頭給你捎！」

天底下誰都可能缺吃的，唯獨正元帝不可能，但他還是笑道：「都成，你早上去食為天隨便帶一些來就成。」

顧野搔搔頭。「都這個時辰了，我怕我明天要睡過頭，我中午來成不成？」

正元帝說不成。「你早上隨你叔上值的時辰來，吃過朝食朕就要給你找先生上課了。你大字不識幾個，這怎成？」

顧野黏黏答答地應一聲「好吧」。

正元帝好笑地讓人拿來他常穿的鶴氅，親自給小傢伙披上，還叮囑護送他的侍衛小心一些。

顧野這才從宮裡回家。

「那話怎說的？躲得過初一，躲不過十五。沒想到我躲過了文家的先生，卻躲不過宮裡的先生。」顧野越說越喪氣，最後整個人軟泥似地癱在椅子上。

「坐沒坐相。」顧茵把他拉起來。「趕緊洗漱去，你叔可是天不亮就起來了，洗洗快睡了。」

顧野應了一聲，自個兒跑到淨房去了。

「你沒說錯，陛下確實是個很好的人。」顧茵擔心了一整日，眼下才算是紓解開來。

正元帝找到了失而復得的孩子，卻還是願意讓孩子先住在宮外，這自然是正元帝怕顧野不習慣，愛護他、為他著想的表現。顧茵雖然對正元帝了解不多，但想著這樣一個會設身處地為他人著想的父親，肯定不會是什麼壞人。
沒多會兒，顧野帶著一身水氣跑回來了，進了屋就笑嘻嘻道：「叔怎還不去歇著？咱們明兒個要一道進宮，你可別起晚了。」
這小崽子！武青意好笑地搖搖頭，從後院離開，去了前院。
他一走，顧野就更沒個正形狀了，還沒到床邊就先踢了鞋子，縱身撲進床褥。
顧茵也去洗漱，洗漱回來後發現他還沒睡，眼睛亮晶晶的，顯然是要和她說體己話的模樣。果然，顧茵剛躺到他邊上，小傢伙就打開了話匣子。
「他們都好和氣啊！大阿奶和陛下都很喜歡我，比我想的還喜歡我。大阿奶給了我好多東西，我荷包裡全是金瓜子、金錁子，大阿奶說這是宮裡賞人的東西，我都檢查過了，不帶記號的，可以變賣，我都給娘。」王氏和王太后他都叫阿奶，但王太后比王氏大好幾歲，所以他就稱呼王太后為大阿奶，用來區分兩人。
顧茵心中熨貼，說不用。「太后娘娘給你的，你留著就好，往後你在宮中行走，用這些東西的地方比我多。」
顧野又道：「上次咱奶說宮中吃食難吃，我還不太相信，人家都說宮裡吃的是龍肝鳳膽呢！結果今兒個在那裡吃了兩頓飯，再好吃的東西端上來時溫吞吞的，確實真沒啥吃頭。」
這個顧茵倒是知道，畢竟她給前朝皇帝當過廚娘呢！
「宮裡都是金尊玉貴的主子，一道膳食出鍋，那必須先由人試毒，再由膳房裡送出來，時下天還冷，自然是沒那麼熱了。我和你阿奶去的那次則不是，是因為人多，宴席上的菜也多，所以都是提前準備好食材的蒸碗，看著時辰差不多就提前在鍋裡蒸，所以也不好吃。」

顧野點點頭。「原來是這樣。」

顧茵聽他只提王太后和正元帝，就試探著問：「那皇后娘娘……」

「啊，她也挺好的。就是一直哭，剛見到我的時候哭，後來問我這些年在外頭怎麼過的，我都只揀著好的說，她還是又差點哭。」顧野是真挺無奈的，要不是他本能地覺得周皇后很親切，換成別人，一整天在他面前哭哭啼啼的，他可能都要覺得煩。

「你是她生的，她心疼你，難免情緒波動，你要多勸著點，知道不？」

顧野說知道的，他白天也是那麼幹的。

「那小皇子……」

顧野道：「他也挺好的，就是三歲多了，還不怎麼會說話和走路。他還挺喜歡我的，不過我本來就招人喜歡嘛！」

顧茵捋著他的背，輕聲詢問。「那你沒有不高興？」

顧野想了想，說真沒有。

顧茵驚訝地看著他，這麼大方可不像他！

「本來就是嘛。我是這麼想的，我昨兒個以為要和娘分開，心裡難受壞了，她當時肯定比我昨兒個還難受，又不知道我是不是還活著。小陸照比我小好多呢，所以她也不是在我被拐走後，立刻就生別的孩子了。我都曉得的，所以沒有不高興。」

「真是個好孩子。」顧茵忍不住伸手環住他。

「而且我想，我在外頭這幾年，有了娘，有了爺奶，有了親兄弟似的武安，還有叔……有了好多別的家人，皇后娘娘只是多了小陸照一個，多正常的事啊！」顧野笑了笑，又問：「那好孩子可以反悔昨晚上說過的話不？」

「反悔什麼？」顧茵回憶了一下。「是船行不想更名了嗎？」

「不是啦！」顧野連忙否認。「我哪有那麼財迷，娘怎麼這樣想我？」說著他又附耳到顧茵耳邊。「是說娘可以和叔生孩子的那個話！我反悔啦！」

得，還是那個怪「小氣」的性子！顧茵好笑地又要拍他。

第二日一早，顧野和武青意一道出了家門。

後頭王氏起了才知道顧野往後就在隔壁住著，這外頭不比宮裡，顧野就是隔壁王府裡頭最大的，自然是想怎麼住就怎麼住，日日摸過來都很方便。

於是，這一家子臉上才都有了笑模樣。

顧茵這兩日都因為小傢伙的事心不在焉的，這日卻是不好再懨懶了，起身後收拾好了就去了食為天。

早市的時候，幾乎沒人吃火鍋、烤肉，加上同街的望天樓價格更低廉，口味也不差，也算是做出一點口碑了，所以食為天一、二樓的客人並不多，上座率只有五、六成。

到了三樓，情況就不同了，年節時候，各家夫人、太太都忙著家裡的大小事務，沒什麼空出來，這日是初七，走親訪友的熱鬧告一段落了，所以不少人都趕緊過來放鬆放鬆。

樓下的按摩部已經滿人了，沒趕上的就先在三樓吃朝食。

顧茵和眾人打了個招呼，好幾天沒見，再聚首少不得要寒暄幾句，先誇這個夫人的新首飾好看，又誇那位夫人的新衣裙鮮妍。她別的本事沒有，認人的本事還是有的，雖說是寒暄，卻也得有一雙慧眼，能看出女客年後和年前的不同。

一眾女客都被她哄笑了，還有性子跳脫的年輕婦人忍不住笑道：「顧娘子不只本事大、廚藝好，怎麼講話也這般討人喜歡？這小嘴兒是不是抹了蜜啊？讓我嚐嚐！」作勢真要探過臉去。

顧茵笑著躲開，笑鬧過一陣，便下廚給她們送上一份甜品，算是年節上的一點心意。

午市的時候，輕食雅舍來了個生面孔。是個看起來約莫二十五、六的年輕婦人，白淨的皮膚，水汪汪的眼睛，面容談不上國色天香，但是自有一種溫溫柔柔的氣質。

她來了後就找了個角落的位子坐下，新奇地張望了一番。

堂倌送上菜單後，她客客氣氣地道謝，然後仔細看了一遍，有些苦惱地皺起了眉。

顧茵就上前詢問道：「瞧您面生，是第一次來嗎？」

年輕婦人微微點頭，笑起來的時候唇邊泛起一對梨渦，語氣輕柔地道：「讓您笑話了，這上頭好多東西我都沒聽過，所以不知道點什麼好。」
「嚐嚐我們家的薑撞奶可好？」
年輕婦人點了頭。
沒多會兒，堂倌就送上來一個白瓷小盅。
薑撞奶的做法並不困難，就是老薑榨出汁先倒入小盅，鮮牛乳和白糖按比例混合，放入鍋中加熱。比較複雜的一個步驟，就是加糖牛乳熬煮的時候，溫度得控制在七十度以上、八十度以下，不能煮至沸騰。這個時代沒有溫度計，所以靠的是顧茵對火候的掌控。
牛乳從火上離開後，需要從一定高度倒入盛了薑汁的碗中，這才是名字裡那個「撞」字。最後蓋上盅蓋，放置一段時間後，凝結成半固體，放上勺子不沈下去，就算是成了。
年輕婦人拿起刻花銀勺，舀起一勺吃到嘴裡。這薑撞奶又香又濃，甜而不膩，入口即化。而且薑味並不會濃郁到刺鼻的程度，反而蓋住了牛乳本身的腥味。相輔相成，相得益彰。她剛從外頭過來，手腳都有些冰涼，吃了帶著薑的甜品，沒多會兒胃裡就暖和起來了。
「您推薦的真不錯。」年輕婦人由衷地誇讚道。
後頭顧茵又給她介紹了其他東西，對方都認真地聽了。
等到顧茵介紹完，年輕婦人才恍然道：「對不起，讓您說了這樣多，我……我再點一盞花茶就好。」
年輕婦人衣著光鮮，其實不像是囊中羞澀的人，但顧茵也不在乎那些，她又不是強買強賣的那種人，只是看年輕婦人面生，又沒人陪著，有些不自在，所以才來和年輕婦人搭話，並純粹地介紹而已。想到自己去別的店做客的時候，也不大喜歡一直有夥計跟著，又恰逢文二太太過來了，正在尋她，顧茵便沒再多留。

文二太太今日心情不好，來了就大吐苦水，說自己在年頭上忙得不成，文二老爺倒是樂呵，從前在寒山鎮上狗嫌人厭的，現在居然還有人上趕著同他交好，請他飲宴吃酒，日日不著家。「虧他年前總說我不著家，我心裡還過意不去，年頭上一天都沒出門，還和從前似的大門不出、二門不邁。他倒好，比我從前過分了不知多少倍！」

文二太太性子直爽，常在輕食雅舍出入後，已經結交了一大幫手帕交。女子聚在一起嘛，除了吃吃喝喝、玩玩鬧鬧，必不可少的肯定還要有罵男人這一項。她一開口，就也有不少人附和。

「我家夫君也是這樣，比起妳家的可混不吝多了，不只是不見人影，年頭上還收了個舞姬，那舞姬妖妖嬈嬈的，技藝不能和曉媛她們相提並論，卻把他迷得五迷三道的。我不高興，我婆母還……算了，晚輩不論長者，總之這個年過得是夠讓人堵心的！」

眼看著她們越說越大聲，顧茵不想牽扯進別人家的私事，正要離開，文二太太卻把她拉住了。

「妳先別走，今兒個我氣不順，雅舍的單都我來買！」

輕食雅舍的東西不便宜，如文二太太這樣注意身形、不怎麼吃喝的，待一天只喝點花茶、吃點沙拉，也要二、三兩銀子。如果是敞開吃喝，那一個人一天的消費怎麼也要有十兩銀子。再加上後頭還多了按摩項目，那消費可就更多了。顧茵正要勸文二太太別置氣，那個和文二太太一道痛罵自己夫君的女眷就搶著開口了——

「都別和我搶，我來付！」

顧茵仔細一回憶，這婦人夫家姓陸，開著京城內最大的綢緞莊，而陸夫人的娘家也是不輸於夫家的富商。

陸夫人又壓低聲音，恨聲道：「反正我家那個給舞姬添一套行頭就花上百兩，與其讓他那樣隨便花銷，還不如請咱們姊妹玩樂一場！不過我也不用他的銀子，不怕妳們笑話，我這年紀了，我爹娘還把我當孩子似的，過年的時候還讓我兄長捎帶了許多財物給我，讓我別苦著自己！我遠嫁而來，朋友少，愛好也少，銀錢沒其他地方花，所以都別攔我！」

顧茵也不勸什麼，讓堂倌公布了這麼個消息。

雅舍內都是不差錢的主兒，但承蒙了她的款待，還是都會來和她打個招呼。

陸夫人是個愛交友的性子，和妳聊聊、和她說說的，那一腔怒火還真消下去了。

顧茵知道她心情不好，找袁曉媛她們問了問，知道陸夫人娘家在江南，就讓幾人臨時排了個小節目——江南的曲子配上江南的小曲兒。再加上顧茵特地下去做的幾道江南點心，最後陸夫人是真的高興了起來，整個人不再蔫蔫的，好不快活！

角落裡，那個年輕婦人一直安安靜靜的，只是看向陸夫人的眼神裡帶著一絲豔羨。

她多想也有這種底氣啊……

顧野天不亮就起身，天色大亮的時候正元帝開始處理政務，他也就開始上課。上了一上午，他腦袋發暈、饑腸轆轆，此時他再吃不下宮裡溫溫吞吞的東西，下了課抓起腰牌就出宮去。因正元帝只給他一個時辰午歇，所以出宮後顧野直奔食為天，從大堂一路輕車熟路地躥到後廚。午市的時候大家都在忙，周掌櫃他們餘光看到他進出，也沒吱聲。

顧野自己隨便弄了點吃的，連食盒都不要，油紙一包，往懷裡一揣，又急忙跑出來。時間緊迫，他只能在馬車上吃喝。沒想到剛出店門，還沒到馬車呢，身後就有人跟過來喊——

「你偷東西，這樣不好！」說話的是個十歲左右、氣宇軒昂的小少年。

顧野被他喊住，疑惑地轉身，歪了歪頭。

小少年馮鈺把他從頭到腳一打量，又分析道：「瞧你的穿著打扮，也不像是窮苦人家的孩子，可是從家裡偷偷跑出來的？還是遇到什麼麻煩了？」

正說到這裡，周掌櫃拿著個小銀錠子跟著出了來，對著馮鈺道：「小客官，您銀錢給多了。」

馮鈺搖頭，解釋道：「沒給多，我幫他付帳。掌櫃的莫要誤會，他是我朋友，沒有偷東西，只是出來得匆忙，所以……我幫他給了也是一樣的。」

顧野哭笑不得地道：「周叔，他以為我偷東西，所以幫我付帳。」

周掌櫃也跟著笑了笑，把銀錠子還給馮鈺。「這是我們少東家，小客官誤會了。」

馮鈺赧然地接了銀錢。「是我多管閒事了。」

顧野擺手說不會。「這叫仗義相助，絕對不是多管閒事。而且你方才說了咱們是朋友，我今天就交下你這朋友了。」

馮鈺沒和比自己小三、四歲的人交過朋友，但看對方小大人似的，和他倒是說得上話，遂輕笑，點頭道：「成，確實是我說過的話。」

兩人互報了姓名後，顧野想著要來不及了，便道：「我想請你吃飯，但我手頭還有事……」

馮鈺便道：「我娘在輕食雅舍，應該會待上好一陣子。我今日都會在這裡，若是有緣，咱們還在這裡碰頭。」

「那就好了，我傍晚就過來，到時候我們再好好說話。」

兩人告別，顧野上了馬車，在馬車上解決了吃喝。

顧野回到文華殿的時候，正元帝已從御書房過來等著他了。

見他急匆匆地趕回來，正元帝就笑道：「你這猴崽子真閒不住，就午歇這麼一會兒，還非得出宮去？」

顧野有些不好意思地笑了笑，坐到他身邊掏出個油紙包。「給你也留了呢！」油紙包打開，裡頭是個肉燒餅。

烘得酥脆的金黃色表皮，裡頭是滿滿當當的肉末，一口下去，齒頰留香。

燒餅剛烘好就被顧野包起，一路揣在懷裡趕回來的，所以並沒有冷掉。

顧野在路上已經吃了好幾個，但想到正元帝吃的東西要試毒，所以他並沒有第一時間把燒餅遞過去，而是準備先咬一口，試給他看。

正元帝把他攔住了，笑道：「不是說給朕留的嗎？」然後他便接過燒餅，幾口吃完。

父子倆還沒說上幾句話，教授顧野學問的先生便歇好過來了。

先生姓鄭，年紀頗有些大了，也在翰林院任職，是公認學問最好的先生之一。

正元帝沒急著走，留下詢問顧野的表現如何。

顧野還是個純純的白丁，但好在眼下只是在開蒙階段，學的東西都是武安從前學過的，武安雖然過目不忘，但到家後該復習的一定會復習，該寫的功課也一定會寫，顧野耳濡目染之下，學起來的速度並不慢。

鄭先生上午就看出顧野底子差，但好在顧野雖然又睏又累，還是堅持上完上午的課。對這個年紀的孩子來說，能耐得住這份性子已經是十分難得，所以鄭先生對他多有誇獎。

下午晌鄭先生不給顧野講課了，讓他自己描紅和背上午教的書。

正元帝索性就讓顧野跟著他一道去御書房，他一邊處理公務，一邊親自監督小傢伙用功。

等到顧野寫了好幾張字，正元帝詢問起顧野對鄭先生的看法。

顧野想了想，道：「我一個白丁，哪來的資格評判先生呢？只是鄭先生年紀大了，教導我這麼個沒有半點基礎的，想來是頗費心力的，我就怕先生太累。」

這一點正元帝自然是考慮到了的，只是昨天才突然知道自家大兒子是個白丁，鄭先生是他臨時從翰林院抽調過來的。皇子之尊，肯定不只一個先生。

「朕今兒個已經在琢磨了，你說小文大人如何？」

文家和顧野他們是一起從寒山鎮來的，兩家私交甚好。且前頭正元帝讓文大老爺辦事那次，他辦得很不錯，人也是知情識趣，所以正元帝對他的觀感不錯。

顧野沒一口答應，試探著問：「那給我上課，對他來說算是升官還是降職呢？」

正元帝笑道：「自然是升官。他們往後不只是教你一個，還要教授你兩個弟弟呢。」

顧野似懂非懂地點了頭。「既是升官，那自然是好的。」

說定之後，正元帝看他實在睏得不成了，就讓他先回去歇著。

在離宮之前，顧野很自覺地去慈寧宮和坤寧宮轉了轉。

王太后正是看他不夠的時候，但聽說他已經唸了一整日的書，王太后也沒多留他，說讀書最累人不過，讓他好好休息。

後頭到了坤寧宮，周皇后正在給小兒子餵點心糊糊。

小陸照調皮得很，吃一口要吐兩口。

顧野陪著她一道哄了會兒小陸照，就已經到了傍晚時分，他才起身告辭。

周皇后把小兒子交給奶嬤嬤，拿披風追出來。「入了夜，天要冷，你仔細多穿一些。」

昨兒個正元帝給的那件鶴氅還在馬車裡，顧野今日穿得也不少，但他還是把披風接了，道：「外頭風大，您留步吧。」

周皇后應了一聲，還是親自送了他一段。

出宮之後，顧野直奔食為天。

天將黑，京城的富戶一般這時候才忙完，正是用夕食的時辰，酒樓裡的客人比中午時分還多。

顧野走進去，詢問了周掌櫃後，還真找到了中午遇到的那個小少年。

「你居然真沒走！」顧野一屁股在他對面坐下。「我還當晚上回來肯定遇不上你了。」

馮鈺已經有些睏了，見了他才打起了精神，笑道：「我娘還沒走，我等她一道回去。」

周掌櫃讓人給他們換上兩道熱茶。

喝完茶後，顧野不用人服侍，又去後廚拿了些吃的出來。「來來，再吃點！」顧野把烤肉往他面前推了推。「乾坐著等也不是個事兒。」說完他先大口吃起來。

馮鈺不怎麼餓的，但看到他香噴噴的吃相，不覺也跟著動了筷子。

等到烤肉吃完，顧野又去端了火鍋來，再端上一些素菜。

「我娘不讓我只吃肉，咱們再吃點菜。」看到他沒再動筷，顧野還道：「都是我請你的，你別同我客氣。」

馮鈺好笑道：「你不必這麼客氣才是。我們才初相識，你要是每認識個人就這麼請客，家裡生意還怎麼做？」

顧野就笑道：「哪可能啊？我是覺得你人不錯，才這麼大方，平時可摳門得很。而且我雖是少東家，也不是吃白食的，我給我娘辦事，在這裡有工錢的，平時吃喝都是掛帳，月底要算帳，從我工錢裡扣的。」

馮鈺驚訝道：「這不是你家的產業嗎？怎麼還算得這樣細？」

顧野吃得差不多了，拿了帕子擦了嘴，說：「不能這麼算，誰家還沒個親朋好友？要是人人都來白吃白喝，這生意才是做不起來呢！我家自開始做生意起，不論是我娘、我阿奶還是我，除了工作餐外，另外吃東西都要記帳，從工錢裡扣。從我們自身做起，不就杜絕了旁人白吃白拿的可能？」

馮鈺若有所思道：「你家做生意確實有一套辦法，也難怪你家酒樓的生意這麼好。」

顧野笑笑沒接話，心道這才哪兒到哪兒啊，再皮毛不過的東西。真正核心的東西，他也不會和第一次見面的人說。

後頭他們吃完，堂倌幫著把東西撤下。

顧野詢問道：「你娘經常來雅舍嗎？」
馮鈺說不是的。「她頭一回來，所以我才放心不下，跟著過來了。她並不知道我來。」
這話挺奇怪的，來自家三樓雅舍的婦人都是來玩的，有啥好不放心的？但顧野沒揪著這個問，只笑道：「那你有得等了，三樓的客人們經常玩到宵禁時分呢！」
馮鈺點點頭。「無妨，我等著便是。你不用管我，若有事接著去忙就是。」
「我也等我娘。」描紅在宮裡的時候已經寫完了，顧野就回馬車上拿了本書來背。
馮鈺看他背的是孩童啟蒙用的《三字經》，納悶道：「我聽說吉祥戲園的《風流記》就是你所寫，能寫出那樣好的唱段，你怎麼還看這樣淺顯的東西？」
「這傳聞怎麼傳成這樣了？」顧野聽了都有些臊得慌。「那《風流記》的故事是我想的，但其他都是請人代筆的，怎麼就傳成是我寫的了？你看我這年紀，像是能寫出那樣的戲本子的嗎？」
「不能這麼說，不能以年紀論人。蔡文姬六歲能辨弦音、曹沖七歲稱象、甘羅十二拜相……歷史上的神童可太多太多了。」
這些典故，剛唸書第一日的顧野還真沒聽過，便問起來。
馮鈺十分有耐心地一一向他講解。
他不過十歲，說起典故從容不迫、有條不紊，還十分生動有趣，顧野跟聽說書似的聽入迷了。等到一系列典故說完，顧野看他的眼神又不同了，變得更加熱切了。眼前這人不只心腸好，學問也好，這種朋友他能放任溜走，那他就不是顧野了！

「第一日交朋友，倒是麻煩你給我講這樣多。我沒什麼能幫到你的，你想不想吃甜品？只給三樓特供的那種，我去端兩份來。」

馮鈺說不用，又有些為難地道：「倒是有件事，不知道能不能請你幫忙？我母親十分喜歡你讓人寫的那《風流記》，那戲本子能借我看看不？當然不是白借，該給的銀錢我照給！」馮鈺不是愛麻煩別人的性子，但他母親陳氏自魯國公府開府之後，就沒過上一天舒心的日子。母親難得有喜歡的東西，回去後當著他的面哼過好幾次，他有心想陪著她再去看一次《風流記》，母親卻不允。不允的理由不用言明，自然是怕秦氏不高興。

「這有啥不行的？」顧野答應下來。「咱們都是朋友了，還提什麼銀錢？我今日沒帶，下次我就取了來放在這裡，和周叔他們知會一聲，你有空隨時來取就行。」戲碼開唱之前，戲本子當然是不能給外人看的。但《風流記》從年前唱到現在，不少看客都倒背如流了，就算是流傳出去也不礙事。

「你先不要答應。」馮鈺面露難色，他算是看出來了，顧野是真心要和他結交的，兩人相處也確實舒服，可兩家的關係……他在猶豫著要不要自報家門？猶豫了半晌，馮鈺還是坦承道：「我家是……」

顧野抬手制止了他。「我們兩個交朋友，怎麼還論這些？又不是說親，還得看門第。」馮鈺被他逗得笑起來，拱手道：「我雖虛長你幾歲，倒是我想窄了。」

兩人便不聊身分，接著談天說地。

顧野肚子裡沒墨水，這方面和才十歲就已經文武雙全的馮鈺沒有可比性，但馮鈺說，他就認真聽，聽完也能接上話。

後頭顧野給他講一些市井裡的東西，這些馮鈺就不懂了。馮鈺長在軍營，後頭就成了國公府的公子，秦氏規矩大，又嫌他前頭被親娘教養得不好，派了好些人日日督導著他，過的日子和大門不出、二門不邁的小媳婦沒差別，今日他也是好不容易才從府裡脫身出來的。

兩人聊著聊著，就見顧茵陪著陳氏從三樓下來了。

第三十三章

陳氏上午來的時候很是拘謹，後來被陸夫人請了一輪，她也去和陸夫人道了謝。陸夫人是江南來的，就喜歡溫溫柔柔的女子，一開始還以為她是自己同鄉，後頭看她沒人陪著，就留她在那桌一道玩。陳氏的性子看著內斂，其實她還不到三十歲，哪有不愛熱鬧的？一玩起來，她也忘記了時間。

夕食的時候，文二太太和陸夫人又爭著要買單，請所有女客都喝了一杯青梅酒。陳氏飲了杯酒就更放得開了，跟著陸夫人她們看歌舞，把手掌都拍疼了。

顧茵注意到她的時候，她已經面色酡紅，這才立刻把人扶下來，想著把她送回家去。

「母親。」馮鈺看陳氏的臉紅得不對勁，立刻站起身去扶。

陳氏見到了他，立刻清醒了一些，忙問道：「你怎麼過來了？」

馮鈺沒說自己是跟著她後腳出來的，已經在樓下等了一整天，只道：「兒子擔心母親，所以過來瞧瞧。」

「真對不起。」顧茵歉然道。「我不知道你母親不勝酒力，不然肯定不會讓陸夫人她們勸著她飲酒。」

哪有人在酒樓喝醉了，卻怪起酒樓東家的道理？陳氏遂搖頭道：「是我從前沒飲過酒，讓妳們看笑話了。」

說著話，顧茵和馮鈺一起把陳氏扶上馬車。

馮鈺向顧茵道了謝，又跟顧野點頭示意，這才指示車夫駛動馬車。

目送他們離開後，顧茵問顧野。「你啥時候過來的？」

「傍晚從宮裡出來的，天將黑的時候過來吃了夕食等妳。」顧野說著，然後又把白天和馮鈺因為誤會而相識的經過說給她聽。

「你這哪是在等我？這是又和人交上朋友，玩得樂不思蜀了！」顧茵好笑地伸手戳他。

顧野把她的手指截住。「娘先別笑我，我有正事說。」

顧茵進去和周掌櫃打了個招呼，拿了自己的披風出來，母子倆坐上了自家的馬車。

馬車上，顧野神神秘秘地問她。「娘知道他們母子是誰不？」

顧茵搖頭。「他們都是第一次來，面生得很，我從哪裡知道？」

顧野自豪地挺了挺胸。「我知道！他們是魯國公府馮家的人！」

顧茵愕然，問他怎麼知道的？

「他說叫馮鈺，後來和我要戲本子的時候，我一口答應了，他卻面露難色，讓我不忙給，然後欲言又止地提到他家。娘說這京城裡姓馮的，和咱家有關係卻又不是交好的，可不是只有魯國公府？」

他雖然沒有證據，但分析得有條有理，加上王氏在家裡說過那次在戲園裡碰到秦氏婆媳的事，還特別憤憤不平地罵道「也不知道那樣的老虔婆，如何能得了那麼個溫溫柔柔的兒媳婦？在外她就這樣橫，在家裡還得了？不得把她兒媳婦往死了磋磨」，這還真對上了。

「所以我只做不知，讓他別說，真要說破了，我倆也不可能再交好。」顧野又皺起眉頭問：「娘說他們為什麼來？是他們家不合，所以馮鈺他娘故意和她婆婆對著幹嗎？」

顧茵沈吟半晌，道：「我猜是魯國公府那位老夫人逼著她來探聽消息的。若真有不合，今日那夫人既為了氣她婆婆特地過來了，不會隻字不提。咱家光明磊落的，事無不可對人言，只是探查而已，咱們長個心眼就是。」

顧野贊同地點點頭。「馮鈺人還挺好的，他娘也不差，怎就在那個老虔婆手底下討生活呢？」

顧茵伸手點了點他的嘴唇。「別學你奶說話，若是從前倒也沒事，但你往後不比從前了，明白不？」

顧野立刻正了色，點點頭，說知道了。

再說陳氏和馮鈺這頭，從食為天離開後，陳氏撩開馬車上的車簾吹冷風。

馮鈺見狀要攔著，就聽她道——

「我這樣回去，你祖母肯定要不高興，起碼讓我把酒味散散。」

秦氏前頭對輕食雅舍嗤之以鼻，如今人家卻越辦越好，吸引了越來越多的女客，儼然要成為京城最負盛名的婦人聚會場所，秦氏實在是納悶。當然，秦氏本人是不可能親自過去的，一來是她本身要面子；二來是前頭才遭了王太后申斥，她有些糊塗，不知道為何王太后突然這般，因此便在家裡稱病，不敢再出府去，眼下也沒那個臉突然說病好了。

由於秦氏得用的人日常都帶出去過，聽說輕食雅舍裡頭也有官眷，保不齊就會讓人認出來，所以想來想去，也就她這個兒媳婦能用了。陳氏自從入京後就被秦氏管著，沒再出去拋頭露面，和陳氏相熟的都是昔日與馮家交好、同在軍營的人家，那些人家既和馮家交好，自然是不會去背靠英國公府的食為天，所以秦氏就驅策她去了。

陳氏一開始還不肯，但讓秦氏板下臉來罵了，說又沒讓她去做什麼傷天害理的事情，只是像一般客人那樣去坐坐、吃點東西而已。後來魯國公馮源想著親娘才受了氣，怕秦氏再氣出個好歹來，就也幫著秦氏說話。夫君和婆婆兩面夾擊，陳氏這才不得不從。

這也是為什麼她會那麼羨慕陸夫人的原因——婆婆的打罵雖叫她難受，但自古兒媳婦都要侍奉婆婆，人的性格也各不相同，相處不來的婆媳比比皆是。可婆婆和夫君一起逼著她做違心的事，卻是真的讓她有些心灰意冷。

然而再心灰意冷，身為孤女的她卻沒有反抗的底氣。真要讓馮源和秦氏都對她厭了，她被休棄也不要緊，可兒子馮鈺往後卻要在繼母手下討生活，這是她萬萬不敢設想的。

馮鈺拗不過她，最後只能眼睜睜地看著她吹了一路冷風。

回到魯國公府後，陳氏讓馮鈺先去歇著，她還要去向秦氏回話。

馮鈺卻不肯，他就是知道母親是被祖母逼著去英國公府的酒樓探聽消息，放心不下，所以才跟著去的。畢竟自己母親的性格，馮鈺是了解的，怕是給不了他祖母滿意的答覆。但若是他跟著一道去了，祖母看在他的面子，怎麼也會寬恕一、二分。

卻也不巧，他們母子過去的時候，馮濤正在和秦氏說話。

不久前秦氏才給了馮濤三萬兩，創立了望天樓。

都知道年頭上酒樓生意好，秦氏詢問了一下帳目，想知道自家那大酒樓掙了多少銀錢？沒想到不問還好，這一問，馮濤就開始哭窮，說年頭上根本沒賺到什麼錢，賠本賺吆喝罷了，甚至連買酒樓後剩下的那萬兩銀子都快賠進去了！

魯國公府的根基是比英國公府穩，但也沒到幾萬兩銀子都不當錢的地步啊！加上前頭安撫傷兵也花出去好大一筆錢，家裡的帳目其實已經是一團糟了！這下子秦氏哪裡還坐得住？只納悶怎麼同樣是開酒樓，食為天就辦得賓客雲集，自家反而虧得連本錢都保不住？

馮濤仍在秦氏面前哭窮，秦氏被他鬧得沒辦法，只得又拿了五千兩體己銀子給他。

馮濤拿到銀錢後，心滿意足地走了，這才輪到陳氏進去回話。

陳氏猜到秦氏此刻正是氣不順的時候，對著她自然沒個好臉色，就讓馮鈺先在外頭站一站。果然，她進屋後，秦氏也不讓她坐，就讓她站著說白日見到的情況，陳氏如實都說了。

秦氏沈吟半晌，問她。「妳說若是咱家也在酒樓上做一個這樣的，是不是也能賺到銀錢？」

陳氏沒再吭聲。明著打探對手的消息還能說是為了知己知彼，但照著對家有樣學樣地做起招待女客的場所，這就很不光彩了。

「問妳話呢！啞巴了？」秦氏不知道馮鈺在外頭，當著一屋子丫鬟、婆子的面，氣惱地罵道：「妳從前不也是廚娘出身嗎？人家能做的什麼甜品，難道妳不能做？怎麼從廚娘爬了床，當了幾天國公夫人就得意忘形，忘了自己的跟腳嗎？」

陳氏從不以自己的出身為恥，但爬床這樣的話委實太過難聽了，尤其馮鈺還在外頭呢！她滿臉通紅，嘴皮囁囁，但最後還是什麼話都沒說，只紅著眼睛，奪門而出。

「規矩都學到狗肚子裡去了！我這當婆婆的病懨懨地躺在床上，她也不知道留下來服侍？且我還沒說完話呢，就敢自己走出去？等我養好身子，再來調教這個沒規矩的東西！」

秦氏喋喋不休的叫罵聲從屋裡傳出，馮鈺默不作聲地站在廊下，眼神森然。

顧茵和顧野回到英國公府的時候，王氏和武重他們已經用過夕食，正陪著武安寫功課。看到他們母子一起回來，王氏笑著嗔道：「小猴崽子！早上聽你娘說你往後還回家來住，我特地又讓廚子燉了個肘子，沒想到你又沒回來吃飯！」

顧野趕緊膩到王氏身邊，說：「我知道奶最疼我不過了！今兒個在外頭遇到點事，出宮後耽擱了一下，所以回來晚了。」

王氏問啥事。

顧茵自然也不瞞著她，把遇到陳氏母子的事給她說了。

王氏聽完後嘆了口氣，然後看向武重。

武重點點頭，說：「沒事，說吧。」

王氏就先讓兩個小傢伙一起去忙功課，再把屋門關上。等到只剩他們三人了，王氏才開口道：「那家的兒媳婦也是個可憐的，上回妳爹聽我唸叨了一陣，告訴了我一些舊事。」

原來當年陳氏到了軍營當廚娘，並不是什麼野心勃勃想往上爬的人，只因她的手藝比一般人強些，所以才入了馮源的眼，經常讓她單獨做吃食，一來二去的，兩人就漸生了情愫。那會兒軍中風言風語，馮源就想收了她，但因身分有別，陳氏也不肯做小，一直不接受他。有次馮源中了劇毒，大夫都說不可能活了。照理說陳氏同他本就還沒開始，那會兒更該和他撇清關係的，但她那時卻願意不要名分，衣不解帶地照顧他。後頭義軍又打了場勝仗，馮源偶然得了解藥，又好起來，立刻在軍中辦了場熱鬧的婚禮，沒多久陳氏就懷了馮鈺。

這一段軍中佳話，幾乎是元老級人物無人不知的。

到了眼下，旁人雖不知道秦氏在家裡是如何對兒媳婦的，但看秦氏次次外出赴宴都不帶陳氏，提到她也是嗤之以鼻，不用想也曉得這段佳話怕是沒有延續下去，陳氏的日子不會好過。想來也是唏噓啊！

顧茵本就對陳氏不反感，只是沒想到她溫溫柔柔的模樣下，還有這樣堅強的一面，可謂是女中豪傑了。這要是關係不錯的人家，看到這種不平事，顧茵和王氏自然得出手幫幫忙，然而兩家水火不容的，她們要是插手，陳氏的日子怕是更不好過了。

後頭沒多會兒，武安和顧野都忙完了自己的功課。

武安還是平常的臉色，顧野卻揉著眉心，似乎是累到了。

王氏見了就問：「小野這才進學第一日，功課就這樣多了？瞧把咱們小野累的，這不得補補？」

顧野還沒說話，武安就噗哧一聲笑了出來。

王氏問：「你笑啥？」

武安看了顧野一眼。

顧野紅了臉，說：「你有話就說唄，看我幹啥？」

武安這才道：「沒笑啥，其實小野的功課只是背一段《三字經》，他早就背完了，累是因為方才他寫了新的戲文大綱！」

王氏忍不住笑道：「怎又鼓搗啥戲文了？」

「哎！」顧野小大人似的一擺手。「奶這就不知道了，這戲文和娘酒樓的吃食一樣，得不斷推陳出新呢！我眼下開始寫，這個月排上，下個月就能看新戲了！」

「好好！那這次準備寫個啥故事？」王氏本就愛看戲，自家孫子編的戲就更喜歡了，那《風流記》她看了不下十次，好多唱段都會背了呢！

顧野道：「這次準備編個惡婆婆虐待兒媳的故事。」

王氏和顧茵不禁對視一眼，若非自家崽子不是愛聽壁腳的性子，他們都要懷疑方才的話讓他聽去了！不過也不難理解，這種戲碼還是挺俗套的，從前在寒山鎮上的時候，王氏就聽過一齣類似的，戲文後頭那兒媳婦還進宮當娘娘了呢！所以婆媳倆都沒置喙。

天也暗了，顧茵催大家安歇，她又留了一留，讓人去前頭等著。

後頭聽說武青意也回來了，她才回屋歇下。

翌日天不亮，武青意等了顧野一刻鐘，沒看到他過去，就從前院過來抓人了。

天氣還凍人得很，顧野連續起了兩天早，這天就起不來了，睏得眼睛都睜不開，抓著被子耍賴。「大冷天的，凍死了！我起不來，我今天不要去！」

武青意當然是有力氣把他挖起來的，但就怕下手下重了，傷到了他。

正僵持著，顧茵捧著小棉襖，推門進來了，笑道：「我就知道今天有個崽子要賴床，讓我看看是哪個不講道理的小傢伙？」

顧野在被子裡格格笑起來。

顧茵走到床邊，哄道：「快起吧，衣服都讓人給你熏熱呼了。」

顧野這才鬆了抓著被子的手，帶著睏腔，甕聲甕氣地說：「娘給我穿。」

顧茵幫他穿好衣服後，他也完全清醒過來了，自己下床去洗漱。

等他的工夫，顧茵讓人端來吃食，同武青意道：「你昨兒個回來得晚，今兒個又起了個大早，帶點東西去吃。」

這吃食不是府裡廚子做的，是顧茵鼓搗出來的肉夾饃。烘得外脆裡軟的白麵饃饃，加上剁碎了的醬肉丁，那肉丁肥瘦相間，肉汁四溢，用油紙一包，晨間吃著最抗餓不過。

武青意拿了兩個油紙包，輕笑道：「好，我帶著路上吃。」

顧野洗漱好跑過來，手上抓著自己的髮帶，催著武青意出發，又聳了聳小鼻子，嗅道：「什麼味道？好香！」

「小狗鼻子，這麼靈？」顧茵點了一下他的鼻頭。「也給你準備了。」

聽說是新東西，顧野揣了兩個，又問他娘。「還有嗎？我給宮裡也帶一些。」

顧茵是給家裡其他人也準備了的，但眼下時辰還早，還有時間給武重和王氏他們重新再做，所以就道：「有是有，就是……」她還不知道顧野早就經常帶吃食入宮，想著外頭的東西帶進宮裡總有些不好，就怕給顧野惹禍。

顧野擺擺手。「娘別想那麼多，叔說陛下喜歡純直之人，我只管帶著，吃不吃無所謂。」

武青意能成為正元帝的左膀右臂，對正元帝的了解自然是非一般人可比，且今日的吃食都是顧茵親自經手，確保沒有問題的，所以她就把弄好的另外幾個肉夾饃讓顧野都帶上了。

出了英國公府，天邊泛起蟹殼青，武青意拿了正元帝給顧野的鶴氅，把他從頭到腳一包，包成個毛茸茸的小球，然後抱著他在無人的街道縱馬狂奔。

緊趕慢趕的，兩人總算是趕在上朝之前入了宮。

正元帝剛從文華殿出來，見了顧野佯裝生氣道：「今兒個給你換了新先生，朕還想著上朝前引薦給你，沒想到你這小子到這個時辰才來！」

顧野連忙討饒。「我錯了我錯了，這不是長個子的年紀，貪覺嘛！」這是王氏常說顧野的，也是老一輩嘴裡都會說的話。

沒聽過有孩子自己這麼說自己的，正元帝忍不住笑起來。「你倒是挺有道理！」

「沒，」顧野又是討好地笑。「我是真知道錯了！我早上沒吃東西就趕過來了，你吃了沒？」

「朕等上完朝再吃，你若餓了先自己讓人弄東西吃，不必等朕。」

顧野就摸出一個油紙包遞到他手裡。「那先墊墊吧！」

正元帝好笑道：「朕這就去前頭上朝了，你讓朕上朝的時候吃？」

顧野說這有啥。「你這袖子這麼大，一擋就是了！而且上朝的時候誰敢往上頭瞧啊？」

說著話，太監過來說百官都到齊了，正元帝立刻過去了。

等坐到龍椅上，正元帝才發現那個油紙包還在手裡。好在如顧野所說，他袖子寬大，旁人也瞧不見。

今日上朝談的還是年前積壓的事務，那些事務既然會被積壓，便是各有各的棘手之處。

那一團亂麻的事情還沒理出個章程，下面兩個臣子就誰也不肯讓誰地辯了起來。

正元帝聽得一個頭兩個大，一開始還兩邊都勸上兩句，後頭看這兩人像鬥雞似的不聽勸，他也就省了口舌。

當皇帝是個辛苦活，正元帝不過睡了兩、三個時辰，一早上又沒吃東西，就有些撐不住了。手裡的油紙包還溫著呢，正元帝做頭疼狀，用大袖子掩面，吃了起來。那肉夾饃就巴掌大小，對成年男子來說，也就幾口的事兒，然而他剛吃一半，有個極其重視規矩法度的御史忽然開口了——

「什麼味道？誰人敢在金殿之上進食？還有沒有規矩了？」

正元帝老臉一臊，忙把紙包包好，又放下了袖子。

好在那御史沒懷疑到正元帝頭上，只是用目光查探其他大臣。

「罷了罷了！」正元帝無奈地擺手。「今日退朝，有事明日再議！」新朝還是遵循前朝的舊制，五日一朝，但若是有未處理完的事務，則幾乎是日日要朝參的。

退朝之後，武青意特地留了一留。

正元帝還當他是有什麼要緊事稟報，讓宮人先下去了。

武青意倒是沒什麼事，只是指著嘴唇道：「陛下，這裡。」

正元帝伸手一摸，結果摸到了饃屑。

好在只有武青意看到了，正元帝拿帕子把嘴一擦，接著當無事發生過。

殿內也沒其他人，武青意乾脆就掏出個油紙包，吃起來了。

正元帝自己才剛當著文武百官的面偷吃過東西的，也不好說他，只無奈地笑著瞪他一眼，讓他吃完趕緊去上值。

正元帝回到文華殿時，顧野已經和新先生說上話了。

這日新來的先生一共有兩個，一個自然是正元帝前頭說的文大老爺，另一個也是前頭幫正元帝寫過戲文的翰林學士，還不到三十歲，是前朝的狀元郎，名叫荀敏學。

一共三位先生，老中青三代都包含了，也是正元帝為顧野的考量。

正元帝過來的時候，顧野正跟文大老爺嘀嘀咕咕的。

一見到他，顧野立刻住了口，笑道：「等著您用朝食呢，我吃完就要開始上課了。」

私下裡顧野一口一個「你」的，親近得不行，人前卻還知道稱「您」，乖覺的模樣讓正元帝怎麼看怎麼喜歡。

正元帝就讓文大老爺和荀敏學去偏殿用飯和備課，他和顧野一道用。「你還吃得下？剛塞給朕那個夾餅，朕吃了半個就差不多了。」

顧野嘿嘿笑了一下。「好吃吧？我娘做的，那不叫夾餅，叫肉夾饃。不過我沒吃，都讓人送到大阿奶和娘娘那兒了。」

正元帝已經聽人說了他前一天回去的時候，還知道去慈寧和坤寧兩宮，此時再聽他說這話，心裡越發熨貼。眼下自家這身分，其實誰會缺一口吃的呢？但這種事事把家人放心上的舉動，很難不讓人心裡發軟。

兩人又一道吃了點心、喝了膳粥後，正元帝同他道：「有件事得讓你拿主意。你選個伴讀進宮來吧，」一見顧野面上一喜，正元帝又接著道：「最好不要是武家的。」

第一個想到武安的顧野立刻就蔫了。

正元帝揉著他的頭頂，分析給他聽。「不是朕不喜歡武家的孩子，而是當你伴讀的名額只有一個，這個人，甚至這個人背後的家族，日後都將為你所用。朕知道你和武家的孩子一起長大，情分是外人不能比的，正是因為這樣，所以不要選他，懂不？」

顧野懂了，伴讀就是給他培養自己人的機會，武安已經是他一個陣營的了，所以要把這個機會給別人。而且顧野又想到，武安的性格比較靦腆、內向，也就在家裡的時候活潑些，在外頭他是會不自在的，讓他進宮來，他短時間內可能還真習慣不了。顧野和正元帝接觸的時間雖不長，但正元帝樁樁件件都是為了他考慮，顧野知道正元帝是真心對自己好的。

「那能容我想想不？」他沒再不高興了，沒骨頭似的，整個人靠在正元帝身上。

他還不到七歲，但道理一點就透，不像其他這個年紀的孩子，遇到不順遂的事情只會哭鬧，正元帝自然道：「當然可以。左右這正月底朕才會下旨恢復你的身分，你慢慢想。」

顧野點點頭。其實他還有另一個人選的，就是馮鈺。

雖然認識的時間短，但馮鈺一開始誤會他偷東西，先幫他給了銀錢，又跟出來規勸他，詢問他是不是遇到了什麼困難，後頭還給他講了那麼多典故。跟他借戲本子的時候，馮鈺還想著自報家門，並不故意隱瞞兩家敵對的身分，光明磊落得很。

不論是為人，還是文采，馮鈺都是挑不出錯處，極好的。壞就壞在馮鈺是魯國公府的，同樣是當伴讀，馮鈺肯定是給自己的表弟當，哪裡輪得到他呢？愁人得很啊！

顧茵送走一大一小後，又去廚房給家裡其他人做好了肉夾饃，這才來了食為天。

到了快中午時分，外頭忽然喧鬧起來，顧茵去外頭一看，原來是一個車隊在運送東西。太白街本就熙攘，那車隊運送的東西又都是大件，就把路給堵住了。

顧茵使人去打聽，才知道這些東西都是要送到望天樓的——那街尾的位置不像食為天所在的街口這樣四通八達，運送大件的話只能從食為天門口經過。

打聽消息的是大孫氏，她心裡玲瓏，不只探聽到這個，欲言又止道：「東家，我有話不知當講不當講……」

顧茵讓她說。

大孫氏這才開口道：「我看那些東西又是金、又是玉，不像是一般酒樓會用到的，而像是女子貴眷用的東西，且我還在望天樓看到有工匠出入，他家夥計也對人說今日頂層不開放，要重新修葺，您說他們是不是……」

前一天陳氏才來過，今日望天樓就開始敲敲打打，添置女子用的東西了，自然是要抄自家的輕食雅舍。速度是比顧茵預料的更快，但也並不足以讓人吃驚。

「我知道了。」顧茵點頭。「沒事的，咱們且看看。」

先不說自家的輕食雅舍有顧茵自己做的甜品加持，光看擺設她就覺得望天樓抄不明白。怎麼說呢，他們運送過來的東西雖然貴重華美，但給她的感覺就是，這並不是年輕女子會喜歡的，而是男人以為這是女子喜歡的東西。

而且桌椅那些也都是以紅木為主，紅木自然更加名貴，擺在店裡更好看，但這種顏色其實是不利於開店留住客人的，因為看久了容易讓人焦慮，更別說那種硬板椅子，舒適度上根本不能和沙發相提並論。顧茵不由得想到了陳氏，她昨兒個在雅舍裡待了一整日，會沒察覺沙發比普通的木椅舒服嗎？沙發這種東西比紅木桌椅便宜，且做法不複雜，說給匠人聽，人家立刻就能做，但望天樓卻沒照這個抄，應該是陳氏回去後根本沒提這個。

確實是個挺不錯的人，若不是兩家對立，顧茵都想交陳氏這個朋友了。

城外的月半庵，是享譽京城的香火鼎盛之地，也是之前武重為家人立長生牌位，後頭送沈寒春過來養病的地方。

王氏聽御醫轉達，說沈寒春覺得在外有些孤苦，所以這天便代表全家過來探望她。

沈寒春調養到現在，身子已經好上許多，起碼能下床了，但聽到王氏過來，沈寒春還是稱自己身上還沒大好，未免過了病氣給她，就不見她了。

她自己說覺得孤苦的，眼下卻又不見人，實在頗為奇怪。但王氏心虛啊——前頭自家還讓顧野日日去瞧她呢，後頭才知道這命格最貴重的就是顧野，差點意外弄死她。所以王氏也沒生氣，只叮囑丫鬟們服侍得盡心一些，轉頭就逕自去燒香了。

今日天氣有些陰沈，出城的人少，庵堂裡只有三五個香客。

王氏跪在蒲團前，給家人都祈了一遍福。等她再睜眼的時候，發現身邊的蒲團上也跪了一個人。

「信女陳氏，年幼被拐，賣入雜耍班，命途坎坷。不敢奢望自身，只求菩薩保佑，保佑我爹娘平安順遂，在碼頭上不受風吹日曬之苦，保佑我兒平安長大……」陳氏一臉虔誠，連身邊的人端詳了她半晌都沒發覺。

王氏看她也是事出有因，因為聽到她的聲音，覺得耳熟，仔細一回憶，這才想起是那日在戲園子碰到的秦氏兒媳婦。她的聲音溫溫柔柔，說官話的腔調和一般人都不一樣，也就比自家兒媳婦差了一些，所以王氏對她印象深刻。

陳氏睜眼，看到旁邊的婦人在瞧她，便歉然地道：「是我聲音太大，打擾了夫人嗎？」

王氏搖頭說不會，然後她也不知該說什麼，只忍不住嘆息道：「妳是個好的，唉……」看陳氏身邊還帶著人，王氏怕自己和她說話，讓秦氏知道了又要發落她，所以也就沒再多言，立刻走了。

廂房裡，沈寒春正在問一個小尼姑。「妳確定她們兩人在一處祈福？」

「是的。」小尼姑點頭。「可是沈姊姊為什麼要讓我把兩位夫人引到一處？是想讓她們結交成朋友嗎？」

這小尼姑十一、二歲，是亂世中被庵主收養的棄嬰之一。她自小在這庵堂長大，雖然年紀不算特別小，但心思澄澈，半點都不懂世間險惡，叫沈寒春隨便一哄就幫忙跑腿辦事了。

沈寒春唇邊泛起一絲冷笑。結交朋友嗎？自然不是，她是要讓兩家結仇！

那陳氏不是什麼厲害人物，甚至整個魯國公府，日後都不算什麼人物。但那魯國公府的世子馮鈺，卻是個頂厲害的。

當年烈帝登基之前，雖然正元帝愛重這個兒子，但烈帝的登基之路也不是一帆風順的，最大的對手，就是馮貴妃生的皇子陸煦。倒不是陸煦有多麼驚才絕豔，而是他有個極厲害的表哥，也就是馮鈺。

那馮鈺是個文武全才，陸煦有他輔佐，才能和烈太子分庭抗禮。馮鈺後頭敗了，並不是他技不如人，而是烈太子拿捏住了他的把柄——弒親！殺的不是旁人，正是魯國公府的老夫人，他的親祖母秦氏！馮鈺當了世子後就讓人給秦氏下了慢性毒藥，讓秦氏在晚年時生了如同卒中一樣的癥狀，苟延殘喘地活了幾年後才撒手人寰。

這事實在駭人聽聞，而且也匪夷所思，他好好的殺自己的親祖母做什麼？後頭才知道，原來是因為他娘陳氏在他十來歲的時候就被那秦氏磋磨致死，且秦氏還效仿古人的做法，將陳氏以髮覆面、以糠塞口，不讓陳氏去黃泉路上告狀。他那是為母報仇！

雖然情有可原，但這種事確實是天理不容，所以正元帝判了他斬立決。陸煦也因為有了這樣一個糟心的外家，再沒了奪嫡的希望。

馮鈺問斬那日，陸煦和馮貴妃等人都沒去瞧他，只烈太子去看了他。聽說兩人在法場之上把酒言歡，惺惺相惜。

當時這案子牽涉到下毒，所以正元帝派出了宮中所有會醫術的人徹查，沈寒春也在其中，這才對整個案子知之甚深。

儘管知道再等幾年，這兩人就會成為死敵，但沈寒春等不了了，也不能等，她要把英國公府拖下水！

支開小尼姑和丫鬟後，沈寒春藉著鍛鍊病體為由，出了半月庵，聯繫到了一些三教九流之輩。

今日之後，京城上下都將知道陳氏的出身——一個被拐子拐走的孤女，早先在雜耍班子裡靠賣笑、賣雜耍技藝為生的！

現下有不少人知道陳氏從前是軍營裡的廚娘，但她當廚娘之前的往事，自然是只有和陳氏真正親近之人，或者是如王氏那樣，在旁邊聽過一耳朵她祈福的話的人，才會知道。

堂堂國公夫人，讓人知道了這段出身，怕是很快就要成為全京城的笑話。而那魯國公府的老夫人最注重顏面不過了，這流言一出，想也知道定會暴跳如雷，越發磋磨陳氏。

馮鈺極為看重他娘，肯定是不會忘了這個害了他娘的傳聞。他會不會也把英國公府當成仇人呢？沈寒春已經迫不及待想知道了。

有過一次差點遲到的經歷，後頭顧野沒再遲到，天天都趕在正元帝來查看之前就已經進了文華殿。

這天文大老爺比他來得還早，兩人又立刻頭碰頭地說上話了。

後頭正元帝過來，正好聽到顧野讚嘆道——

「大叔公好棒的文采！我就知道我前頭想的不錯，《風流記》裡最精彩的那段——唱我家麻辣火鍋的，就是您寫的！」當然了，以顧野這白丁水平，肯定是看不出《風流記》裡哪段是文大老爺寫的，只是聽他娘私下唸叨過，說誇麻辣火鍋的那幾句實在太真情實感了，簡直像寫這唱段的本人不僅吃過，而且還十分喜歡一樣。後頭他又聽正元帝提過，說那戲本子是他發動了翰林學士來寫的，又主動提議讓文大老爺給顧野當先生，顯然對文大老爺還有幾分看重。前後一連結，顧野自然就猜到了。

文大老爺是個內斂的人，聽到這話卻是忍不住翹了翹嘴角。

「殿下客氣了，下官可不敢當殿下的一聲『叔公』。」

顧野笑著點頭道：「您是為我好，我曉得的！但是私下裡嘛，我還是喜歡像從前一樣喊您。」

文大老爺被他哄得滿臉堆笑，說：「殿下要是覺得還行，那我接著……」話音未落，文大老爺看到正元帝過來了，立刻起身行禮。

正元帝進殿讓他免禮，詢問道：「昨兒個就看你們在商量什麼，這是又在計劃何事？」

顧野就解釋道：「不是什麼要緊的事，是我想了個新戲，請小文大人幫著潤筆呢！」

正元帝愕然。堂堂翰林學士，如今又是皇子的先生，上次是他以皇帝的身分才能驅使得動小文大人等人，顧野雖是皇子，可昨日已經拜了小文大人為老師，小文大人可沒必要聽學生的啊！

顧野就笑道：「小文大人知道我孝順呢，兩位阿奶都愛看戲，是寫給她們瞧的。」

得，原來和正元帝之前用的是一樣的理由！

這理由第一次還能騙騙人，後頭吉祥戲園和食為天都因這齣戲賺得盆盈缽滿的，可再沒人會相信這戲只是為了孝敬長輩了。不過小文大人既然願意幫顧野寫，正元帝也不說什麼。

但後頭私下裡，正元帝還是和顧野嘟囔了兩句。「前頭不都是讓我幫你想嗎？這次你怎直接和小文大人商量起來了？」

顧野心道：這叫沒有中盤商賺差價，直接對接，我娘從前教過的！

正元帝雖然不是中盤商，但既知道了那戲本子出自誰手，自然就可以省略中間這步了。

可這話當然不能說，因此顧野蹙眉道：「從前那是不知道你的身分，才為這點小事麻煩你，眼下知道你這般忙，哪裡還敢？你最近天天上朝，一上就是半上午，後頭還有處理不完的公文。」說著他又是扶額、又是嘆氣。「勸你休息你也不聽，真是愁死我了！」
正元帝哈哈大笑。「怎麼一套一套的，比人唱戲的表情還多？可真是讓人拿你沒辦法！」
顧野也跟著笑，問道：「那既然你問起了，我能占用一點你的時間，聊聊戲本子的內容嗎？」
正元帝確實忙，但再忙也要吃飯，於是就用吃朝食的時間，和顧野慢慢聊。

這天顧茵到輕食雅舍的時候，陸夫人等人就已經到了。
眾人沒像往常那樣說說笑笑，而是壓低聲音在說話，顧茵一上來，眾人就止了話頭。
顧茵察覺到了，想著多半是隱私的事，她就當作不知，只道：「我新做了甜品，叫雙皮奶，做法和薑撞奶差不多，但口感略有些不同，請大家嚐嚐味。」
輕食雅舍開業之初就已經有了許多新鮮東西，後頭顧茵也經常不定時的推陳出新，但不論是新品還是舊品，都是有品質保障的。
即便是開業時那賣相讓人覺得難以接受的龜苓膏，在文二太太等人抱著嚐試的心態試過後，都體會到了顧茵說的滋陰降燥的功用，因而十分喜歡，隔幾天就要吃上一盅。
每次推出新品，顧茵都會請大家品嚐。如果她們按著自己的口味給出意見，那麼下次再點單的時候，顧茵就會細心地按照個人的口味來調整。

相處得這般好，沒得因為一點事而瞞著她，生了嫌隙，所以陸夫人和幾個手帕交對視一眼後，就招手讓顧茵過去。「這兩天有個流言，已經傳得街知巷聞。」陸夫人開口道。「說的是關於魯國公府和妳家的。」

顧茵在外行走時並不端著自己的身分，但雅舍的女客非富即貴，時常在這裡聚會，肯定會打聽一下東家的身分，而顧茵也沒有刻意隱瞞，所以大家自然都知道的。

顧茵正色道：「夫人請講。」

陸夫人就接著道：「外頭都在傳，說魯國公夫人當年參軍當廚娘之前，是個無父無母的孤女，被買入雜耍班子裡，靠娛人討生活，還傳說這消息是……是妳家放出去的。」

顧茵愕然。

陸夫人小心打量著她的臉色，見她確實是一副才知曉的模樣，不禁呼出一口氣道：「我們自然相信妳不是那樣的人，平時大家喝了酒，興頭上來多會言行無狀，妳要真是這樣的人，外頭早不知道該怎麼說咱們了。」

顧茵蹙眉道：「我家和魯國公府確實有些不合，但並不會做這種下作的事。且這種事外人如何得知？怎麼好端端的說是我家放出去的消息？」

陸夫人又給她解釋。「說是魯國公夫人兩日前去了半月庵祈福，而妳家老夫人那日也去了庵堂。」

話說到這裡，顧茵就明白了。這段過去在顧茵看來不算什麼，知道了至多感嘆一聲陳氏命途多舛，但陳氏現在成了魯國公夫人，在高門大戶的眼中，這些就是不光彩的事了。陳氏便是為了兒子也不會對人提起那些，但人在神佛面前自然是不會掩掩藏藏，肯定什麼都會交代的。自家婆婆和她同一天去祈福，後頭立刻流言滿天飛，確實是太巧合了。

「我娘的為人我了解，她就算聽到什麼也不會往外說。那日去祈福遇到魯國公夫人的事，她回家後都沒特地提起，更別說去將聽來的話散布至全京城了。謝謝諸位提醒，我這就去仔細查查這件事。」

這事確實麻煩，若不查個水落石出，一來自然是和魯國公府結的仇怨更深——倒也不是說他們怕了魯國公府，只是沒必要揹這個黑鍋；二來嘛，陸夫人這樣和她相交甚好的，自然是願意信任她，可其他人呢？真要讓人覺得自家是那種亂嚼舌根的人家，日後誰還敢放心在食為天說話、聊天？

道過謝後，顧茵先下樓去把那甜品做出來。

下午晌，顧茵為了這事提前收工回家，先把來龍去脈說給王氏聽。

王氏知道了直呼冤枉。「我真要有那份心，我也是衝著那老虔婆去，我為難她兒媳婦做什麼？她兒媳婦溫溫柔柔，我還挺有好感的，那天認出她來，看她幾步開外還站著丫鬟和僕婦，我怕那老虔婆知道我同她搭話後又磋磨她，才說一句話就立刻走了！」

顧茵把茶盞往她手邊一遞。「娘先別急，我自然是知道您的為人的。我不是怪罪您，只是想詢問您當時的狀況。當時除了您之外，魯國公夫人祈福時可還有旁人聽到她說話？」

王氏喝了口茶順了氣，仔細回憶道：「那天天氣不好，要不是咱家前頭虧欠著沈姑娘，我也不會在那種天氣出城。庵堂那日人很少，當時在裡頭的除了我，就是半月庵的小尼姑，還有魯國公府的下人，但她們都離得不近……」王氏越說聲音越小，要不是她確實沒做過，她都要覺得自己有嫌疑了！她懊悔道：「早知道會惹出這樣的事，一認出她我就立刻走了，再不該聽下去的。唉，當時雖然離得近，但是祈告神佛的話，她本就說的十分小聲，和囈語差不多，而且都是人家最私密的事情，我怎麼可能認真去聽、去打探？我也只聽了一耳朵什麼被拐賣、碼頭、雜耍班的，後頭我就自覺的沒聽了，只在心裡感嘆她可憐。早知道如此，我當時就該——」

「娘等等！」顧茵突然打斷了王氏，問道：「什麼拐賣？什麼碼頭？」

王氏被她喝得有些懵，訥訥地問：「怎了這是？是她自己說的話，我只聽到這幾個字眼。」

顧茵在屋裡繞了好幾圈，平復了心情後才開口道：「娘還記得葛大叔和葛大嬸嗎？」

「怎不記得呢？咱們才離開鎮子半年，不就是早前咱們在碼頭上擺攤的時候……」說到這裡，王氏霍地站起身。「妳是說……」

顧茵點點頭。「雖知道可能性不大，但也有句話叫無巧不成書，咱家小野還是青意前頭費心尋找的孩子，這樣的巧合都實實在在發生過呢！所以我覺得，這事也有可能。」

葛家老夫妻遠在寒山鎮，無從查證，而且若是只在猜想階段就問起這件事，就怕最後給老人希望又受到打擊。尤其葛大叔在碼頭辛苦了這些年，身體已經不大好，如今三不五時就會發一些小病小痛。

最快也最便捷的方法，當然是直接問陳氏，看她對小時候的事還記得多少，能不能和葛家對上號。但這傳言已出，兩家關係現在說是勢如水火也不為過，也不知道陳氏是不是也誤會了？而且就算她沒誤會，這個當口肯定是被秦氏關起來了，不會放她出府來的。

要怎麼和陳氏聯繫上呢？

婆媳倆正發愁著，顧野突然從外頭跑進府中，邊跑還邊喊——

「馮鈺，你不要欺人太甚！」

眨眼間，馮鈺氣勢洶洶地追在後頭。「你家敢編排出那樣的流言，我不教訓你不配為人子！」

兩人在門口就弄出了不小的動靜，門房趕緊來通傳了，顧茵和王氏連忙趕出去。

顧野已經跑進來，而馮鈺就在後頭追。

府裡下人都圍上去了，但馮鈺年紀雖小，武藝卻不低，且看穿著就知道家世顯赫，所以下人也不敢動手，只敢把他攔著。

「誤會誤會！」王氏連忙撲過去，擋在顧野身前。本就是她惹出來的事，這要是讓大孫子挨了打，那可比直接打她還教她難受！

然而王氏預想中馮鈺大打出手的事沒發生，馮鈺沒再動了。

顧野則催著下人道：「都傻站著幹啥？快去把咱家大門關上！」

下人們和王氏一樣茫然，但還是照著他說的辦了。

顧野這才拉了王氏一下，在她耳邊輕聲說：「奶別急，假的假的，我們沒要打架。」

兩刻多鐘前。

顧野提早從宮裡出來，想到放在食為天的戲本，也不知道馮鈺過去取了沒有？因此途經太白街，他就讓車夫停了停，他下車過來瞧瞧。

詢問周掌櫃後，顧野得知馮鈺沒再來過，他心裡有些奇怪，但也沒多想。

然後他再出酒樓，迎面就遇上了馮鈺。

馮鈺站在太白街街口，左右為難。外頭的流言已經傳到了魯國公府，他祖母秦氏氣得咬牙切齒。

一開始秦氏還要發落府裡的下人，但後頭冷靜下來一想，陳氏的身世只她和馮源知道，連馮鈺都沒說，更別提其他下人了。後來外頭的流言越發有鼻子有眼了，還據說是英國公府的人放出來的。秦氏再一盤問那天跟著陳氏去祈福的下人，得知陳氏祈福的時候，身邊確實有個穿著打扮不似普通百姓的中年婦人。秦氏把王氏的模樣一描述，丫鬟、僕婦說就是她。

秦氏恨得牙癢癢，指著陳氏好一頓罵，然後就把她關在小院子裡，讓她面壁思過。

馮鈺雖沒受到牽連，但親娘挨罰，比罰他還難受。

若他和英國公府的人素不相識，此時自然是記恨上了，但是他和顧野算是有些交情的，尤其是顧野那交朋友不論出身門第的言論，讓他頗為吃驚和喜歡。能教養出這樣孩子的人家，真的會做出那種下作的事情嗎？馮鈺很懷疑，所以他才來到這裡。

他正猶豫著，顧野小跑著上前打招呼了。

「你來得正好，我在寫新戲呢，我娘說可以搞個預售，正準備給你家送兩張預售票！」

馮鈺看著他沒心沒肺的笑臉，神色凝重。

顧野止住了笑，試探著問怎麼了？

馮鈺這才道：「這兩日外頭的流言……」

顧野更懵了。「我最近開始讀書了，天天都在苦讀呢，都好幾天沒在外頭亂轉了。」

馮鈺說算了，轉身要走。

顧野把他拉住了。「話說一半怎麼就要走？是啥流言？關於咱們兩家的？」

「你知道我的身分?!」馮鈺先是吃驚，轉念一想，顧野既知道，卻還願意和自己相交，這般的不拘小節、通情豁達，因此他對那流言的真實性就更懷疑了。

那流言稍微一打聽就能知道，所以馮鈺三言兩語說給他聽了。

顧野當即就說不可能。「我奶就不是那樣的人。」說完他又有些不好意思地撓了撓頭。「我奶就不是有玲瓏心思的人，況且神佛前祝告的時候也不會大聲嚷嚷吧？可能她當時根本都沒聽清楚呢！不過這件事我說了也不算，你隨我回去，咱們當面對質。」

別看顧野戲文裡愛寫誤會糾葛，其實他被顧茵影響著，性子裡也有直來直去的一面，覺得有誤會當面說開就好。

「這不好吧？」馮鈺還是猶豫。上門討要說法什麼的，那就是撕破臉皮了。

顧野說沒啥不好。「肯定不是我家做的，只是誤會。我家沒做虧心事，也不怕對質，你怕什麼？」

馮鈺又道：「這流言一出，我祖母已經記恨上你家了，肯定派了人在你家附近監視，我貿然上門，還是不好。」他不是怕自己受到責罰，而是擔心他母親。

他是在軍營裡長大的，陳氏在那裡人緣頗好，給他尋了文武先生，他也確實聰明，學什麼都進步神速。但自從魯國公府開府後，秦氏卻還嫌陳氏把他教養得不好，不再讓陳氏插手他的教育。而馮鈺但凡敢違逆秦氏，就會招來秦氏對陳氏更多的不滿和磋磨。

馮鈺因此變得謹小慎微起來，遇事都先想著自己的母親。

顧野想了想，出了個主意，於是馮鈺就裝作為母親抱不平，追著他過來了。

王氏聽他說完事情經過，總算鬆了口氣。

顧野又去看他娘，挨到顧茵身邊，幽怨地道：「奶還知道擋我前頭呢，娘就這麼看著喔？」

顧茵好笑道：「前頭聽門房說有人追打你，我是有幾分擔心的，可看到你們都跑著進府來了，追著你的又是馮小公子，你對馮小公子那麼讚不絕口的，他真要是個是非不分就動手的人，你能那麼喜歡他？」說著顧茵又壓低聲音道：「況且我知道你身邊肯定有侍衛，只是平時不露面罷了。」

顧野又笑起來。「還是娘懂我。」

顧茵笑著點了他一下，請馮鈺進正廳說話。

他們走後，跟出來的宋石榴沒動，她插腰看著一眾下人，板著臉道：「都知道今兒個的事該怎麼說吧？」

府裡的下人雖都是原王府的，但經歷過一次次換血，現在留下的都是老實的。宋石榴跟著王氏管家，都知道她是王氏身邊最得用的那個，她的話就等於是主子的話，所以立刻有人回應——

「知道知道！馮小公子追打咱家小少爺，追到咱們府裡，讓咱家老太太和太太給扣下了！」

宋石榴這才滿意地點了點頭，放眾人各自去做其他活計。

正廳裡，顧茵讓丫鬟給馮鈺上了茶水，又屏退了其他人，這才解釋道：「令堂去庵堂那日，我娘確實也在場，但是她當時也只聽到幾個字眼，回來後連家人都沒提，更別說出去散布流言了。但這事先按下不表，我有更要緊的和你說。」當即就說起葛家老夫妻。

馮鈺聽到她說葛家老夫妻就想著哪一日被拐走的女兒可能會回去找他們，所以這些年風雨無阻地在碼頭出攤，都到了滿頭霜白、渾身病痛的年紀，卻還是一直等著、盼著……他到底年紀小，雖還不確定對方是不是自己的外祖，卻還是紅了眼睛。

顧野坐在他旁邊，見狀也沒勸什麼，只伸手拍了拍他的肩膀。

「馮小公子可聽令堂提過從前的事？她可還有印象？」

馮鈺背過身擦了擦眼睛，這才道：「母親沒提過，只說在戰亂時和雙親失散，所以我沒有外家。」說著他不由得蹙了蹙眉。換以前他當然是可以直接回去問陳氏的，但是眼下陳氏被禁足，除了秦氏身邊的人能送吃喝進去，旁人是再不能和她相見的。

顧茵看他的臉色，也猜到了一些。

正好宋石榴進來，走到顧茵和王氏身邊，小聲邀功道：「老太太和太太放心，奴婢已經訓完其他人了，他們不會出去亂說的，只會說馮小公子是追打咱家小少爺，然後讓咱家扣下了。」

王氏讚賞地看了宋石榴一眼。

顧茵眼睛驀地一亮，笑道：「好石榴，還得麻煩妳跑一趟。」

宋石榴拍著胸脯道：「太太儘管吩咐！」

屋裡其他人都不明所以，就聽顧茵接著道——

「馮小公子欺人太甚，把我兒打成這樣，難道還想當成小孩玩鬧，讓我們家善罷甘休？去請他家大人來分辯分辯！」

宋石榴想了想，問：「魯國公應當和咱家將軍一樣，還在上值吧？奴婢晚點過去？」

顧茵給她個「妳傻不傻」的眼神。「可就得趕在他回家之前！趁早去，趁早回。記得氣憤一些，讓他們務必立刻來人，晚了馮小公子可要在咱家吃苦頭！」

宋石榴還是不大明白，但不明白也不要緊，反正聽太太的肯定沒錯！她連忙「哎」了聲，立刻讓人套車，眨眼就出府去了。

「謝過夫人了。」馮鈺起身作揖。

馮源和武青意都不在家，魯國公府能主事的只剩下秦氏，但她還在稱病，又極好面子，這種沒面子的活計，她自然只會讓不受她待見的兒媳婦來。

第三十四章

沒多會兒，武安下學回來了，他今日也下學得早，回到家正準備歇歇，就讓顧茵捉了壯丁，讓他按照記憶裡葛家老夫妻的模樣繪出了畫像。

武安學畫的時間短，還沒受到時下追求意像神似而不追求寫實的畫風影響。他不用毛筆，只用炭筆，畫出來的畫像更接近現代的素描像。

畫像畫完，陳氏也到英國公府來了。

陳氏實在赧然，流言傳出來的時候，她就覺得不像是英國公府會做出來的事——他們母子和顧茵母子都打過交道，對他們的印象都挺好的。

後頭秦氏雖然說她那日在庵堂的時候，旁邊的中年婦人就是王氏，可她在祝告的時候，王氏也在虔誠閉目，口中念念有詞，兩人是同時進行的，王氏就算真有那本事，能一心二用，把她的輕聲囈語一字不落地聽到耳朵裡，卻也不像是那種人——王氏臨走時看自己的眼神溫柔疼惜，像長輩看自家晚輩一樣。起碼，秦氏從未這樣看過她。

聽說馮鈺把人家孩子打了，讓人扣下，陳氏越發無地自容，來了之後就先幫著馮鈺致歉，說自己管教不嚴。但後頭她看著馮鈺在旁邊和顧野頭碰頭說話的模樣，又不像是壞了的交情的，一時間也迷惑了。

顧茵讓人把門關上，道：「事出突然，權宜之計請了夫人過來。您先看看這畫像。」素描像遞到陳氏面前，畫像上的夫妻都是五、六十歲的年紀，滿臉風霜溝壑，慈眉善目得很。

這並不是陳氏印象中認識的人，但就是有種說不上來的熟悉感。

「囡囡？」顧茵試探著喊了她一聲。

陳氏正定定地看著畫像出神，聞言下意識就應聲道：「嗯？怎麼了？」

應完，她和顧茵都微微愣住了。

顧茵立刻問道：「妳小名叫這個對不對？」

陳氏閉了閉眼，努力回憶了一下。「好像是，又好像不是。抱歉，我實在有些記不住。」

囡囡是方言中普遍存在的對女孩的愛稱，光這還不能證明什麼，因此顧茵就接著道：「葛家叔嬸的攤子在碼頭最好的位置，賣油餅麵條那些……唔，他家還有個混不吝的姪子，名叫葛大龍……」

恍然間，陳氏的腦海中出現一個片段——

熙攘喧鬧的碼頭上，年幼的她幫著父母做事，一個和她年紀相當的男孩子溜過來翻她家的錢匣子。父母在旁邊忙著，小小的她就拉住了小男孩的手，氣呼呼地罵他。「你不許拿我家的銀錢！」

男孩神氣活現地把她推倒在地。「什麼妳家我家的？阿奶說我是家裡唯一的男丁，所有東西都是我的！」

她坐在地上哭了起來，男孩心虛地溜走。

她娘趕緊過來把她抱起來，溫聲問：「娘的好囡囡，這是怎麼了？」

她抽抽噎噎地把之前的事情說了，她娘把她好一通哄，連帶著還埋怨起她爹——

「大龍好歹是男孩子，欺負咱們囡囡算怎麼回事？」

她爹也是一臉心疼，卻又無奈道：「大龍被他奶養得驕縱，但欺負囡囡確實不是回事，等到收攤，我就去找大龍他爹娘好好說說。」

陳氏回過神來，連連點頭，淚水漣漣。「說來慚愧，這些年我對父母的印象越來越淺淡，記得的確是有個叫『大龍』的堂兄弟，打小就仗著力氣大欺負我……」

碼頭、吃食攤子和混不吝的堂兄弟都對上了，這就是八九不離十了。

說著陳氏起身，朝著顧茵深深地福下去。「這次我承了夫人的情，他日不管夫人要我做什麼，我都肝腦塗地，不敢有怨言。」

顧茵把她扶起來。「夫人不必這麼客氣，就是不為妳，為了葛家大叔大嬸，他們從前照顧過我，這也是我應該做的。」

陳氏背過身擦了眼睛，又問：「他們人在何處？我這便——」說到這裡，陳氏頓住了。她雖然聽著是國公夫人的身分，但其實在府裡一點實權也無，就算現在知道葛家老夫妻應就是自己的父母，卻連個去接人的心腹都沒有。更別說秦氏如今正在氣頭上，她這趟出來都是僥倖，回去後還得回自己住著的小院子禁足，且秦氏怕是也不願意馮鈺有那麼樣一個外家，不從中作梗就算不錯了，更別說出力幫忙。

馮鈺就出聲道：「娘放心，這個我來想辦法，我去接外祖他們。」

這娘倆都在秦氏手底下討生活，都不容易得很，且馮鈺還是個十歲的孩子，顧茵就道：「你們別急，這事我來辦，把葛家叔嬸接過來不難。我娘有個手帕交，兒子開年要上京科考的，馬上就要動身過來了，我們這就去信，讓他們把葛家叔嬸帶著一道來。」

陳氏越發赧然了。「這種事還得煩勞妳家。」

顧茵說無礙，又拿了帕子給她拭了拭淚，衝她狡黠地眨了眨眼睛。「債多不壓身，反正既承了我的情，那就讓我好人做到底吧！我這好人也不白做……」

陳氏正等著聽她要什麼報酬，顧茵又接著笑道——

「葛大嬸燉的排骨別有風味，好些時候沒吃到了，這不得好好吃她一頓？」

陳氏跟著笑起來，進屋時眉間的愁緒一掃而空。

做戲做全套，後頭陳氏領著馮鈺出了英國公府時，顧茵還跟出去，在門口鐵青著臉吩咐下人道：「都警醒些！再讓人打上門來，仔細了你們的皮！」

眾人諾諾稱是。

沒多會兒，武青意打馬回來了，聽到顧茵在訓斥下人，他立刻從馬上下了來，威嚴的目光掃過眾人，沈聲道：「發生何事？」

他帶兵多年，身上的氣勢非常人可比，門房下人雖知道顧茵是做戲，卻還是被他看得直打抖。

顧茵拉了他一把。「進府去說。」進了家門，顧茵就笑起來。「是有事，不過是好事！」後頭她就把陳氏應就是葛家老夫妻走失的女兒一事說給他聽。

武青意臉上的神情這才鬆散下來，搖頭笑道：「我還當是有人欺負妳了呢！」

王氏正在旁邊讓武安給許氏寫信。分別半年，她和許氏時常通信，且還不是一般用驛站的人送信，用的是武青意在軍中時豢養的飛鴿。飛鴿傳書是時下最便捷的通訊方式，尤其那些飛鴿都是專人馴養，百裡挑一的，一天就能飛上幾百里路。

武青意在寒山鎮上留了人，用來監督王家的表親，怕他們得到自家發達的消息後為非作歹。後頭就讓鎮子上的舊部幫著通信，不只許氏和王氏，顧茵和徐廚子也用這個管道。

年前就聽說許青川已在恩科試中考上了舉人，今年二月就要上京來參加會試了。本來許氏還怕到了京城人生地不熟，找不到落腳的地方，想著提前上京，年就在路上過——這也意味著許青川在家溫書的時間要減少，畢竟換了個新環境，又是長途跋涉，對學子肯定有影響。王氏就讓她放寬心，說自家已經在京城站穩腳跟，保管給他們都安排好，他們母子只要在科考前過來就行。

從前寒山鎮雖然通水路，但舊朝的漕運被權宦壟斷，乘船出行的費用頗高。眼下新朝新氣象，雖然許多地方還是沿襲前朝舊制，但百姓的衣食住行方方面面都比從前好了不少，這乘船出行便是其中一樣。走水路比陸路快得多，只要十天左右，他們便能上京來。

但要到正月中，運河徹底解凍了，才能行船。

許氏本在水路和陸路之間猶疑，得了王氏的話就不急了，說一月中旬再乘船過來，這樣一月下旬他們能到京城，留二十天時間給許青川適應。

眼下去了信，雖不知道來不來得及，但若是他們湊不到一起，就再讓武青意派人去接。

聽到武青意這話，王氏抬頭笑道：「有我在呢，我能讓咱家大丫被人欺負了？臭小子，小看你娘是不是？」

武青意無奈地看著他娘。他娘老嫌棄他不解風情，可也不想想，他難得想表表殷勤，但是家裡大小事務他娘都以他媳婦為先，還輪得著他嗎？

夕食過後，武青意去了顧茵那邊。

顧茵剛拆了頭髮，正要去淨房沐浴，見他過來便詢問道：「有事？」

她最近和陸夫人她們結交，打扮上都較成熟一些，此時散了頭髮，那黑緞子似的頭髮披散在腦後，看起來比人前小了幾歲，更貼合她二十出頭的年紀。

武青意有些委屈地看著她，輕聲問：「無事不能尋妳嗎？」

他在外頭和私下裡是兩副面孔，顧茵都習慣了，忙笑道：「哎，能尋能尋，是我說錯話了！只是看你這幾日都早出晚歸，比平時更忙，今日難得回來得早些，又沒去歇著，所以才問了。」

武青意這才不逗她了，彎了彎唇道：「是有事，也是好事。我有好東西給妳。」說著，他的手伸進懷裡。

顧茵一雙眼睛笑成了月牙兒，忙擺手道：「不用不用，我銀錢盡夠！」

是真的夠！從前只有一、二樓的時候，一個月就能賺五百兩左右，後頭三樓雅舍生意火爆，利潤直接翻了一倍。一個月上千兩的進帳，顧茵吃住又不用花錢，全都攢下來了。更別說年頭上家裡的俸祿都發出來了，王氏捏著好大一筆銀錢沒地方花銷，還要補貼她呢！

武青意無奈地看著她。「不是銀錢。」說著他拿出懷裡的東西——是一封朝廷簽發的海外行船文書。有了這份文書，即代表著顧氏船行的船隻馬上就能出海了！「船員都操練好了，領頭的那個是我費盡心思尋來的老把式，很有行船經驗的。」武青意說道。「另外我和娘支取了一部分銀錢，這段日子已經採買好了茶葉、絲綢、瓷器等貨物，擇一個良辰吉日，這個月咱家的船就要出發了。」

顧茵驚喜道：「原來你這段時間是在忙這個？這確實是比直接給銀錢還好的事呢！」

武青意昂了昂下巴。見到她這般高興，他便覺得這段時間不分晝夜的忙碌是值得的。

「妳懂得多，想要什麼就寫下來，我讓人去尋。」
顧茵小雞啄米似地點頭。「好，我這幾日好好想想，到時候列一份清單出來，就是我也不了解海外是怎麼個情況。」
海外的知識從前武青意也不懂，但自從接手船行後，他就在學了，學到現在，他也能跟顧茵說說。
兩人聊起出海的事，不覺轉眼就到了月至中天之時。
住在廂房裡的顧野起夜，發現他娘院子裡的燈火還亮著，小大人似地披著衣服過來，老氣橫秋道：「晚上不睡，白天怎麼起？都這麼大的人了，怎麼一個兩個都讓人不省心？」
顧茵和武青意被他「訓」得笑起來，這才各自歇下。

話分兩頭，陳氏帶著馮鈺回到魯國公府，母子倆雖然都情緒激動，但也知道眼下這情緒不能流露給秦氏知道，所以兩人都裝作垂頭喪氣的。
秦氏還半躺在床上，讓他們進來後，她臉上罕見地有了笑，詢問馮鈺。「和祖母說說，你真把英國公府的孩子打了？」
馮鈺垂著眼睛應是，又歉然道：「孫兒太過衝動了，連累了母親上門領人，才把孫兒領回來。」
秦氏不以為意地擺擺手。「你做得好！你母親去領人，不過是丟一點面子罷了，又不值得什麼。我馮家男兒都是血性男子，敢作敢當！我看往後英國公府那夥泥腿子，還敢不敢在咱家人面前放肆！」

馮鈺的眼神又黯了黯。

秦氏沒察覺到有異，擺手讓他回自己院子歇著。等他走了，秦氏臉上的笑也褪去，對陳氏擺手道：「妳回去歇著吧。沒我的吩咐，還是別亂跑。」

也就是說，雖然陳氏幫著去做了沒面子的差事，但秦氏還是不打算解除她的禁足。陳氏微微苦笑，但因為心中想到將要上京來的父母，她心頭火熱，對這種事也不在乎了。

晚些時候，馮源下值，過來陳氏的院子。

夫妻十載，陳氏和馮源的感情一直不錯，但自從魯國公府開府之後，兩人的感情就越來越不如前了。

陳氏想了想，還是不想瞞著他。就像成婚前她沒有選擇隱瞞自己的身世一般，這次她還是準備告訴他。然而不等她說話，馮源就先開口了──

「母親的身子不好，脾氣大一些，委屈妳多擔待了。外頭的流言確實難聽，對咱家不好，但源頭本就在妳身上。妳先在家裡待幾日，等風頭過了，我再幫著妳去勸，自然也就無事了。」

一番話，宛如兜頭澆下的冷水。

陳氏猶記得成婚前，她不願欺瞞馮源，對他和盤托出，又很擔心他介意過去的事，小心翼翼地打量著他的反應，那時馮源還信誓旦旦地道「這算什麼？這些都是妳受的苦，並不是妳的過錯，我只會越發憐惜妳，並不會因此就看輕妳」。然而，當年信誓旦旦的人，眼下卻說出「源頭本就在妳身上」這樣的話，言辭之間都在以她的出身為恥。

陳氏輕笑著搖搖頭，說自己累了，請他離開。

第二日，顧野進宮時，正元帝已經在文華殿了。

顧野忙轉頭看外頭的天色，嘀咕道：「我沒遲到啊……」

「沒遲，是朕提前過來了。」正元帝讓他上前。「和朕說說昨天的事，聽說馮家的孩子打你了？」

前一天顧野和馮鈺商量好計策後，顧野找到跟著自己的侍衛，叮囑他們，一會兒不論發生什麼事都不許現身。侍衛們聽了他的話，後頭看他被馮鈺追著跑回家，見他沒受傷，就也沒動，但必是要把這消息傳回宮裡的，而正元帝知道了，肯定得仔細問問。

「喔，是這事啊！」顧野就把來龍去脈說給正元帝聽，末了又再次補充道：「馮鈺和他娘都是挺好的人，昨兒個也不是真的要打我，這還是我出的主意呢，你可千萬別記恨他。」

正元帝挑眉道：「小孩玩鬧罷了，別說知道是假的，就是真的，難不成朕還去為難個十歲的孩子？你把朕當成什麼人了？」

「你當然是大方明理的人了！但人嘛，總有不冷靜的時候，而且這事關乎的不是別人，可是你最疼愛的兒子呢！」

正元帝是真沒忍住笑，刮著他的鼻子道：「你倒是挺不客氣的！你怎麼就是我最疼愛的兒子了？」

顧野嘿嘿笑著。「難道不是嗎？」

正元帝沒接他的話茬，免得再說下去，這小崽子越沒個正形，轉而問道：「馮家的孩子，就是你口中這個馮鈺，他就算再好，那也是魯國公府的人，你們兩家的關係可不好，費心費力這麼幫他做什麼？」

「你明明就懂。」顧野看他一眼，還是道：「我叔在家時說過，當年遇到你時，你就說『王侯將相寧有種乎』，這不就是？王侯將相都不論出身，交朋友就更不該論這些了。」

正元帝有些不好意思地摸了摸鼻子，當時他肚子裡是真沒墨水，這句還是聽村裡夫子唸叨過幾句，這才記在心裡，年輕時招攬人才時就用這句當開場白，別說，還真挺好用的。

不過顧野的性情確實像足了他，正元帝欣慰地看著他。「那我就不管了？」

顧野點點頭，然後又想到什麼。「也不是全然不用管，有件事想求你呢！」

「倒是難得看你私下裡還這麼客氣。」正元帝讓他儘管開口。相認也有些時日了，顧野沒開口求過一次恩典，所以這次只要他的要求不是太過分，正元帝肯定是有求必應的。

沒想到顧野沒給自己求什麼，而是道：「葛家的阿爺、阿奶在我落難時給了我一口熱飯，怎麼也算是對我有恩，若他們上京來，認回了馮鈺他娘，怕是身分要讓人看不起……」

正元帝蹙眉道：「給銀錢是很容易的事，但以魯國公府的門第，以他家老夫人那眼高於頂的性子，就算葛家老夫妻成了富戶，她怕是也看不上這樣的姻親。」

這把顧野也難上了，搔搔頭說這可咋辦？

正元帝把他習慣搔頭的手扒拉開。「這事就容後再議吧，你都開口了，朕會再給你想想辦法，左右要先等他們相認。」

顧野點了頭。「那就全靠你了。」

父子倆正說著話，文大老爺來上值了。

顧野見了他就立刻迎上去。「您來得正好，我昨兒個有了新想法，那戲本子大綱完全想好了，我這就說給您聽！」

顧野的新戲，開頭就是很俗套的惡婆婆和俏兒媳的故事。

早先這一家子是村裡的窮苦人家，惡婆婆一人供養兒子唸書，家裡一貧如洗。

書生和村裡的普通農女兩情相許，雖然婆婆認為農女配不上自家兒子，但無奈家中用度吃緊，而農女家中兄弟多，田地也不少，在村子裡算是富戶，所以就許了這樁婚事。

成婚後，屢試不中的書生開始走起了好運，考中了秀才、舉人，最後成了狀元郎，不出數年就平步青雲，從一介白身成了翰林學士。

至此婆婆還是作妖，折磨自家兒媳婦。且兒媳婦的娘家這會子就不夠看了，根本不能給自家什麼幫助。

這是前頭顧野已經想好的，文大老爺的唱段也就寫到這裡。按照時下的套路，後頭就該是兒媳婦苦守寒窯，感動了婆婆和夫君，最後一家圓滿。或者再大膽一點，兒媳婦被皇帝看中，進宮當娘娘之類的。

但顧野卻嫌後頭的內容太相同了，感覺這麼寫下去的話，即便是文大老爺幫著潤筆，也不能寫得比從前更好——沒錯，他是有志向的，追求第二部戲比第一部更賣座呢！

剛好，前一日的事情給了他靈感，他準備讓兒媳婦隨著婆婆和夫君到了京城後，屢屢被磋磨，最後自請和離，和離後的她同樣是被好心的食為天東家請去做工。

食為天三樓的輕食雅舍女客眾多，就有個貴婦人覺得她十分的合眼緣，莫名喜愛她。那貴婦人也有個女兒，和兒媳婦同樣的年歲，生得卻和貴婦人半點都不相像。

後頭隨著劇情展開，貴婦人才知道原是府中膽大妄為的妾室買通了家中下人，把自己生的孩子和貴婦人生的孩子調換了，貴婦人親生的孩子被那妾室丟到了荒郊野外，卻沒死成，而是讓一戶好心的農人給收養了。再追查下去，那被收養的女孩自然就是那兒媳婦了。

這故事比時下的套路曲折多了，文大老爺當天下值回去後就開始寫。

兩天後，文大老爺就給了稿子。至於為什麼這麼快？

一來是一回生，二回熟，寫過一次的文大老爺駕輕就熟了。

二來是從前是三個人一起寫的，各自分了戲分回去寫，但戲本子這種東西不可能完全分割成幾份，得有總體的統一性，所以之前他們寫完自己的部分，還得根據其他兩人寫的再修改，反而不如一個人單槍匹馬的效率高。

後頭顧茵看到，自然再次咋舌。這小子的腦袋到底怎麼長的？前頭搞出個追妻火葬場就夠讓人吃驚的了，眼下連真假千金都寫上了?!這小傢伙要是放到現代，估計就算沒有別的長項，光去寫網絡小說也能養活自己了！

戲本子很快被送到小鳳哥手上，這次他連看都沒細看，當天就開始分戲、彩排。戲班子裡的其他人也再無二話，自發自覺地放棄了休息的時間，不到十天就排好了第一場。

顧野聽了他娘的話，搞出了預售賣票。一口氣賣出去成千上百張，別說正月裡了，就是二月的票都有人搶著買！這次的戲名還是顧野起的，叫《親緣記》。

正月中旬，新戲開唱。

文大老爺妙筆生花，每一句唱段都讓人回味無窮。加上這次顧野主筆的故事雖然還是不新，但加入了真假千金這個經久不衰，在後世都受眾極廣的元素，更是錦上添花。

短短數日，《親緣記》風靡大街小巷。

而秦氏知道這消息後，又生了好大一場氣。

上次那戲文裡，奸妃的出身和馮貴妃是相似的，所以秦氏惱怒還在可理解的範圍。但這次裡頭的人和現實完全掛不上號，連身為秦氏親兒的馮源都沒明白她氣在哪裡。

秦氏振振有詞道：「他寫什麼不好，非得寫惡婆婆苛待兒媳婦！這不是在影射咱們家是什麼？」

這種戲碼多如牛毛，馮源卻想不到那些，只慚愧道：「是兒子沒有出息，連累您也臉上無光。」

秦氏哭道：「我的兒，哪裡就能怪你？還得怪陳氏那狐媚子，當年迷了你的心智，讓你娶她為妻，不然我也不會當這惡人啊……」

平心而論，馮源早年間對陳氏又愛又敬，尤其對她在自己生死不明的時候不離不棄的行為十分感激。但時移世易，他從一方守將成了一朝國公，陳氏這樣出身的妻，對他毫無助力，只會讓他蒙羞。加上被親娘日日月月地唸到現在，馮源的心裡也一天比一天糾結了。

知兒莫若母，秦氏看到馮源臉上的神情，就知道自己這段口子的堅持沒有白費，她的兒終究是回心轉意，知道誰才是真正為他好的了！

她得意地在心裡盤算著日子，想著再過不久，便可以讓陳氏「得病」了。

一月下旬，許氏和許青川並葛家二老上了京。

得了消息的顧茵和王氏這天都沒忙別的，早早地就去了城外接他們。

只是分開了數月，許氏等人都沒有什麼變化。

倒是顧茵和王氏，穿著打扮和氣度都和從前判若兩人。遠遠地看見彼此，許氏差點沒認出她們婆媳。

許氏上前就先給王氏一個熊抱。「好妳個王寶藝！妳只說你們家在京城站穩了腳跟，怎麼沒說你們家已經富成這樣啦？」

王氏差點被她圓乎乎的身子給撞倒了，笑著啐道：「哪有人上趕著和人說這些的？那不成顯擺了？」

許氏笑著鬆開她，自豪道：「那有啥？我家青川都是舉人了，我現在可是舉人他娘了！」說著她又壓低聲音道：「我兒前頭得了頭名解元，溫先生說只要不出什麼紕漏，中個進士肯定是沒問題的。不過這話我也就和妳說，不和青川說，我怕他有壓力，反正孩子盡力就好。」她們兩個頭碰頭地說起了悄悄話。

顧茵見到了跟在後頭的許青川，他還是穿著從前洗得發白的書生袍，頭上簪一支木簪。或許是前頭考得不錯，他整個人顯得精神奕奕的。兩人相視一笑，一個拱手，一個福身，便算是見過禮了。

而許青川身後，就是葛家老夫妻了。

他們二人這輩子也沒走出過太遠的地方，京城外的碼頭人流湧動，各個還都穿得十分齊整，不像寒山鎮那邊，碼頭上討生活的人都穿得十分隨便樸素，因此他們很是侷促，一邊四處打量，一邊輕聲耳語。

葛大嬸嘟囔道：「我都說了該穿過年時候的衣服來的，穿這平時做工的衣服，沒得給咱家囡囡丟臉。」他們二人是得了消息就立刻過來的，所以並沒有時間置辦衣物。

王氏發出去的書信上並沒有寫明陳氏現下的身分，只說是遇到了一個極有可能是他們女兒的婦人。畢竟葛家夫妻並不怎麼識字，那書信還得讓許青川讀給他們聽，雖說許青川的人品十分可靠，但到底是葛家的私密事，還牽涉到魯國公府，沒得把他牽連進來。

葛大嬸想著，能在京城嫁人，還能被王氏和顧茵遇上的，肯定不會是差了去的人家。

葛大叔咳嗽了一下，小聲回道：「過年的衣服是大襖子，妳看現在路上誰還穿那樣的襖子？穿那麼厚實過來才招人笑話呢！」

抬頭看到顧茵，葛大嬸再顧不上什麼穿著了，快步上前，緊緊拉住顧茵的手，紅著眼睛道：「好孩子，這次多虧了妳，真是謝謝妳了！」

葛大叔雖沒說什麼，但他腳步凌亂、嘴唇微顫，顯然也是激動壞了。

顧茵心中酸澀，想到還好這次是查得八九不離十了才通知二老，不然眼下若是心裡沒底，看到二老這麼激動，她該虧心死了。

雖然信上已經簡單寫了一些，但顧茵知道二老一定還掛心著，所以不等他們發問，顧茵就一邊引著他們往馬車上去，一邊詳細地說道：「那位夫人說是二十六歲，不過她自己記不清出生年月了，所以年紀並不準確。但她記得家裡是在碼頭擺攤的，她是五、六歲那會兒被拐走的，也記得有個叫大龍的堂兄弟，小時候老欺負她。」

葛大嬸的眼淚已經跟斷了線的珠子似的落下來，連連點頭道：「那葛大龍打小就是個混不吝的，幾歲大點就欺負我家囡囡，我找他爹娘都不知道說過多少次了……」說著就瞪了葛大叔一眼。

葛大叔懊悔地接口道：「怪我怪我，是我聽我娘嘮叨，想著大龍是咱家小輩裡唯一的男丁，放縱了他。這次尋回囡囡，往後咱們再不同他聯繫了！」

「這樣最好。」葛大嬸又轉頭看向顧茵。「我知道妳是謹慎的人，不必說這樣多，不管這次成與不成，嬸子都領妳這份情了！就是不知道如何感謝妳？」

顧茵親熱地挽上葛大嬸一條胳膊，忍不住笑道：「先前那位夫人也是這般說呢，我當時就說了，很想念嬸子給我燉的排骨！」

顧茵自己的手藝那是眾所周知的好，哪裡就需要記掛她做的排骨了？可這明顯是撒嬌賣乖的話，卻讓葛大嬸心裡熨貼無比，她哎一聲，說：「等安頓好了就給妳做，要吃多少嬸子就給妳做多少！」

王氏和顧茵一共套了兩輛馬車過來的，一輛給許青川和葛大叔乘坐，另一輛大一些的，則是她們幾個女眷。

英國公府的馬車雖然沒有特別華貴招眼，但好歹是國公府的規制，比普通馬車還是氣派不少。

許氏見狀，人都傻了，上了車就同王氏打聽道：「妳家不是上京城來開酒樓嗎？京城就這麼好賺錢？半年不到就掙了這樣多？」

王氏呼口氣道：「好了，現在沒必要瞞妳了，可憋死我了！我之前不是和妳說我兒參加過義軍，然後卸甲了嗎？其實他沒卸甲，如今還挺得用的呢！」

「那看大門的差事……」許氏猶記得之前聽顧野和其他孩子提過，說武青意在京城看大門，當時她心裡可酸死了，想著自家兒子不比他差，可壞就壞在他和顧茵是夫妻，自家兒子再出色也不頂用。

王氏笑道：「啥看大門啊？他是掌管皇宮裡的禁衛軍，給皇帝守皇宮呢！」

許氏咂舌。「乖乖，好妳個王寶蕓，從前啥雞毛蒜皮的小事妳都恨不得敲鑼打鼓地告訴全天下，這次倒是瞞得嚴實！」

王氏就解釋道：「當時鎮子上不還有我娘家姪子、姪孫們嘛，可不敢張揚，沒得讓他們輕了骨頭，給我家惹事。」

許氏本就沒生氣，聞言更是點頭贊同道：「那是應該的！」後頭她們就嘮起家常。

葛大嬸時不時也會跟著嘮兩句，但她的眼神主要還是看向窗外，自然是急著見閨女。

馬車行駛了半個多時辰後，穩穩當當地停在了巍峨氣派的英國公府門口。

許氏要不是在馬車上先聽王氏講了，看到這樣的府邸得嚇得腿軟。

葛大叔和葛大嬸則更拘謹一些，下了馬車就道：「我們身上骯髒，可不好弄髒地方，我們另外找地方住就是。」

許氏也跟著道：「是啊，我們住客棧就行。」

王氏一手拉上許氏，一手拉上葛大嬸，笑道：「來了還想跑？都給我進家裡去安歇！」

許氏和葛大嬸哪裡敵得過她的力氣？許青川和葛大叔自然也得跟上。

家裡眼下就武重一個，也拄著枴杖出來相迎。

地方雖然不同了，但不論是顧茵還是王氏，甚至是第一次見面的武重，都對他們表現出了極大的善意，所以眾人進屋坐下，又吃了一道熱茶和點心，也就沒那麼拘束了。

王氏先領著許氏和許青川去客房休息，顧茵則讓葛家夫妻先留在正院。

老夫妻兩個自從進了府裡就越發手不是手、腳不是腳的，但他們還是強撐著膽子到處打量，依舊是等著看女兒。

顧茵就解釋道：「那位夫人身分高貴，眼下並不在我們府裡。不過叔嬸放心，我會想辦法請她過來的。」

得了她的準話，葛家老夫妻鬆了口氣。

葛大嬸有些不好意思地道：「顧丫頭，能借妳家的廚房用用嗎？我家囡囡愛吃我做的炸糖餅，我想……」

顧茵說當然可以，又問道：「叔嬸長途跋涉而來，要不要先歇一歇？」

葛大嬸搖頭道：「不瞞妳說，打從得到消息後，我這心裡就沒安生過，晚上睡都睡得不踏實，生怕醒了發現是一場夢。而且妳也知道，我和妳叔做慣了這些活計的，不做點什麼，我心裡難受。」

顧茵也不強求，讓人領著他們去了廚房。

接下來就是該想辦法把陳氏請過來了。

這幾天兩家的聯繫全靠顧野和馮鈺，前頭是在食為天，後頭馮鈺說他祖母因為顧野的新戲生了好大一頓氣，連食為天附近都安插了眼線，兩人便又改了接頭的地方。

顧茵便讓人去宮門附近等顧野，讓他把葛家二老今日已經到了京城的消息傳遞給馮鈺。

當天晚上，魯國公府的陳氏自然就得到了這個消息。

她其實和顧茵一樣，早就在許氏的來信上知道葛家老夫妻這兩日就會上京，但真知道這個消息的時候，她還是又激動得落下淚來。

馮鈺就溫聲寬慰她說：「母親莫要再哭了，回頭外祖見了，還當是我調皮，惹了母親時常生氣呢！聽說外祖常年做活，身體比同年齡的長輩康健不少，也不知道我挨不挨得住他們一通打？」

陳氏被他逗笑了。「你外祖都是極為和氣的人，哪裡就會打你呢？」

兒子從前在軍營的時候，性子也是和同年齡的孩子一樣跳脫，時常跑出去玩得跟泥猴似的回來，只是這一年多來，他被秦氏逼著越來越成熟，再不像從前那樣說說笑笑的，有時候陳氏想到這個也頗為心酸。幸好如今他和顧野相處了一段時間，人也開朗了不少，陳氏自然為他感到高興。

馮鈺笑著說也是。「外祖那麼寶貝娘，我這外孫自然也是外祖的心頭肉。」母子倆說了陣話後，馮鈺又問：「這次母親出府，可要我請阿野他娘幫忙？」

陳氏搖頭。「哪能事事靠別人呢？我自己去和你祖母說。」

馮鈺擔憂地看著她。

陳氏站起身笑了笑。「別擔心，娘不怕了。」她從前羨慕陸夫人，倒不是羨慕陸夫人的父母兄弟給金銀那些，而是羨慕陸夫人的家人是陸夫人的堅實後盾。如今她知道自己的父母就在外頭，天地間不只自己和兒子相依為命了，自然也就有了底氣。

陳氏去秦氏的院子時，秦氏正和身分最得用的老嬤嬤說著話。

那老嬤嬤姓鄭，是秦氏的陪嫁大丫頭，伺候了她一輩子，沒有外嫁過。

說來諷刺，陳氏雖然貴為國公夫人，但其實在府裡的地位還遠遠不如這鄭嬤嬤。

丫鬟進去通傳，陳氏靜靜地等在廊下。

秦氏不久前才喝過藥，所以讓人開了窗戶透氣，隱隱約約的，陳氏就聽到鄭嬤嬤在裡頭的說話聲——

「老奴都曉得，一點……而已，保管……不再有聲……」

陳氏糊裡糊塗聽了一耳朵，沒多會兒鄭嬤嬤出來，陳氏進了去。

這幾日外頭關於陳氏身分的流言已經不再新鮮，議論的人越來越少，加上馮鈺幫著求情，所以秦氏已允許陳氏可以在府裡活動。

見到大兒媳婦，秦氏依舊沒個笑臉。「雖解了妳的禁足，但前頭妳給咱家惹出那樣的事，沒事還是不要到處亂走的好。」

陳氏輕聲細語道：「兒媳是有事要來稟明母親，兒媳明日想出門。」

秦氏皮笑肉不笑道：「上回就是妳祈福惹出來的事，這次妳還想出去？」

「這次不是去祈福，是兒媳想去食為天。」說著陳氏又嘆息道：「說來慚愧，上次雖然待了一整日，但兒媳未能替您探聽到什麼，所以這次兒媳想將功補過。」

「妳倒是開竅了些。」秦氏凝眉沈思。

小兒子馮濤前頭也清空了酒樓的一層，弄出了一個雅舍。秦氏腆著老臉給交好的人家下了帖子，那些女眷賣她的人情，呼朋喚友地去了。但也就開業那天熱鬧了一日，後頭就沒什麼人願意去了。後來馮濤又來歪纏，秦氏只能再寫書信詢問那些婦人的意見，問她們怎麼不再過去了？那些婦人都給她回了信，但信上卻都是顧左右而言他，這個說家裡事情多、那個說身上不大好……說來說去，都說不出個所以然來。

因為這個，秦氏才沒一口回絕陳氏，但陳氏和英國公府的王氏碰過面，難保此行不讓人認出來……後頭她又轉念一想，認出來也無所謂，左右是陳氏臉上無光。

而且她也不怕陳氏出醜進而帶壞了自家的名聲，反正全京城都知道陳氏是個上不得檯面的東西了，就算之後真的鬧得難看，她還能推說是陳氏自己想去的，和她這個當婆婆的無關。左右蝨子多了不怕咬，還是自家酒樓的生意更重要！

「那妳去吧，去和鄭嬤嬤支上十兩銀子。這次可一定要探聽到得用的消息！」

陳氏點頭應了，心中酸澀地想著，過去她把秦氏敬若親母，所以不想說假話欺瞞秦氏，眼下卻是她隨便扯幾句謊，就哄得秦氏難得地對她和顏悅色。

從秦氏的院子離開後，陳氏就去尋鄭嬤嬤。

鄭嬤嬤有單獨的院子，雖然在府中十分得臉，但她到底是下人，所以小院裡並沒有其他丫鬟服侍，陳氏暢通無阻的進去了。

鄭嬤嬤正和一個二十出頭的年輕男子在屋裡說話，那人是鄭嬤嬤的乾兒子，同時也是魯國公府前院的一個小管事。

陳氏進去的時候，正好看到鄭嬤嬤把一個小紙包遞到那小管事面前。

她的到來讓鄭嬤嬤嚇了一跳，那小管事更是一下子把紙包塞進了袖子裡。

「夫人怎麼過來了？」鄭嬤嬤不悅地站起身。

陳氏解釋了幾句。

鄭嬤嬤就拿了秦氏的對牌，去公中的帳房領了十兩銀子交給她。

等到鄭嬤嬤回去，她那乾兒子還等在院子裡。

「夫人瞧見了，乾娘看這……」

鄭嬤嬤嗤笑道：「她能頂什麼事？別說她沒聽到什麼，就算知道了，又能翻出什麼風浪來？這是老夫人交代的差事，辦好了，自然有你的好處。」

小管事鬆了口氣，拱手道：「這是乾娘提攜兒子，兒子銘記在心，一定把這差事辦得漂漂亮亮！」

翌日晨間，歇過一日假的顧茵去了食為天上工。

她和陳氏前後腳到了，這次她沒讓陳氏上樓，邀請陳氏去了後院的按摩部。

按摩部清幽又多廂房，兩人找了一間說話，同時顧茵讓宋石榴去接葛家老夫妻過來。

陳氏知道馬上就能見到父母，立刻就坐立不安，時不時地看向窗外，又時不時地理一理鬢邊的碎髮。

兩、三刻鐘後，葛家老夫妻被接了過來。

顧茵都聽到外頭宋石榴的聲音了，遂站起身，走了兩步，卻發現陳氏沒動。

陳氏緊張得整個人都在打抖。

眨眼的工夫，宋石榴進來道：「太太，我把人給您接來了！」

顧茵招手喊她到一邊，對著她比了個噤聲的手勢。

門外，葛大叔本來是快步走在葛大嬸前頭的，但到了門口他反而不敢進去了。

葛大嬸見狀，說：「你怕個啥？」但她說話的聲音也帶著顫音。

葛大叔忙壓低聲音道：「囡囡面前，妳可得給我留點面子。」

這說話的工夫，陳氏也調整過來情緒，迎了出去。

三個人終於見到了面。

葛大嬸目不轉睛地將她從頭看到腳，恨不能把她的每根頭髮絲都看過一遍。一邊看，她一邊哭得上氣不接下氣，語無倫次地道：「娘的囡囡，一點都沒變……不不，是比小時候更好看了！娘……娘給妳做了妳愛吃的炸糖餅，妳吃一口好不好？」

前一天葛大嬸到了京城就做好了炸糖餅，當然後頭還沒見上，那糖餅就被他們分著吃了。眼下拿出來的，是今天早上剛炸不久的。

陳氏訥訥地應「好」，立刻接過油紙包，打開吃了起來。那糖餅呈金黃色，酥酥脆脆，中空內裡的糖餡軟糯可口。陳氏這些年也吃過不少珍饈美味，但不論哪一樣，都不能和這炸糖餅的味道相比。熟悉的味道在口中瀰漫開來，她啜泣道：「我記得有一年過年，娘給我炸了兩個，我非要拿到大龍面前顯擺，結果他把我兩個糖餅都搶了，害我哭了一整個年……」

葛大叔擦著眼淚道：「記得記得，爹也記得！那時候家裡剛在碼頭上擺攤沒多久，那會兒生意也不好做，到了過年也沒銀錢給妳置辦新衣裳跟好的吃食，只能給妳炸點糖餅吃。那是……那是妳在家裡過的最後一個年了……」

葛大嬸哽咽道：「要早知道咱們要分開這麼久，娘當年說什麼都不讓妳去碼頭上幫忙。怪我，怪我啊，沒看好妳……」

葛大叔同樣老淚縱橫。「咱家囡囡長得這麼好看，我早該知道的，我該早知道的！是我對不住妳，囡囡……」

二老又是自責、又是悔恨。

「爹、娘……」陳氏顫聲喚他們一聲。「不說那些了，咱們終究還是聚到一處了！」

一家三口終於回過神來，他們不是在作夢，而是真真切切地又團聚了！

他們抱在一起哭了起來。

顧茵和宋石榴在旁邊看著也跟著眼熱。

宋石榴帶著鼻音小聲道：「太太，我最愛吃您做的麵條。」

沒頭沒腦的來了這麼一句，顧茵有些沒反應過來。

宋石榴又接著道：「要是哪天我丟了，不記得太太了，太太給我做麵條，我就知道了！」

顧茵又心酸、又好笑。「妳都多大了，還要靠吃食記住我？再說妳丟啥丟？現在妳可是咱家僅次於我娘的小管家！」

宋石榴不好意思地笑了笑。

顧茵讓陳氏和葛家夫妻進屋裡說話，她自己則很有眼力地要避開。

葛大嬸把她拉住，擦著眼淚說：「傻孩子妳迴避什麼？難不成妳還把自己當外人？」

陳氏也跟著道：「是呀，夫人對我恩同再造，沒什麼不能聽的。」

顧茵被他們邀請留下，當然後頭陳氏和葛家夫妻聚在一處也沒說什麼不能告人的事情，還是嘮家常為主。

葛家老夫妻這些年的生活幾乎一成不變，三言兩語就能說完。

倒是陳氏……不，她如今也不需要再用從前那雜耍班班主的姓氏了，從葛大嬸口中，她已經知道了自己本來的大名——葛珠兒。葛珠兒這些年的境遇十分曲折，她知道這些事若不說，父母雖不會逼著她，但不知道私下裡要如何操心，所以她事無巨細地都說了。

前頭聽她在雜耍班討生活，又在軍營裡當廚娘，葛家二老心疼得整張臉都皺了起來。但後頭聽她說和將軍情投意合，生下了聰慧的兒子，二老臉上這才有了笑，欣慰地紅了眼睛。

「……再後來，便是去年初陛下建立新朝，將軍因為戰功獲封魯國公。」一口氣說到這裡，陳氏停了嘴。再說下去，若還不說謊，父母聽了肯定是要越發難受。

葛大嬸並不知道這個，她試探著問道：「可是因為我們身分低微，所以相認的話會連累妳、連累咱家乖孫？」

葛大叔不贊同地看了她一眼，接口道：「妳怎麼這樣問？」又對葛珠兒笑了笑，道：「能找回妳，我和妳娘便不敢再奢求旁的了。不相認也沒事，也別讓孩子知道有我們這樣一對外祖。你們都好好的，妳偶爾能出來見我們一面，或者讓人給我們傳個口信，讓我和妳娘知道你們的消息，這就很好了！」

葛大嬸也跟著點頭，說：「對，我就是這個意思！」

葛珠兒的心頭又是酸澀、又是柔軟，她擦掉又不自覺淌下來的眼淚，再不見平時的柔弱模樣，而是目光堅定地道：「不，爹娘就是我的爹娘，我若不認你們，豈不是枉為人女？」

葛大嬸怕她要賭咒發誓，忙把她的嘴掩住。

二老還要相勸，讓她就算不為自己，也要為孩子的未來考慮，這當口，顧野領著馮鈺過來了。

馮鈺進了屋就給二老跪下了，端端正正地磕頭，朗聲道：「孫兒馮鈺見過外祖父、外祖母。」

葛家二老雖方才還說不讓孩子知道，但真見到了這樣一個俊朗又乖巧的大孫子，還是愛他愛得不行，齊齊伸手把他扶起來，但一看到自己因為多年辛苦勞作而滿是風霜的手，他們又齊齊把手縮了回去。

馮鈺一手拉住他們一個，緊緊地、穩穩地攥住了。

「好孩子，真是個好孩子！」葛大嬸看著馮鈺，移不開眼。

馮鈺就大大方方地坐到他們身邊，讓二老把他好一通瞧。

葛大叔在旁邊用眼神描繪著他的面容，喃喃道：「這眉眼像咱家囡囡，但是整體輪廓應該是像他爹那邊。」

葛大嬸連連點頭，這會兒才拍著腦袋道：「頭一回見面，忘了給乖孫準備見面禮了！」

馮鈺立刻搖頭道：「能和外祖團聚，就是孫兒收到的最好的禮了。」

葛大嬸看到了旁邊的顧野，歉然道：「半年不見，小野真是長大不少。這要是路上遇見了，我肯定是認不出了。」

顧野立刻上前和他們行禮，打招呼。

顧茵雖然早就離開了碼頭，顧野也不怎麼往碼頭去了，但逢年過節，顧茵時不時都會帶顧野去走動一下，所以葛家二老也算是一路看著顧野成長到現在的。

葛大嬸忙把他拉住，說：「怎還這麼客氣？讓阿奶好好看看你。」

顧野就乾脆坐到馮鈺身邊，兩人一道坐在葛家二老中間。

兩個孩子從前就是朋友，眼下又有了共同的長輩，關係自然更進一步。尤其葛家團圓還是顧茵的功勞，那自然是親上加親了。

後頭葛大嬸問起馮鈺愛吃什麼、愛玩什麼，就這麼說說聊聊的，外頭的天色就已經黑了下來。

到了要分別的時候，葛家二老依依不捨地把葛珠兒和馮鈺送出後院。

葛珠兒心裡也難受，她才剛和父母相見，下次見面又不知道是什麼時候了。

前頭被馮鈺一打岔，葛家二老才沒接著問她婆家的情況，此時看她一臉糾結，葛大嬸和葛大叔對視一眼，已經猜到了一些。

葛大嬸開口道：「我和妳爹頭一回上京，可要在這裡到處看看。萬一在這裡待得高興了，說不定就不回去了，到時候咱們相見的機會多得是。」

葛珠兒這才好受一些。

臨分別前，葛大嬸又低聲叮囑道：「囡囡，爹娘雖沒有什麼本事，但妳要記住，現下妳是有娘家，有娘家人的，在外頭要是受了什麼委屈，千萬不要藏著掖著，知道不？」

葛珠兒差點又要落淚，像小女孩似地吸著鼻子，連連點頭。

顧茵送他們母子出去，葛珠兒對著她自然又是一番致謝。顧茵這兩天不知道聽了葛家人多少聲感謝了，就笑道：「都說了是我前頭承過葛大嬸的情，在碼頭上多受二老的照顧，這都是我該做的。往後咱們也別夫人前、大人後的，我小妳妳幾歲，就稱妳為姊姊吧？咱們姊妹相稱，再謝來謝去的，可就生分了。」

葛珠兒擦擦眼睛，應了一聲，又喚她一聲妹妹。

「我還得麻煩妹妹一件事，我家裡的境況妳應該是知道的。」葛珠兒咬著唇，歉然地道：「我回去後就會和將軍說尋到父母的事，但家裡我並不能作主……爹娘初來乍到，還得麻煩妹妹照顧他們幾日，但左右就是這幾天，後頭我一定自己安頓他們。」

顧茵忙說不麻煩。是真不麻煩，家裡住那麼大個宅子，安頓葛家老夫妻就是飯桌上添兩雙筷子的事。而且平時家裡大大小小都在忙，就王氏在家陪著武重，二老雖然不說，但肯定覺得冷清，眼下許氏母子和葛家老夫妻都來了，王氏可得勁兒了。想到這裡，顧茵忍不住笑道：「我娘是個愛熱鬧的，就是姊姊不說，我也定要讓葛家叔嬸在家裡多住幾日的。」

葛珠兒心中溫暖熨貼，拉著顧茵的手，不知道該說什麼好。

到了門口，顧野拉住了他娘，解釋說：「娘別送了，讓馮鈺他奶的人看到，珠兒姨母和馮鈺都要吃掛落。」

顧茵還不知道顧野和馮鈺被秦氏的眼線逼著打游擊似地換接頭地方的事，聞言便立刻站住了腳。但這也給顧茵提了個醒——葛珠兒在馮家的日子，怕是比她想的還難過。葛珠兒看著並不像是貪戀富貴的人，願意過著這種如同扯線傀儡一般任人控制的生活，多半還是因為……顧茵的目光落到了馮鈺身上。

顧茵嘆息了一聲，低聲道：「妹妹勸姊姊一句，人活在世，先得是自己，然後才是別人的妻子、孩子的母親。」

不方便再相送，葛珠兒和馮鈺走出食為天，坐上了自家馬車。

葛珠兒仍在回想著顧茵方才那話。道理她都懂，只是馮鈺才十歲……她正兀自沈思著，卻聽見馮鈺開口道——

「姨母方才那話說的真好。」

葛珠兒問道：「你真的這般想？」

母子倆從前都未聊起過這個，但馮鈺聰慧，早就猜到母親這般委曲求全是為了自己考慮，便點頭道：「自然。不過我知道母親最在意我，怕是做不到這般。但其實若是為了我，母親才更要先做自己，因為兒子看母親委曲求全，心裡自是比刀割還難受。總之母親想做什麼就去做，我是府裡的嫡長子，您不論做什麼，我都不會受到影響的。」

葛珠兒搖頭說他傻。「你現在是嫡長子，可若是我遭了你祖母和父親的厭棄，你父親有了其他的妾室，甚至停妻再娶，有了其他的嫡子，到時候沒有我在身邊，你知道自己要面對什麼嗎？」

馮鈺抬了抬下巴。「母親就這樣看輕我？」

葛珠兒說當然不是。

馮鈺便接著道：「兒子四歲習文、六歲習武，不論是在軍營裡的，還是後頭祖母請的先生，都對兒子讚不絕口，同輩之中再無敵手……」說到這裡他頓了頓，忍不住笑起來。「當然，這話不能在小野面前說。那小子鬼精鬼精的，身上也帶武藝，就是比我小了幾歲，若是同輩，我就不能這麼說了。總之，我有信心不遜色於任何人家的孩子。即便真如母親所說，父親和祖母偏疼其他孩子，我自己也能立起來的。從文也好，從武也罷，總有我建立功勛的地方，我也不稀罕什麼世子之位。」

葛珠兒又是眼眶發熱。失散多年、難得團聚的父母方方面面都為自己考慮，還有這麼個有本事、有心氣的兒子，她要是再立不起來，真是不配有這麼些家人！

母子二人回到魯國公府，葛珠兒這次沒有直接去給秦氏回話——因為出府去的理由本就是瞎編的，且顧茵對她全家有恩，她更是不可能做出對顧茵不利的事情，打探什麼食為天的機密。去了她說不出個所以然，肯定是要挨秦氏一頓痛罵，便藉口喝多了酒，讓人去給秦氏告了罪，回了自己的小院子。

沒多會兒，馮源從外頭回來了。他是個孝順兒子，每日回家的第一件事不是看妻子、兒子，而是看年邁又還在稱病的親娘。

從秦氏那裡出來，馮源自然又聽了一通關於妻子的抱怨。

到了妻子這裡，馮源疲憊地捏著眉心，同她道：「阿陳，我娘身體不好，我早就交代過妳要小心侍奉，妳今日一大早和我娘說要出門探聽消息，回來後卻沒有去回話，她老人家又不高興了。聽說妳還在外頭飲酒作樂？婦道人家怎可如此放浪形骸？這般作態，和英國公府的有什麼區別？」

這一年多來，每次說到這些，葛珠兒總是要頗費口舌地和他解釋，但解釋往往會衍生成一場爭吵，最後鬧得不歡而散，馮源甩袖走人。今日葛珠兒卻沒和他爭辯，只靜靜看著他。一直把馮源看到說不下去後頭的話了，葛珠兒才開口。「我不叫阿陳，我叫葛珠兒。」

馮源蹙了蹙眉。「妳不是說記不清少時的事了嗎？」

「從前是記不住了，但最近幾次出門，我遇上了親生父母。他們還在當年的碼頭上擺攤，一直在等著我回去，最近才到了京城——」

「天底下哪有這麼巧的事？」馮源打斷她。「肯定是有人聽到外頭的流言，來冒認親戚，誆騙妳的！」

葛珠兒唇邊泛起一個諷刺的笑。「馮源，我只是性子柔順，並非蠢鈍。我被拐走時已經

五、六歲大，不是對父母一無所知、任人誆騙的。」

她真的生氣時便是這樣目光發冷，馮源很少看她這樣，便又改口道：「我不是那個意思。遇到妳父母是好事，左右妳這段時間在京城一直深居簡出，旁人也不知道妳的姓氏，從陳氏變成葛氏不是什麼大問題。」

葛珠兒靜靜聽他說完，才又問道：「就這樣嗎？我尋回了爹娘，只是改個姓氏的事？」

馮源蹙眉。「那妳還想如何？昭告天下，讓世人都知咱家阿鈺有一對做攤販的外祖？」

葛珠兒終於對他心灰意冷了。

也就在這個時候，馮鈺過來，正好聽到這麼一句話，他當即就道：「母親當過廚娘，外祖擺攤，都是靠自己的雙手生活。沒有他們，自然沒有我，所以我並不覺得有什麼丟人的，為何不能昭告天下？」

對著出色的長子，馮源還是壓住了自己的脾氣。「你別說這樣孩子氣的話。就是咱家不在乎，宮裡能不在乎？貴妃娘娘的皇子眼看著就要開蒙，到時候為父準備讓你進宮去當伴讀，為了你的前程，你可不好說這些渾話。」

正元帝在文華殿招了幾位先生的事早已不是秘密。

當然，顧野的身分外人是不知道的，整個皇宮都在正元帝和武青意的控制下，想打探消息比登天還難。且顧野身量也矮小，進出的時候又讓訓練有素的侍衛簇擁在最中間，旁人遠遠地看到，也很難注意到他。

所以馮貴妃等人只知道正元帝在文華殿設了學堂，卻不知道顧野已經在上課了，還當是出了正月，正元帝就準備讓其他兩個皇子開蒙。

馮鈺不以為意道：「這個怕是不成，我已答應了一個朋友，往後要陪他一道讀書的。」

這話真是觸到了馮源的逆鱗，他當即拍桌站起身，喝道：「那是你的表弟，是未來的……這並不是什麼小孩子過家家，你懂不懂?!」

馮鈺堅持道：「父親說的我都懂，但一言既出，駟馬難追。況且並不是不進宮去給皇子當伴讀，兒子就沒有前程——」

話音未落，馮源的巴掌已經落下，打得馮鈺的臉歪向了一邊。

葛珠兒想攔，但她的動作自然快不過常年習武的馮源。她只能站到馮鈺身前，恨恨地瞪著馮源。

「你們、你們……」馮源臉色鐵青，指著葛珠兒和馮鈺罵道：「一個兩個的都不讓人省心，都給我在家裡待著！什麼攤販父母、什麼朋友，通通不許再見！若再像今天這樣大的小的都沒有規矩，就——」

「就如何？」葛珠兒看著他，半晌後，她輕笑起來，平靜地道：「馮源，我們和離吧。你若不想要阿鈺，阿鈺便跟著我離開，我們母子什麼都不要。」

馮源愕然地退後兩步。「瘋了……妳瘋了！」

第三十五章

隔天，顧野哼著小調兒進了宮。

正元帝現在已經習慣每日先來看他，而後再一個去上朝，一個讀一會兒書，待天色大亮的時候再一起吃早膳。

看小傢伙臉上的笑就沒斷過，坐在八仙椅上的時候，兩條騰空的小短腿還一晃一晃的，正元帝忍不住抬腿，在桌子下踢了他的腿一下，笑罵他道：「坐沒坐相！」

正元帝沒用力氣，但顧野冷不防被他一踹，手裡的滷雞翅就掉到了盤子上。

「幹啥啊？狗吃飯都不能打呢！」

正元帝忍不住大笑起來。「你少和我貧嘴！和朕說說，發生啥好事了？」

顧野的嘴角又翹了翹。「好事不少呢！前頭跟你提過的馮鈺你還記得吧？昨天他外祖父母都到了，和他們母子相認了呢！當然，還有個別的好消息，我想到陪讀的人選了。」

正元帝就問：「是馮鈺？他同意了？」

顧野含糊地「唔」了一聲，又說：「昨兒個馮鈺非得謝謝我，我說他娘和外祖都謝過我娘了，他說不行，那是長輩們之間的事，我們兩個小的另算。我就說想讓他陪我讀書，他一口就應承了。」說到這裡，顧野頓了頓。「我這不算挾恩圖報吧？」

正元帝搖頭說不算。「當你的伴讀，對他來說是件大好事。不過你可想好了？選別人，別人的家族勢力也會為你所用，選馮鈺，可就只有他自己。」

馮鈺雖然是魯國公的嫡長子，可秦氏是馮貴妃的親娘，馮源是馮貴妃的親兄長，親疏有別，魯國公府一眾人自然還是會偏向永和宮的陸煦。

顧野當然知道這個，不過他還是道：「你沒見過馮鈺，等見了就知道他有多好了，能文能武，滿腹經綸，反正我沒見過同年紀中比他更好的。也就是和我一樣還沒長大，不然他一個人能抵得上好多好多人呢！」

他前頭恨不能把馮鈺誇出一朵花來，後頭非要加一句「和我一樣」，這是連帶著把自己也誇起來了！

正元帝又被他逗得笑起來，搖頭無奈道：「你啊你，能選的人千千萬，你偏要選馮家的孩子。你不怕馮家不高興？不怕朕不高興？」

顧野不解道：「馮貴妃不高興我懂，但你為啥要不高興？」

「真傻還是假傻？」正元帝伸手點了點他。「那馮鈺明顯是馮家人為你弟弟準備的，卻被你搶著用了，到時候人家說你這性子爭強好勝，到朕面前來搬弄是非，說你現在是搶人，將來是搶別的……」

顧野恍然大悟地點點頭，但又說道：「我也不是搶啊！我是詢問了馮鈺的意思，又來請示你，你們但凡有一個不同意的，我也就算了啊！而且馮鈺又不是什麼物品，他是有自己的想法的。」說完他頓了頓，把吃得冒著油光的小嘴擦了擦。「再說了，我最近新學一個詞，叫尊卑有別。往大了說，你是皇帝，你准許了的事情，別人再搬弄是非，那就是錯的，是質疑你的決斷；往小了說，你是家裡的爹，我是哥哥，小陸煦是弟弟，咱們家裡的事情也是由你這個一家之主作決定，關別人啥事啊？」

正元帝前頭還在聽他的大道理，聽到最後可記不住前頭聽的什麼了，只笑著問他。「我是啥？」連「朕」都不稱了，可見有多高興。

顧野小臉一紅，但說都說了，再扭捏也沒意思，乾脆就道：「你是皇帝，也是我爹，我說錯了嗎？」

「沒錯沒錯！」正元帝大笑起來。「既然馮鈺要當你的伴讀，他外祖又對你有恩，朕怎麼也得見見他們，這兩日朕就抽空把他們召進宮來。你先知會他們一聲，做做準備。」

皇帝見人肯定不是白見，必是要給好處的，顧野就幫著答應了下來。

從宮裡出來後，顧野沒等到馮鈺，就去了食為天，然後提上食盒去看望自己在京中的另一個朋友——小鳳哥。

最近《親緣記》的戲票真是賣瘋了，那園主也是個鑽錢眼子裡的，如今不止三場，還加開一個夜場！夜場在傍晚的場次結束後、在宵禁之前，時間實在是很緊張。等於晚上小鳳哥等人連喘口氣的工夫都無，立刻就要接著開唱。就這樣，夜場還幾乎座無虛席呢！

小鳳哥還是個半大孩子，這些天不知道是因為累著了，還是上火，一直覺得嗓子疼，聲音都不如以前清亮了，請了大夫看也看不出個所以然。

然而他在這戲裡唱的是個挺重要的角色——惡婆婆的女兒，兒媳婦的小姑子。這小姑子年紀輕輕，被親娘養得刁鑽任性，翻來覆去地刁難嫂子。由於戲分不輕，他不能告假。

他正懨懨地準備勒頭上妝時，園主和小鳳哥同戲班的俏花旦一道端著幾個茶盞過來了。園主如今待小鳳哥越發殷勤，進來了就道：「小鳳哥累著了吧？瞧你這小臉，一點精神都沒有。我這裡有從外頭買來的新鮮吃食，叫酥油茶，說是能提神醒腦、生津止渴，你快趁熱吃一盞吧！」

「有勞園主了。」小鳳哥起身致謝。昔日園主是如何眼高於頂的，他可沒忘記。所以儘管園主如今的態度和從前判若兩人，小鳳哥待他也還和從前一樣，禮貌而疏離。

園主見怪不怪，待沒多會兒就離開了。

俏花旦是跟著園主過來的，他手上也有一盞。看小鳳哥依舊對鏡照看著，沒動那盞酥油茶，他便端著自己手裡的品嚐起來，咕咚咚地嚥下好大一口。「真香啊！這東西確實新鮮，又香又濃！園主費了功夫託人弄來的，你快嚐嚐！」

小鳳哥到底年紀不大，聽他這麼誇讚，不禁嘟囔道：「真有這麼好喝嗎？」

俏花旦笑咪咪地說：「你嚐嚐就知道了。」

小鳳哥揭開茶蓋，吃了一口後，奇怪地皺了皺眉。「有點膻，我吃不慣。」

俏花旦又道：「你小孩子家家不懂，這就是那特別的風味，多吃兩口就好了。」

小鳳哥點了點頭，又抬起茶盞到唇邊。

俏花旦一邊喝著自己手裡的，一邊笑咪咪地看著他。

這時有人來尋俏花旦，他就先去忙了，離開前還叮囑小鳳哥，就算吃不慣也不要浪費。

小鳳哥也是窮苦人家出身，自然是有這樣不糟蹋食物的習慣，便點頭說知道了。他這邊廂正要喝下第二口時，顧野過來了。

如今顧野在吉祥戲園也有一席之地，園主私下裡還巴結著他，想讓他給自家戲班也寫個戲本子，因此他暢通無阻地過來了。看到小鳳哥在吃東西，顧野嗅著味道，詢問起來，聽說是酥油茶，他便阻止道：「這東西聽著對你嗓子不好，還是別喝了。我給你帶了川貝雪梨膏，我娘親手做的呢，你快嚐嚐！」

從前還在寒山鎮的時候，有一回文老太爺犯咳疾，顧茵就做過這個。不過當時羅漢果不好買，其實並不算特別正宗。眼下到了京城，自然是各種配料都能購買到了。

那川貝雪梨膏呈現褐色糖膏狀，聞著是一股清涼甘甜的味道，兩廂一對比，小鳳哥就把手裡的茶盞給放下了。吃了顧野帶來的一盞雪梨膏後，小鳳哥喉間確實舒服了不少。

後頭戲曲就要開唱，因此顧野也沒多留，只詢問他。「這個酥油茶我能帶回去嗎？京中好像甚少有這種吃食，我帶回去給我娘，她就喜歡新鮮東西。」

小鳳哥歉然道：「這個我喝過一口了。不然我再去問問園主，給你弄一些新的？」

顧野不以為意地擺擺手。「不用麻煩了，我娘最聰明的，不用嚐，讓她看看就行了！」小鳳哥被人催著了，便不再多言，二人就此分開。

顧野回到家裡時，顧茵他們都用過飯了。

之前他們會等著這小崽子用飯，但現在家裡有客人，當然不好讓其他人跟著一道餓肚子，所以就讓廚子單獨留出他的飯食，其他人先用。

等到他回來，許氏母子和葛家二老都去歇下了。

顧野把食盒往桌上一放，就開始喊餓。

王氏立刻讓人端來溫在灶上的飯菜，顧野便大口吃起來。

宋石榴在一旁收拾起他隨手放在桌上的食盒。

顧野見狀，一邊吃飯一邊含糊道：「先別收拾，這裡頭有我帶回來的酥油茶，說是京城裡都少見的東西，我專門帶給娘的。」

宋石榴便把酥油茶端出，放到桌上。

顧茵笑道：「是這個呀，我會做。」

宋石榴好奇地看著那黃澄澄的酥油茶，轉頭詢問顧茵。「太太，奴婢能嚐嚐嗎？」她慣是嘴饞的，也見不得浪費東西，不過前頭吃過一次加料麻辣燙的虧，所以現在起碼不會偷吃要倒掉的東西了，會先問問顧茵。

「那個小鳳哥嚐過了，妳要想喝，我讓人給妳買新的。」顧野邊吃邊說。

宋石榴忙說不用。

顧茵接過她手裡的茶盞，笑說：「這東西要熱了才好吃，我回頭做出來，妳儘管吃就是。」說完話，顧茵聞著那盞酥油茶的味道，隱隱覺得有些不對勁。

酥油茶是西藏的特色吃食，顧茵曾到過那邊旅遊，一開始她也有些吃不慣，後頭吃過幾次，又覺得別有風味，回家後自己鼓搗過。但是手裡的這盞，聞著味道卻是不大一樣的。

見她微微蹙眉，武青意便出聲詢問。「可是哪裡不對勁？」

顧茵皺眉道：「我也說不上來，隱隱覺得聞著不大對勁，好像有藥材的味道。」

做廚子的，嗅覺和味覺靈敏是必備條件。顧茵既然說了，那肯定是有事。因此武青意就站起身，說：「不如請我師父來瞧瞧吧？」老醫仙就在府裡住著，請他過來也不算麻煩，至多就是被唸叨兩句，武青意便親自過去請了。

前頭老醫仙才和大家一起用過飯，剛回去歇下，沒多會兒又被請過來了，嘴裡一直小聲嘟囔著。「沒好事，肯定沒好事！」

但嘟囔歸嘟囔，顧茵解釋完之後，老醫仙還是正了色，立刻檢查起那碗酥油茶來。

沒多會兒，他老人家報了幾個藥材的名字，因在場的沒有通藥理的人，他便又解釋道：「這是致人失聲、不能言語的藥。」

顧茵立刻看向顧野。

顧野便道：「小鳳哥前頭就讓人傳口信給我，說他最近喉嚨乾澀，嗓子疼，說不定哪天就得歇下來。他請了大夫看過，但大夫說他只是累著了，上火，沒說他是中毒。」

老醫仙擺手道：「這幾味藥材本身不算毒，只是幾味相沖的藥混在一起，這才有了毒性，傷人身體，而且這方子一般大夫無從知道。聽說有些高門大戶，若是被下人知道了不得的秘密，就會給下人吃這種東西，幾副藥下去就能讓人這輩子都不能再開口說話，自然也就保守住了他們的秘密。」

「那小鳳哥……」

「孩子的耐藥性不如大人，他眼下還能說話，甚至唱戲，應是還沒吃下去多少。也是他走運，這藥我也只聽人說過，並沒研究過，若他真吃壞了嗓子，我一時間也配不出什麼解藥來。」老醫仙說的十分認真。

顧野連連點頭，詢問顧茵。「娘，我能把小鳳哥接過來不？」雖然老醫仙說眼下小鳳哥肯定沒到失聲的分上，但還是得讓老醫仙親自看看，才能叫人放心。

顧茵想了想就道：「石榴套車過去吧，就說咱家來了親戚，喜歡聽戲，想見見他，請他過來唱堂會。晚一點也沒事，左右咱家屋子多，住在咱家也是一樣。記得表現如常一些。」

宋石榴前頭幫著跑了幾趟差事，如今辦事越來越有效率了，當即讓人套了車，去了吉祥戲園傳話。

吉祥戲園的夜場已經開唱，等到快宵禁時分才結束。

宋石榴跟著王氏來聽過幾次戲，在這裡也算是老熟人了，不過她沒那個特權進後臺，只能讓人傳話過去。

小鳳哥之前吃了顧野送來的枇杷雪梨膏，覺得舒服了一些，但唱到現在，喉嚨又開始火燒火燎，連說話都成了問題。這種時候他肯定得趕緊歇著，但因是顧野家裡來人請，他便立刻卸妝更衣。

那俏花旦和他一起下的臺，聽說有顧野家的丫鬟來請角兒唱堂會，便跟著小鳳哥一起出來了。

宋石榴帶了件顧野在家時常披的斗篷來的，見了小鳳哥，往他身上一披，就要帶人離開。

俏花旦連忙出聲道：「這位姑娘，我才是戲班裡的花旦，若是要請人，不把我一起請去嗎？」

戲班子的人自然無從知道顧野背後是英國公府，只知道他是食為天的少東家。但擁有那樣一座大酒樓的人家，在這些人眼裡也是頂富貴了。請過去一次，唱上一場，主家怎麼也得給點打賞，手裡稍微漏點兒，就夠他們這樣的人半年、一年的嚼用了，所以俏花旦才特地跟了過來。

眼瞅著就要宵禁，雖說宋石榴帶了自家的腰牌，但讓士兵攔下也得頗費口舌，所以宋石榴沒空和他說話，一邊和小鳳哥往外走，一邊道：「我們太太只請小鳳哥一個！」

兩人連帶著宋石榴帶出來的幾個下人，一陣風似地颳走了。

因是在前臺起的這個事兒，那俏花旦上趕著想跟人一道去，卻讓人給落下，讓不少看客瞧在眼裡，當下就有好事者嗤笑起來，嘲弄俏花旦嫌貧愛富，一般都不見戲迷，只見那些出手闊綽的，卻不想人家真正富的還瞧不上他呢！

花旦被人說得滿臉通紅，又羞又憤。

最後還是園主出來解了圍，讓看客們趕緊在宵禁前回家去。

等人都散了，園主就勸他道：「你別同那些人一般見識。且再等等，等小鳳哥沒了聲兒，大夥兒自然只記得你。」

聽到這話，花旦的臉色才好看了一些。他自認不論嗓子還是模樣，在津沽或是在京城都是出類拔萃的，但小鳳哥一日比一日出挑，尤其最近這些日子小鳳哥又長開了一些，眼瞅著再過兩年，只要小鳳哥平穩度過倒倉，就會把自己壓下去，他如何能不著急？

所以之前他才想著接園主的橄欖枝，換到園主自家的戲班子待。

但後頭小鳳哥有顧野提供了戲本子，那可真是好本子，只要是有點眼力的，就不會拒絕那樣的本子，他這才又留了下來。

但兩次的戲文裡，他雖然唱的都是主角，卻總是讓小鳳哥出彩。

就像第二場《親緣記》，小鳳哥唱的是個為難嫂嫂的刁蠻小姑子。可這小姑子在他的演出之下，雖然壞，卻又蠢，經常害人不成，反而把自己給害了。例如她趁著嫂子在河邊浣衣的時候想把嫂子推下河，結果嫂子正好轉身，她自己掉進去了；還有給嫂子下巴豆粉，想讓嫂子在人前出醜，結果她自己糊裡糊塗記錯了，自己吃了帶巴豆的那碗，然後在眾人面前出虛恭，差點把自己羞死！

這種蠢得根本害不到別人，反而害了自己的蠢人，實在詼諧有趣，並不令人生厭，每每幹出令人啼笑皆非的事時，總是讓人捧腹大笑。

尤其小鳳哥的扮相也是一日美過一日，看客們對他扮演的角色自然越發寬容。反而是俏花旦，雖然是戲分最重的，但隱隱已經有壓不住小鳳哥這配角的趨勢。他就覺得小鳳哥是故意這樣踩他，而顯出自己來。

所謂花旦，是指性格活潑、潑辣放蕩，帶喜劇色彩的女性角色。他也是唱花旦出的名，這才有了「賽貂蟬」、「俏花旦」這樣的雅稱。但自從到了京城後，園主給他們的本子自然不可能是什麼量身訂做的，所以他唱的大多都是偏向青衣、正旦的角色。不過他們並不是園主的自己人，園主確實沒必要為他設想。可小鳳哥不是，小鳳哥是少班主，怎麼就不知道為他考慮考慮呢？

那戲本子是小鳳哥的好友寫的，給他的角色還是悲苦為主的小媳婦，完全不能把他顯得出彩。一次這樣，第二次又是這樣，俏花旦就覺得小鳳哥是故意的！

前不久園主再次勸說他離開這破戲班，他又心動、又糾結，糾結的當然不再是過去那點情分，而是想著離開小鳳哥後，可再沒有那樣好的戲本子了。

但園主同他道，這不是他想弄小鳳哥，是高門大戶的顯貴看不慣他。

辦好了這差事，能到手一筆銀錢不說，還能讓人查不出來小鳳哥是怎麼啞的。

唱戲的倒倉是常有的事，不只是變聲期一遭，太累了失聲的也有。到時候小鳳哥不知道自己是讓人害了，只會想著是自己身體的原因，連累了戲班。那戲本子他自然不會據為己有，還得拿出來和俏花旦他們分享，以作補償。況且食為天和他合作，又不是光因為少東家顧野和他是好友，難道小鳳哥失聲了，食為天就不打廣告了？到時候自然還是便宜了他們。

那讓人失聲的藥散，被他們二人分成幾次，下在小鳳哥的日常吃食裡，效果已經漸漸顯了出來，再過不久，兩人的目的自然達成。

俏花旦想到這裡，心裡舒坦了不少，總算是不再糾結此事。

小鳳哥被宋石榴接到了英國公府。

時值宵禁，一般人家早就歇下，街上黑漆漆一片。

但英國公府門口還掛著兩個紅彤彤的大燈籠，照耀著牌匾，那金漆招牌泛著紅光，說是在夜裡熠熠生輝也不為過。

小鳳哥隱隱有些腿軟。

宋石榴將他一把攙上，進了府內。

王氏已經陪著武重先去歇下，屋裡只剩下顧茵和武青意、老醫仙，當然還有不放心朋友的顧野。

「太太，奴婢把人請到了。」宋石榴先進了屋，一邊睏得直迷瞪眼，一邊還不忘回話。

顧茵讓她趕緊去睡。

因宋石榴是給自己辦差，顧野還特地道：「石榴明天歇歇，睡到中午再起來也無礙。」

宋石榴臉上一紅。自從到了英國公府之後，她就很有危機感，生怕別人搶了她第一丫鬟的位置，因此幹活比從前更加殷勤賣力。但她到底是在長身體的年紀，起得越早，幹活兒越多，也意味著她中午越餓、下午越睏。

顧茵和王氏都不把她當下人看，而是當家裡人。

尤其王氏，對小輩最寵的，自然不會克扣她的吃食和休息時間。

所以通常她只做一上午的活兒，中午吃上和王氏他們一樣的好菜，再配兩大碗飯，吃完就去午睡。下午晌王氏沒事的時候都不去尋她，經常她一覺下去，半下午的工夫就沒了。

明天早上再睡懶覺，等於一整天都是歇著了！

「不不，奴婢還是要早起的！」宋石榴紅著臉告退。

顧茵越看她越好玩，要不是眼下得辦正經事，還想要再逗逗她。

小鳳哥在宋石榴後頭進的屋，進屋後他立刻脫下斗篷，給眾人行禮。

顧野把他拉住，道：「別那麼客氣，還和從前一樣就好。」

小鳳哥看著顧野，心裡暖得不像話。從前還當顧野是富商之子，願意和自己這樣三教九流之輩結交，已經算是紆尊降貴。沒承想他這好友竟是如此顯赫人家的少爺，這已不是簡單的紆尊降貴四個字可以形容的，這份看重是他不知道該如何回報的。

顧野三言兩語跟他解釋了酥油茶裡被人下了藥的事。

小鳳哥聞言，吃驚不已。

後頭老醫仙給他把脈，道：「還好，吃得不多，影響不大。你嗓子最近應該只是發乾發癢吧？」

小鳳哥點頭說是。

老醫仙接著道：「我給你開幾副類似解藥的湯藥，你再好好休息一段時間，便和從前沒有兩樣了。」

小鳳哥聽到這話，面色越發凝重，問道：「那我得歇多久？」

老醫仙算了算。「因沒有解藥，所以少說一年半載，多則幾年。」

小鳳哥白著臉退後兩步，半年一年的時間，他必然是要變聲了，到那時肯定得再歇。且這是順利的話得歇個一年半載，若不順利就得歇個幾年，甚至今後都無法再唱戲了。

老醫仙出聲安慰道：「只是讓你這段時間不要唱戲，不是不能說話的意思。」

小鳳哥白著臉，搖搖頭。

他為什麼這段時間會任由班主加開夜場呢？概因為知道自己年歲到了，馬上就要倒倉，想趁著眼下這個工夫多掙一些銀錢。也不是為自己掙，是給整個戲班掙。

那俏花旦自然是不愁出路，可戲班裡的其他小角色、小龍套，本事沒有，年紀卻都不小了，若不給他們攢出一些傍身的銀錢，他們都要無路可走。

到了眼下，他最先想到的不是何人給他下藥，而是怕自己再承托不住這些人的生計。

顧野無聲地拍了拍他的肩膀，詢問起酥油茶的事。

小鳳哥就道：「今日這酥油茶，是園主送來的。我和他關係不睦，他送來的吃食我本沒想碰，是同戲班唱旦角的師兄勸著我，我才吃了。如今想起來，這幾日師兄經常尋摸一些少見的吃食來和我吃，我前頭還覺得奇怪，想著他為了保持身形，平日並不是講究口腹之慾的人，甚至問過他，想來是為了打消我的疑慮，所以這次的酥油茶是園主來送的。」

那藥散並不是什麼無色無味的毒藥，下到一般的吃食裡很容易讓人察覺到味道不對，所以他們就挑選那種京城中少有、小鳳哥之前沒吃過的吃食，卻沒想到正是因為這樣，那加了料的酥油茶讓顧野帶回了家，並讓知道酥油茶該是什麼味道的顧茵發現了破綻。

「這兩個歹毒之人！」顧野義憤填膺地看向顧茵。「娘，咱們能報官嗎？」

顧茵蹙眉沈吟，半晌後道：「老醫仙說這藥散民間不常見，都是高門大戶藏著的東西，園主和那旦角是從何得來的？若咱們報了官，那兩人自然是跑不了，但難保他們顧忌對方的身分，不敢如實招供，一旦打草驚蛇，後頭怕是不好再查了。」

「那怎麼辦？」顧野發愁起來，習慣性地撓頭。

顧茵看向老醫仙，討好地笑了笑。

老醫仙被她笑得背後發寒，忙道：「徒媳有話就說，別朝老夫笑，老夫瘆得慌！」

顧茵嗔道：「您是青意的師父，自然和我的師父沒兩樣，師父怎麼這樣講話？徒媳把您當親師父看呢，對您笑一笑怎麼了？」

老醫仙比她還急，催著她想到法子就快說，別擱這兒整虛的！

顧茵就笑道：「就是想麻煩師父，也配一些跟這種差不多的藥散出來。」

老醫仙無奈了，他是醫仙，又不是毒仙，根本沒配過毒啊！而且他前頭都說了，對這種高門大戶當家傳之物的藥散知之甚少，竟還要他配出差不多的，這是真把他當活神仙用？但顧茵一口一個師父的親熱勁兒，他還真不好拒絕，只能點頭道：「知道了、知道了！我這就回去翻閱典籍，這兩天就給妳配出來！」

小鳳哥在英國公府住了兩日後才回戲園子去住。

兩日的時間他當然沒有誤了正事，到點還是回去戲園唱戲，只是每次都掐著點兒去，還帶著英國公府的下人給他送吃喝，唱完立刻就走，園主和花旦自然沒了再下藥的機會。

兩人對這藥散也不大懂，就怕斷了服用便沒效果了。

這一日小鳳哥沒再出園子了，園主就趕緊和花旦故技重施，兩人一道去了後臺。

這次園主讓人從外頭買來羊乳羹，這東西不算罕見，但味道腥膻，也能把那藥散的味道遮蓋住一些。

小鳳哥剛歇下，且後臺不只他一個，顧野也在。

不知道是不是因為這兩日忙進忙出的緣故，小鳳哥整個人都顯得十分疲憊，眼神黯淡。園主進屋便心疼道：「我的老天爺啊，你瞧你把自己累的，可得好好補補！這是剛從外頭買來的羊乳羹，你快吃一口！」

小鳳哥這次沒推拒，把羊乳羹接到自己手裡，又歉然道：「這幾日全賴園主和師兄周全，回來就我一人吃這好東西，這心裡如何過意得去？不如我們一道分著吃吧？」

園主和花旦自然連忙拒絕。

顧野坐在小鳳哥旁邊，嗅著味道就說：「我也有些餓了，不如咱倆分著吃吧！」

這話把園主和花旦都嚇得變了臉色。

都知道這位是食為天的少東家，要真把他吃出個好歹來，那後果可不是他們能承擔的！

但事情到了這步，已經沒了回頭路，園主便道：「不用分，不只你一個人有，我買了不少呢！你這一碗先吃，我再讓人送三碗過來。」

沒多會兒，另外三碗羊乳羹送了過來，小鳳哥把手裡的碗放下，和他們的擱到一處。一樣的羊乳羹、一樣的碗，園主和花旦都緊緊盯著，生怕弄反了。

突然，顧野眼光一移，驚呼道：「這戲袍怎麼破了個洞？」

戲袍對梨園中人十分重要，尤其現在《親緣記》正在熱唱，若是戲袍出了個好歹，可就壞了招牌。

園主和花旦下意識地起身去看旁邊的戲袍，卻又聽顧野懊悔道——

「原來是隻蒼蠅啊，我看錯了！怎的正月裡還有蒼蠅？」

園主不自然地笑道：「戲園子裡人多口雜，什麼人都有，生一點蟲子是再常見不過的事。」

而後園主和花旦轉身回去，餘光看到站在桌邊的顧野似乎在忙活什麼。不過兩人離開桌邊也就一眨眼的工夫，所以並沒多想。

「喝吧喝吧！」顧野笑咪咪地說：「羊乳冷了可就不好吃了。」

小鳳哥先拿起了自己面前的碗，其他三人也跟著拿了自己的碗。

小鳳哥和顧野都只嚐了個味道，園主和花旦因為要勸著小鳳哥多喝一些，反而把自己碗裡的給吃完了。

顧野拿起自己的小披風準備告辭，末了歉然地道：「方才我太頑皮了，你們去看戲袍的時候，我把桌子撞歪了，碗都挪位了。還好沒灑出來多少，也沒撞掉碗。」

幾句話，把園主和花旦都嚇傻了！

兩人戰戰兢兢地送走了他，又連忙比對那藥散和方才吃的羊乳羹的味道。無奈那藥散已經用完，而前頭他們下藥的時候知道這東西有毒，自然不會仔細去聞，只有個大概印象。

園主出聲安慰道：「方才我們確實去看了戲袍，但左右沒離開太遠，動作太大的話，咱們自然會瞧見，想來那顧少爺只是稍微碰了一下而已，並沒有調換我們的碗。」

花旦這才安心一些，連連點頭。

第二日起身，園主和花旦都覺得喉間發癢、發痛，火燒火燎的。

兩人立刻碰頭，又商量起來。

「怎麼會這樣？」園主百思不得其解。「難道是那顧少爺把小鳳哥碗裡的東西撞到了我們碗裡？」兩人齊齊中招，自然只有這樣才解釋得通。

花旦啞著嗓子催促。「園主快去尋那家人要解藥！」他急得都快哭了，嗓子可是他的命啊！

園主先還在猶豫，直到後頭聽說小鳳哥今兒個突然開不了聲，他才嚇壞了——最後一劑的藥散加得最多，雖還不知道到底怎麼回事，但多半他倆是中招了，若真和小鳳哥一樣徹底失聲可就來不及了！

園主立刻藉口說要出去給小鳳哥找大夫，跑出戲園去聯繫那個給自己藥散的管事了。

大白天的，那魯國公府的小管事本該在府裡上工，但因有個在主子面前得臉的乾娘，小管事的日子可謂是滋潤非常，這會子正在一個小賭坊裡賭錢。

吉祥戲園的園主也有這個愛好，便是在此處同他結識的，所以沒費什麼工夫，園主就尋到了他。

從賭桌上被拽下，小管事一肚子不耐煩，但想到那差事，還是耐著性子問他。「可是差事辦成了？」

園主壓著嗓子回道：「成了成了，今日那小鳳哥已經出不了聲了！我提前訓練好了同戲班的孩子頂他的位置，今日便是我戲班的孩子登臺。」

小管事根本不耐煩聽什麼戲班的事，只聽完前頭一句就不再聽後頭的，兀自想到這差事算是辦成了，自己回去能和鄭嬤嬤交代，鄭嬤嬤再和老太太一回話，好處自然跟著來！看那園主絮絮叨叨說了一大堆還不走，小管事皺著眉擺手道：「你先去吧，說好的銀錢肯定不會少了你的，左右我又不會跑。」

園主忙說不是這個。「是我和同戲班的花旦也中招了！」園主面露尷尬之色，將事情的來龍去脈說給他聽。

小管事既能被鄭嬤嬤收作乾兒子，也是有幾分聰慧的，聽完他就問道：「哪裡有這麼巧合的事？可是那食為天的少東家故意為之，調換了你們的碗？」

園主說哪可能啊。「那少東家才那麼點大，就算真有那種在人眼皮底下偷天換日的本事，會有那份心智？」

園主不知道食為天靠著英國公府，知道了定是不敢下手的，但小管事卻是知道的，所以他只蹙眉沈思，沒有貿然下決斷。仔細想想，園主說的也對，那麼點大的孩子，泥腿子人家出來的，就算現在家裡鯉魚躍龍門了，能有啥本事和心智？而且即便真調換了，園主只在一碗羊乳羹裡下了藥，再怎麼調換也不可能弄出兩碗來的。應就是如園主所說，碰巧而已，於是小管事也就沒再接著起疑心。

差事已經辦成，小管事根本不想管這園主和那花旦，兩個下九流的東西而已，值得他關心？但若眼下直接說不管，怕是要鬧起來，走漏了風聲，所以小管事想的是先穩住園主。他擺手道：「你先回去，我請示一下主子。你也別太著急，這藥散要吃夠劑量才能發揮效果，你們只吃那麼一點，沒什麼大礙的。」

園主還得求他的解藥，因此雖聽出他話裡的打發意思，還是陪著笑臉道：「那就麻煩您了！我過兩日再來尋您。」

兩人就此分開。

晚些時候，園主和小管事兩人在賭坊的對話，就一字不漏地傳到了顧茵耳朵裡。

雖知道那藥散出自高門大戶，卻沒想到這事會是出自秦氏之手，顧茵再次詢問確認。

負責去跟蹤打探的，是武青意訓練出來的府中心腹侍衛，稟報道：「是屬下親眼看著那小管事進了魯國公府，門房還上趕著和他套關係，說什麼請他乾娘在他家老夫人面前美言幾句。魯國公府也有武藝精湛的好手，是以屬下不敢再跟，立刻回來覆命。」

顧茵點頭道一聲「辛苦」，讓他先下去歇著。

王氏是和顧茵一起聽到消息的，當即鐵青著臉，憤憤地罵道：「小鳳哥還是個半大孩子，又和那老虔婆沒有交集，她好端端的害小鳳哥做什麼？」

顧茵沈吟半晌，道：「上次送珠兒姊姊從酒樓出去時，小野讓我不要送到門前，說咱家酒樓附近都被秦氏安插了眼線。後頭回家我仔細問了，小野說是因為他的新戲裡寫了個折磨兒媳婦的惡婆婆，那秦氏又記恨上了……」

王氏這就明白過來了。「妳的意思是，因那戲文讓老虔婆不高興了，所以她就對著唱這戲文的小鳳哥下毒？小鳳哥何其無辜！」

顧茵點頭道：「咱們兩家勢均力敵，她就算有那份心，也不敢如何。但小鳳哥卻只是個普通人，壞了他的嗓子，既可以殺一殺咱家的威風，也能壞了咱家的生意。」

王氏哼聲道：「得虧他家還不知道咱們已經洞悉了先機，如今成了他家在明，咱家在暗，把那園主、花旦、小管事一抓，審問審問，一個都跑不了！那老虔婆前頭讓太后老姊姊一申斥，躲在府裡快一個月沒敢見人，這次再讓人給拿住了把柄，這不得在府裡縮個十年八載？」

顧茵卻沒王氏想的這麼樂觀。若下黑手的只是一般的高門大戶，一併送官查辦就是了。但馮家不只是國公府，更是馮貴妃的母家、皇子的外家，這樣的人家培養出來的家生子，能把秦氏給招供了？一家子老小不用看顧了？

而且別說這次秦氏的奸計並沒有成功，沒害到人，就算真的把小鳳哥害到沒了聲，一邊是唱戲的戲子，一邊是功勛之家、皇子的外家，正元帝再英明神武，那也是個人，為了保全皇子的聲譽，怕也是會把這件事按下不表，至多再如上次般申斥一番，小懲大誡罷了。

裡頭的糾葛頗深，顧茵打算等武青意和顧野都回來了，一家子再坐下好好商量。

傍晚的時候，顧野氣呼呼地回來了。他進屋後先如往常一般，咕咚咚喝下一道熱茶，後頭把茶盞重重地往桌上一擱，咬牙切齒地捏著自己的小拳頭。

顧茵還當他是已經知道了秦氏下毒的事，便問道：「你都知道了？」

顧野愣了一下，問知道啥？

顧茵就先把侍衛查到的事情說給他聽。

顧野恍然道：「原來又是那老……那老夫人。不過小鳳哥到底無事，我氣憤的不是這個，是別的。」

顧野頓了頓，才又接著道：「我今日和馮鈺見面了，他很不好。」

顧野和馮鈺之前因為葛家老夫妻的事，幾乎每日碰頭。當然馮鈺也被家裡管得緊，但好歹是個小少年了，每日裡出來透透風還是不難的，每次相見的時間不多，就一、兩刻鐘。

但最近這兩、三天，馮鈺一直沒出來過。

這天顧野還是先去接頭的地方晃悠，在那處見到了馮鈺——

馮鈺頭髮散亂，身上沒穿自己的衣服，穿著一身下人才會穿的粗布短打，還灰撲撲的，顧野看著好笑，上去就忍不住笑道：「你怎麼這副模樣？爬狗洞出來的嗎？」

馮鈺低低地「嗯」了一聲，輕笑道：「還真讓你說中了。」

兩人打了個照面，顧野看到他高高腫起的半邊臉，就笑不出了。「你的臉……誰打你了？」

「我爹打的。」

馮鈺既然帶著傷出來見顧野，自然沒再瞞著他，就把家裡的事說給他聽。

那天從食為天出來後，葛珠兒執意要認回父母，和馮源起了爭執。加上後頭馮鈺說不想給馮貴妃生的皇子當伴讀，馮源怒不可遏，對他動了手。因為這樣，葛珠兒終於再也忍受不了，提出了和離。馮源愕然之下，倉皇而去。

然而葛珠兒的小院子裡都是秦氏安插過去的人，還不到兩刻鐘，秦氏就知道了這消息。

很快地，秦氏就把葛珠兒和馮鈺一道喚了過去。

秦氏比馮源鎮定得多，指著葛珠兒就罵道：「我們馮家是何等的人家，妳高攀嫁過來就已經是修了幾輩子的福了！妳既不知道珍惜，我這當婆母的也不留妳，但阿鈺是我們馮家的長子嫡孫，想把他一併帶走，妳想都別想！」

這樣的結果，葛珠兒和馮鈺都早就料到了，馮鈺在衣袖底下默默地捉了他母親的手，用力地握了握，表示他真的沒事，讓他母親放心離開。

葛珠兒心中無比糾結，但想到了自己的爹娘，想到了兒子前頭和她說的話，更想到了顧茵勸她的那幾句。終於，好半晌後，她開口道：「那阿鈺留在府中，他日將軍續娶……」

秦氏嗤笑道：「難不成沒了妳一個，我家阿源還要打一輩子的光棍？他自然是要再娶的，娶一個比妳好百倍千倍的高門嫡女！不過妳放心，我話放在這裡，阿鈺是家裡的長子嫡孫，又這般出色，該他的一樣都不會少！阿源後頭的妻子要是敢同他伸手，先來問過我！」

「真的？」葛珠兒不確定地再問。

秦氏哼聲道：「自然是真的！」

秦氏要臉面，當著一眾下人的面打了這樣的包票，日後馮鈺若真讓人欺負了，就等於在打她的臉。葛珠兒終於不再有任何牽掛，點頭道：「那我們就寫和離書吧，我連夜離開。」

秦氏沒了方才好說話的模樣，冷笑問道：「什麼和離書？要寫，那也是寫休書。」

雖然同樣是分開，但和離和被休棄完全是兩碼子事。

和離可以說是感情不和，雙方和平分手；而被休棄，則意味著過錯出在葛珠兒身上，通常只有犯了七出之條的婦人才會被休棄。雖葛珠兒沒想著再嫁，和離和被休棄對她來說無甚差別，但這卻關乎著馮鈺的聲譽，若是有個被休棄的母親，他將來必要在背後被人說嘴的。

秦氏方才還口口聲聲說馮鈺是馮家的長子嫡孫，轉頭卻要讓他多個被休棄的母親，可見對他的所謂關愛都是假的！

葛珠兒不平道：「我嫁給馮源十載有餘，為他生兒養兒，操持庶務，還守過公爹的三年孝期。後頭到了京城，我雖不得您的喜歡，但晨昏定省，該盡的禮數一樣沒有落下。七出之條，我一條沒犯過，『三不去』中，有所娶無所歸、與更三年喪、前貧賤後富貴，我占了兩條，馮源憑何休我？」

秦氏抄手哂笑道：「我這當婆婆的不過說了一句，妳這當兒媳婦的卻有十句百句等著我，這不正是犯了『口多言』這條？」

口多言是指妻子喜歡嚼口舌、說是非，離間親人，影響家庭和睦。

這根本就是不實的指控，葛珠兒自然不肯認下，直言秦氏莫要欺人太甚！

但秦氏就是咬死了，不讓葛珠兒和馮源和離，只可能是休妻。

看葛珠兒氣憤得不能自已，秦氏最後還涼涼地道：「妳不是和阿源說找到了爹娘嗎？既然不認，不若讓妳爹娘上門來分辯分辯？」

這種休妻還是和離的事，本就是由婦人的婆家人作主。

當然，若是婦人的娘家夠強，兩家就能坐下來再好好聊聊。但葛家老夫妻不過是普通攤販，根本沒有和魯國公府談判的資本，秦氏這般說，只是嘲弄葛珠兒罷了！

這件事就此僵持，葛珠兒和馮鈺都被禁足，秦氏直言什麼時候他們想明白了，就什麼時候放他們出來。

馮鈺和他娘分了開來，沈寂了幾日後，還是覺得不能眼睜睜放任事情發展，便和小廝換了衣裳，偷溜了出來。

說完這情況，馮鈺很是赧然地道：「這是我的家務事，本不想煩擾到你家，但外祖在外頭，還不知道內裡的情況，我就怕祖母讓人查清了他們的動向，拿捏住他們，要挾母親答應。」

顧野就道：「葛家爺奶都不是愛亂跑的人，這幾天他們就待在我們府裡，他們的安危你可以絕對放心。」

得了他這話，馮鈺才呼出一口長氣。後頭他便沒再多留，掐著時間點回去了。

顧野氣壞了，打他的朋友和打他沒什麼區別！

他雖然年紀還小，但其實也見過不少人了，就沒見過比馮鈺的祖母和爹更噁心的。

「明日我就進宮去同陛下說！」顧野認真地道：「由陛下出面，肯定能讓葛家姨母和馮家和離。」

顧茵跟著嘆了口氣，無奈道：「自古以來只有皇帝賜婚，你何時見過皇帝下旨讓人和離的？傳出去人家會議論陛下摻和臣子的家務事，對陛下的名聲也不好。」

顧野從椅子上跳下來，膩到他娘身邊。「那娘說怎麼辦？我知道您一定有辦法的，救救葛家姨母吧，我實在不忍心看她這般。」

顧茵好笑道：「真把我當活菩薩用？不過你說的在理，葛家叔嬸幫過我，馮鈺又是你的朋友，還因為答應了給你當伴讀而挨了打，這並不是和咱家無關的事。這樣吧，你去把小鳳哥請過來，我問問他的意思，他若是同意，我那辦法才能得用。」

雖不知道怎麼又和小鳳哥有關了，但顧野沒多問，立刻又出府去。

小鳳哥現在對外宣稱失聲了，這日沒再登臺，而是讓別人給頂上了，園主自然不再管著他，因此連名目都不用再想，顧野直接就接到了人。

顧茵和小鳳哥開誠布公地談完後，武青意回來了。

此時時辰已經不早，其他人都已經歇下，只顧茵還等著他，見了他就起身笑道：「廚房裡還溫著你的飯，但溫吞吞的東西連小野都不愛吃。還是我給你重新做，你想吃什麼？」

顧茵現在不用為了生計而不分晝夜地在廚房做活，親自下廚這種好事，一般只發生在食為天推出新品，或者她心情好的時候。

武青意挑眉道：「不用忙什麼，下一碗雞絲麵，弄個小菜，我吃一點就好。」

顧茵便轉身去了廚房，沒多會兒就下好一大碗雞絲麵。那麵條是現擀的，勁道爽滑，十分彈牙，配上手撕的雞絲、爽脆的乳黃瓜片，再佐以調製好的豆芽、菜心等小菜，雖然簡單，吃到肚裡卻好不爽快。

武青意吃完了一大碗後，放下碗，一邊擦嘴、一邊道：「說吧，什麼事需要用到我？」

翌日一早，顧茵便和王氏帶著葛家老夫妻並其他一些人上了魯國公府的門。

秦氏這時已經起了，正由鄭嬤嬤梳頭。

鄭嬤嬤同她道：「我那乾兒子昨兒個回稟說已經把差事辦妥，那小鳳哥再唱不了什麼戲。有他在前，老奴看再沒人敢唱那什麼惡婆婆虐待兒媳婦的戲碼了。那園主和花旦如今等於送了把柄到咱們手裡，後頭食為天再找他們宣傳，那戲本子得先過了咱們的眼。本是該讓我那乾兒子來給您回話的，可那混不吝的東西昨兒個說出去消遣一遭，到現在還沒回府，老奴只能厚顏和您求個恩典，看他辦成了差事的面上，饒過他一回。」

鄭嬤嬤絮絮叨叨了一大通話，秦氏其實沒在聽。

對付個小戲子，在秦氏眼裡跟碾死一隻螻蟻沒區別，辦成了是正常的，辦不成才是笑話。至於鄭嬤嬤說的什麼乾兒子，那更是秦氏毫無印象的人物。

「家奴徹夜未歸，按家法當打二十板，既妳開口了，便只此一次，下不為例。」

鄭嬤嬤連連道謝，秦氏仍接著想其他的事。

秦氏在想的是葛珠兒。忍耐了一年，秦氏看著馮源一點點偏向自己，已經準備對葛珠兒出手了。她手裡還有不少如同那消聲散一樣的高門秘藥，保管讓葛珠兒無聲無息地沒了，不招人懷疑，如今葛珠兒自己提了和離，倒省了她的手腳工夫，她自然樂見其成，但和離之後，葛珠兒就是自由身了，難保不在外頭說馮家的壞話，壞了馮家的名聲，所以還是得讓葛珠兒成為被休棄的下堂婦才行，那樣葛珠兒的名聲一壞，再說什麼也就沒人相信了。

休書只需要男方寫，不用經過葛珠兒的同意。難就難在馮源是個心軟的，前頭偏向了親娘，事已至此卻又反悔，和離他不肯，休妻更不行，還勸著秦氏說「她只是尋回了爹娘，知道咱家不肯相認，所以一時氣極才說了糊塗話。等到她冷靜下來想明白了，我再讓她來給娘賠不是」，這才形成了眼下的僵持局面。

這日是馮源休沐的日子，秦氏準備梳妝好後再和他仔細說說。若再說不成，她就只能去把葛家那對攤販抓在手裡，逼葛珠兒去求馮源寫休書了。

就在這個時候，下人來通傳，說英國公府的人到了門口。

無事不登三寶殿，兩家只有仇怨，沒有交情，但人都來了，若是不見，反倒像是秦氏怕了他們似的。且這是自家，馮源也在家裡，秦氏自然更是不怕，讓人把他們請到正廳，然後晾了他們一刻鐘，秦氏才姍姍來遲。

顧茵並不是沒耐心的人，才一刻鐘的時間，她坐在馮家的正廳裡和王氏說幾句話，再寬慰葛家二老幾句，都沒怎麼覺得久等呢，就見到了盛裝打扮、盛氣凌人的秦氏。

「稀客稀客！」秦氏要笑不笑的。「不知道今天吹了什麼風，竟讓您幾位來了我們府上？」

這人嘴裡沒好話，又不是在什麼公開場合上，顧茵懶得同她寒暄，直接開門見山道：「我們並不是來做客的，是葛家叔嬸託了我們，所以來談珠兒姊姊和你們家國公爺和離的事。」

秦氏並不認識葛家二老，但前後一連貫，便知道英國公府這是來摻和自己的家事了。秦氏撤去臉上端著的假笑，哼聲道：「這是我家的家事，莫說是你們，便是陛下，也不好插手。」

顧茵點頭道：「外人自然不好插手，但我既稱葛家二老為叔嬸，又稱呼他們的女兒為姊姊，便不是以外人的身分，而是以娘家人的身分來的。」

秦氏之前還擔心他們抬出正元帝，畢竟兩家人如今作比，確實是英國公府更得聖寵一些。但轉頭想到正元帝乃九五之尊，日理萬機，哪裡會有空關心這些？此時再聽顧茵這樣說，秦氏便越發放下心來。她慢悠悠地拿起茶盞，掀開茶蓋撇起了浮沫。

葛家二老看著秦氏刻意放慢的動作，想到已經被關了多日、不見蹤影的女兒，更是心急如焚。

顧茵給他們一個安撫的眼神，接著道：「我知道您是看不上珠兒姊姊這樣的媳婦的，與其讓她在跟前兩兩生厭，讓她和魯國公一別兩寬，不是更好？」

秦氏抿了口茶。「確實是更好，所以我的意思也是讓我家阿源直接休妻另娶，無奈我兒是個重情重義的，他是不肯的。你們來了正好，不如勸勸陳……葛氏，讓她自請被休。」

饒是顧茵再好的定力，聽秦氏把「重情重義」這個詞用到馮源身上，還是泛起一陣難言的噁心。

王氏和葛家二老更別提了，個個都氣得咬牙切齒、怒目圓睜。

顧茵冷笑道：「老夫人這話說得令人發笑，珠兒姊姊未犯七出之條，更還占著『三不去』中的兩條，如今感情不睦，自然是和離，怎麼可能休妻呢？」

秦氏斜著眼看她。「葛氏在婆家如何，即便是娘家人，又如何知道？七出之條不是你們說沒犯就沒犯的，自然還是我們婆家人說了算。」

時下女子地位低，還真就是如秦氏所言，這些事就是婆家說了算。但顧茵既然過來了，自然就是有了對策。她輕笑道：「老夫人莫要把話說得這般滿，不如先見見我帶來的人。」

秦氏嗤笑道：「你們英國公府的上門還真不客氣，前呼後擁帶這麼些人……」

後頭小鳳哥和那小管事便過了來。小鳳哥白著臉，進屋後無聲地給眾人拱手行禮；而那小管事則灰頭土臉的，被人捆成了個粽子，嘴也被堵上了，正對著秦氏嗚嗚出聲。

秦氏本來就記不清那小管事的模樣，何況他這般狼狽。莫說是她，就是鄭嬤嬤親自過來，怕是都分辨不出。

但小管事的品級不高，日常穿的還是府裡統一分發的下人服飾，秦氏認出了上頭自家的徽記，已經猜到了一些，臉色微變，但還是強撐著道：「妳這是何意？」

顧茵不疾不徐地介紹道：「這是吉祥戲園的小鳳哥，前頭不知為何突然失了聲，普通大夫看過皆不得病因，但您莫要忘了，我們府上有一位老醫仙呢，已經看出這可憐的孩子是中了毒。至於被捆起來的那個，您應該更不陌生了。不只他呢，另還有戲班的園主和花旦，老夫人要不要一併見見？」

「妳放肆！」秦氏拍案而起，怒道：「我是國公的親娘，陛下親封的超品誥命，豈是什麼骯髒人物都能見的？」

顧茵點頭說確實，然後也跟著起身。「夫人既不想好好說便算了，我這就把這管事和園主等人送官查辦。按著本朝律法，『諸謀殺人者，徒三年；已傷者，絞』。這三人怕是逃不過絞刑。」

小管事面如死灰，被顧茵身後的婆子拉起的時候，他嘴裡的巾帕掉了，立即直呼道：「饒命啊！老夫人救我，我可是為您——」

顧茵一揮手，婆子立刻把他的嘴給堵上，還拿出個黑頭套，把他的頭一併罩住。

顧茵又朝著秦氏歉然地笑了笑。「您看這人嚇的，什麼渾話都敢往外說，胡亂攀咬。只我們聽聽就算了，若進了衙門他還這般……」

秦氏頓時惱怒無比，既恨顧茵奸猾，又恨鄭嬤嬤辦事不力，竟收了這樣一個不可靠的乾兒子！顧茵說的確實是本朝律法，但這小管事給小鳳哥下藥，又不是想殺人，自然不可能判絞刑。若這小管事不認，秦氏自然還能掰扯掰扯，偏他被人三言兩語地嚇破了膽……這種人真進了衙門，不知道要招惹出多少禍端來！

「你們留步。」秦氏強忍著怒氣，咬牙切齒道：「有事好商量。」

秦氏說完，顧茵就站住了腳，笑道：「您看看，我本來就是來和您好好商量的，非要把場面弄成這樣，實非我本意。」

秦氏面色鐵青，嘴唇動了兩下還是沒發出聲來，半晌後她才穩住了心神，重新開口問道：「妳到底想如何？」

顧茵笑道：「我的來意，坐下時就已經說了，所求不過是珠兒姊姊同魯國公和離。這事只咱們娘家和婆家人說不算，還得他們雙方到場才是，您說對不對？」

秦氏擺手讓人去喊了馮源和葛珠兒來。

葛珠兒先過來的。不過兩、三日光景，她便瘦了一大圈，面色慘白，儘管施用了脂粉，但瞧著還是一副病容，比稱病多日的秦氏看起來更孱弱幾分。

葛家二老如何看得過眼？立刻都紅了眼眶。

葛珠兒坐到他們身邊，安撫地拉著他們的手拍了拍。雖然她沒想到父母會這麼快就上門，但看到在旁邊的顧茵和王氏，她已經猜到了一些。

很快地馮源也過來了，他這兩日也有些消沈，滿面鬍渣，本就不再年輕的年紀了，一下子又平添了好幾歲。馮源進屋後就道：「我不會休妻，也不同意和離。」

顧茵不緊不慢道：「國公爺莫要把話說得這麼滿，不若先和老夫人說兩句體己話。」

秦氏派去喚馮源的下人，只大概說了葛珠兒的娘家人拖了英國公府的來出面斡旋，馮源連前頭秦氏派人去害小鳳哥的事都不知道，自然更不知道秦氏的把柄已經捏在了顧茵手裡。

事情到了這分上，秦氏就是再要臉面，也不好再瞞著，只好把馮源拉到一邊解釋起來。

聽完了來龍去脈，馮源蹙眉道：「娘糊塗啊，怎可如此！」

秦氏掩面道：「我也不知道鄭嬤嬤會把事情交給這樣不牢靠的人去辦！但事已至此，阿源還是先解決了眼前的事吧！」

馮源沈吟不語。

秦氏又勸道：「兒啊，莫要糊塗。那葛氏本就不想同你過了，強留這個人在府裡有什麼意思呢？難不成真讓英國公府的把那管事送官查辦？那咱家的顏面要放在何處？宮裡娘娘的顏面又要放在何處？」

馮源這才走到葛珠兒身前。「妳真是鐵了心要同我和離？夫妻十餘載，妳真的半點夫妻情分都不念，甚至不惜使上讓人拿把柄來要挾我們的手段？」

顧茵剛要張口說那手段是她想的，和葛珠兒無關，葛珠兒已經堅定地開口了——

「是！在這魯國公府裡待的每一天、每一個時辰，對我而言都是一種折磨，令我煎熬無比。你說的不錯，你我夫妻十餘載，自然是有一些夫妻情分的。你若還念著那一點情分，便答應和離吧，莫要讓我像憎惡其他人那樣地憎惡你。」此刻，她的目光是那麼平靜，彷彿在說的是旁人的事情。

在馮源的印象裡，成為馮家媳婦的葛珠兒一直是柔順、乖巧的，她永遠是那麼的溫聲細氣、不驕不躁，從不惱怒，以至於馮源都快忘了，當年葛珠兒初到軍營時，她雖然也是溫溫柔柔的，卻比許多人都要強。

那時候軍營裡的伙伕長看輕她，說軍營裡不需要女子，還不如隨便招個火頭兵，葛珠兒就發了狠，天不亮便起來做活，半夜才睡下，一日只睡兩個時辰。她本就不是嬌養著長大的姑娘，手腳十分麻利，加上這份韌勁，別說什麼火頭兵了，連那伙伕長都被她比了下去。

軍營裡都是年輕光棍，早在馮源看上她之前，葛珠兒就得到了許多將士的青睞，是他藉著統帥職位之便，讓她單獨給自己做吃食，這才爭取了更多的相處機會。最終抱得美人歸時，不知道羨煞了多少人。

他對葛珠兒有情，葛珠兒在他中毒之際，對他也有照顧之恩，從前恩情並重的夫妻，怎麼就走到如今這一步了？

半晌後，馮源頹然道：「我明白了。今日，我們便和離。」

他和秦氏都鬆了口，事情便順利起來。和離書當堂寫下，馮源和葛珠兒都按下了手印。

顧茵立刻把文書收起塞進懷裡，起身道：「那今日之事就到此為止，告辭。」

馮源目不轉睛地看著被葛家二老攙扶著的葛珠兒，問道：「妳往後準備如何？」

葛珠兒面帶微笑，平靜地道：「不論如何，做工也好，討飯也罷，都不勞將軍費心。」

馮源還想再送，但王氏和葛家二老等人的眼神都十分不善，他便站住了腳，訥訥地道：「那讓阿鈺送送妳吧……」

秦氏立即拉了馮源一把。「我馮家的子孫，還送這些外人做什麼？」轉頭又對顧茵和王氏道：「你們準備就這麼走了？我們家的那個下人，你們不得留下？」

「這是自然。」顧茵對著婆子使了個眼色，那孔武有力的婆子便鬆開了被捆成粽子樣的小管事。

因為葛珠兒沒帶嫁妝出嫁，今日身上也沒穿戴任何屬於馮家的首飾，所以不用收拾分割什麼，顧茵很快地領著眾人離開，上了馬車後，顧茵立刻催著車夫快走！

第三十六章

馬車急匆匆駛動，葛珠兒方才還能行走，此時卻是根本坐不住，完全靠在了葛大嬸身上。

「我的兒，妳到底是怎麼了？可是那老婆子餵妳吃了什麼藥？」葛大嬸眼淚直掉。

葛珠兒虛弱地搖了搖頭。「這幾日婆……那秦氏每日只讓人送來一餐半餐的吃食，我這是餓狠了。」

別說葛大嬸了，王氏聽到這話都氣得捏緊了拳頭。「她這是要成心磨死妳啊！那魯國公也真真是個噁心的，口口聲聲說什麼夫妻情分，就眼睜睜看著妳這樣受罪？」

「馮源這幾日沒來看我，不過就算知道了，只要秦氏對他說我是自己不肯吃，他也不會起疑。」葛珠兒笑著擦了擦眼睛，道：「都無所謂了，左右從今往後就和他家再無瓜葛。」

她是真放鬆下來了，目光平靜地看著顧茵。「咱們姊妹不說兩家話，我不和妳道謝，但這份情我是真的放在心裡的。」平心而論，她自問並不比任何人蠢笨，馮源對她確實還有一些情意，若以此為籌碼，她和秦氏也能鬥得有來有往。但，她就是不願成為和秦氏一樣的人。如今，終於落得一身清靜，她最終也沒成為自己厭惡的人，從泥淖裡掙扎著出了來。

沒說兩句，葛珠兒就唇邊帶笑，靠在葛大嬸懷裡睡過去了。

王氏心疼壞了，壓低聲音問顧茵。「剛咱們這麼急著走幹啥？和離書都到手了，好歹讓我罵兩句出出氣嘛！」

葛大嬸也跟著慚愧道：「那老婆子害人是真，雖以此事做為要挾，讓她鬆了口同意和離，但那個招供的管事就這麼放回去，沒了人證，被老婆子害得失聲的那孩子便不能再討回公道了，我實在對不起那孩子。」

顧茵擺手笑道：「娘和嬸子的話我可以一起回答，為什麼走得那麼急？為什麼那麼簡單地把人證交還給他們？因為都是假的啊！」

小鳳哥被害得失聲是假的，那招供的小管事也是假的！

前一夜武青意還沒回來，顧茵就讓他留在府中的侍衛去把小管事三人綁了回府。園主和花旦倒是老實，讓侍衛一審問就什麼都招了。但顧茵他們又沒有什麼證據，可以作為物證的藥散也都已經用光了。

而那小管事，果真如顧茵所料，他是馮家的家生子，打小受過訓練的。他半點兒都不帶驚慌，嘴也緊得很，說他確實是和園主認識，但那就是在賭坊認識的，根本不是在什麼戲園子裡認識的人。他在外頭消遣的時候，認識三教九流的人多了去了，難不成那些人家出點什麼事，都能怪到他身上？小管事還懂律法，背起來頭頭是道的，比顧茵還順溜，說沒證據不能對他用刑，不然就算是私設公堂，就算是屈打成招了，他往後也是可以翻供的。

就這麼個滑不溜手的人，能讓顧茵三言兩語給唬住？

所以顧茵特地等到武青意回來，和他商量這件事。他當時能改頭換貌接近廢帝，自然是深諳變裝易容之道的，而顧茵就需要一個看起來足以以假亂真的「人證」。

後頭聽他說了，顧茵才知道那些他只是懂個皮毛，都是老醫仙教的。

兩人一道去了老醫仙的院子，老醫仙已經歇下了，大晚上讓人從床上喊起來，氣得拿枕頭砸人，武青意被枕頭砸了好幾下，一聲都不敢吭。

顧茵好聲好氣地解釋了，說這次是為了救人，事急從權，老醫仙賣她這徒媳的面子，才沒繼續發脾氣。

老醫仙去見過了那小管事，從侍衛裡頭選了個聲音最像的，然後把那個身形比管事矮小的侍衛一通改造，再弄得狼狽一些，又教了他一些模仿人聲音的速成法門，還真弄出個七、八分像的來。

所以顧茵才會拿黑頭套罩住那人，又在拿到和離書後立刻帶著眾人離開，因為晚了就要露餡啊！

王氏聽完哈哈大笑道：「所以既無苦主，又無人證，咱家根本沒拿到馮家什麼把柄，全是騙那老虔婆的？」

顧茵說是。

葛大嬸擔憂道：「咱們這般弄虛作假，那老婆子若告上去……」

這個不用顧茵解釋，王氏便接口道：「那老虔婆怎告啊？告官說我們拿假人證要挾她同意兒子跟兒媳婦和離？那人家不得問她要是沒做，怎麼會被個虛假的人證給唬住了？這種自揭老底的事，那老虔婆又十分要面子，只要她沒瘋，就知道不能到處宣揚！」

顧茵贊同地點點頭，然後又撩開車簾看了看外頭。「咱們走出來也快一刻鐘了，他們家應該已經發現了，希望那位老夫人受得住這個刺激。」

顧茵等人走後，秦氏再不用強撐著體面，氣得直接在正廳內砸東西。

馮源失魂落魄地坐在旁邊，充耳不聞。

下人不敢去勸，只能去把鄭嬤嬤請過來。

鄭嬤嬤慌慌忙忙地過來了，忙勸道：「老夫人怎麼發這樣大的脾氣？到底是哪個不長眼的東西——」話音未落，秦氏兜頭一個巴掌打在了鄭嬤嬤臉上！

「就是妳這個不長眼的東西！讓什麼人去辦差不好，挑那麼個不頂用的東西！」秦氏指著還歪在角落裡的小管事。「妳的好兒子，讓人三言兩語就給唬住了，當著我的面就敢嚷嚷是為我辦事，讓我救他！若英國公府真把他移交官府，妳是要讓我成為全京城的笑柄嗎？」

鄭嬤嬤被她打得髮髻散亂，嘴角出血，但還是捂著半邊劇痛的臉，膝行著上前辯解道：「老夫人明鑒！我那乾兒子雖不成器，卻是頂機靈的，怎麼會做出這樣的事呢？」

秦氏一把將她揮開。「人就在這裡，當著我的面說的話，難道我還騙妳不成？」

鄭嬤嬤被她推得連滾帶爬地過去，將那小管事拉起，恨聲道：「從前我是如何教你的，你就這麼回報我、回報老夫人嗎？」

小管事還罩著那個黑頭罩，甕聲甕氣地求饒道：「乾娘，救救我……」

今天這場面鬧得這樣難看，秦氏的脾氣平時就十分可怖，如今動了真怒，少說得填進去一、二條人命，鄭嬤嬤就是心中再不忍，也已有了決斷。她一邊拿下他的頭套，一邊道：「兒子，乾娘救不了你，你好好給老夫人——」話還沒說完，鄭嬤嬤看到了小管事的全貌。「你是誰?!」

鄭嬤嬤尖叫的同時，那「小管事」已經自己解開了身上的繩子，將鄭嬤嬤往旁邊馮源坐著的位子上一推，然後頭也不回地就往外跑。

鄭嬤嬤摔在馮源身上，尖叫道：「老夫人，那不是我的乾兒子，是別人假冒的！」

秦氏尖聲喚人來追。

馮源已經起了身，立刻追了出去。

那裝扮成小管事的侍衛輕功不錯，很快就突破了重圍，眼看著就要離開魯國公府時，馮源追上前把人攔住。

就在這個時候，武青意躍上了魯國公府的牆頭，向下拋出一截繩索。

侍衛拉住繩索，眨眼功夫兩人便一起消失。

「欺人太甚！」馮源氣得暴跳如雷，跟著一道出了去。

武青意已經打發那侍衛回去了，自己留下攔馮源，兩人就在魯國公府門口當街對打。

馮源因為氣極，招數淩亂。

武青意十分輕鬆地一一化解，口中還問道：「我不過是路過你們魯國公府，魯國公為何動怒？」

他這般明知故問，馮源自然越發氣惱，怒目切齒道：「我同你好歹一場同僚，你竟施展如此毒計，拆散我夫妻?!寧拆十座廟，不破一樁婚，這道理你難道不懂?!」

馮源使盡全力，朝著武青意的面門揮拳。

那拳風極猛，真要中了這麼一拳，不死也得重傷。

武青意不再出言激他，同樣用盡全力抵擋。

馮源到底長他十歲，如今已經是快四十的人，加上急怒之下內息紊亂，很快就敗下陣來。

武青意一掌將他拍倒在地，認真地看著他道：「道理我懂，但破你婚事的，到底是我、是我妻，還是你的母親、你自己，難道你真不明白嗎？」

馮源頭髮散亂，形容狼狽，他道：「我是對她有情的，我娘勸了我那麼久，我承認我動搖過、糾結過，但我自始至終都沒想過和她分開！」

武青意又問他。「你的情是什麼？是折其羽翼，困其於泥淖？是見她苦苦掙扎，見死不救？」

馮源被他說得面上一臊，眼神閃躲。「你知道什麼？你又懂什麼？我娘到底生養我一場，她年紀大了，脾氣差一些罷了，天底下哪個兒媳婦不得受婆婆的氣？多忍讓一些就是了。你家難道不是這樣嗎？」

與這種人多說無益，武青意輕嗤一聲，不再理會他，負手離開。

魯國公府門口，一群看熱鬧的百姓早就圍成了一圈。不過拳腳無眼，他們可不敢上前，只敢遠遠地看著，自然也沒聽到他們二人的對話。

「這衝出來打人的是魯國公？光天化日的，他這是幹啥啊？」

旁邊的人接口道：「誰知道呢？看起來一臉鬍渣、瘋瘋癲癲的，別是犯了瘋病吧？」

「看著是挺瘋的！還好被打的那個人武藝不低，不然他那瘋狀不得把人打死？」

「這你就不知道了，他打的那個可是惡鬼將軍！將軍雖然沒戴面具，但我看過將軍凱旋遊街，那魁梧高壯的身形，全天下只有他一個！」

「那這魯國公果然是瘋得不行了，打人也得看對手啊！打本朝第一猛將，那不是自取其辱嗎？」

眾人議論紛紛，就差當著馮源的面說了。

此時秦氏也跟了出來。她本來以為以自家兒子的武藝，攔住那假冒之人是輕而易舉之事，聽人說了才知道武青意竟親自來了！唯恐兒子受傷，已經氣得胸口隱隱作痛的秦氏還是立刻趕了出來，卻見到馮源如一條鬥敗的喪家犬一般，十分狼狽地跌坐在門口，而旁邊百姓紛雜響亮的議論聲則一字不落地傳到了她耳朵裡。

半日之內接二連三地發生了這樣多讓人無比氣惱的事，秦氏張嘴想把馮源喊起來，卻忽覺得腦袋一陣刺痛，眼前一花，就此暈死了過去。

下人們大驚失色，七手八腳地去扶。

連馮源聽到響動都顧不上再去想旁的，立刻衝了過去。

一行人把秦氏抬回府裡，魯國公府厚重的大門關上，這場鬧劇這才算落下帷幕。

武青意回到英國公府的時候，王氏和葛家二老已先帶著葛珠兒進去，傳府裡的御醫來看診，顧茵則在門口等著他。

「事情順利嗎？」

武青意點點頭。「我那部下身手不錯，已經讓他避出去了，過段時間再讓他回來。」

顧茵一邊點頭，一邊將他從頭到腳看過一遍。

武青意和馮源對招雖然沒落下風，但到底動過手，衣服上的痕跡是騙不了人的。

顧茵嗔他一眼。「不是讓你接了人就走嗎，非得動手？」如今的武青意武藝遠超人近中年的馮源，若不想和馮源對上，自然能脫身而去。

武青意並不瞞她，一邊和她往府裡走，一邊輕聲解釋道：「我就是看不過眼而已。從前和他不對盤，那是擺在明面上的矛盾，到底是一起殺出過一條血路的同僚，我也敬他幾分，不想同他鬧得太過難看。卻沒想到他竟然放任自己的親娘磋磨妻子，還口口聲聲說什麼他娘生養他不容易！難道就不想想，他娘生養了他，又沒有生養他的妻子，憑什麼要求妻子去代他償還生養恩情？這樣的人，實非良配。」

能在這個時代找到三觀如此契合的人，委實難得。顧茵聽得笑起來，偏過臉問他。「那若是我和娘不合，你夾在中間，你待如何？」

這問題武青意還真沒想過，自從重遇之後，他就發現他娘把顧茵看成了寶貝疙瘩，身為親兒子的他都得往後捎捎。

兩人走到正院，恰好看見王氏。

王氏已經讓葛家二老扶葛珠兒休息去了，見了他們就招手道：「大丫快過來歇歇！忙了半上午了，妳還去門口等他做什麼？長那麼大個兒，有胳膊有腿的，還要妳操心嗎？」

武青意對著顧茵苦笑，小聲道：「這哪是我娘？對我像女婿似的。別回頭她為了妳來磋磨我就不錯了！」

顧茵抿唇笑起來，伸手打他一下。「別渾說，讓娘聽見有你好果子吃！」

武青意也跟著笑。他比馮源幸運得太多了，馮源只有一個好妻子，他卻有這麼好的一家子。家裡從沒有什麼糟心事，只是一個讓他放鬆、讓他隨時可以安心休息的港灣。

看著王氏又和顧茵說起悄悄話了，武青意快步跟過去，說：「我餓了。」

王氏皺眉說：「你餓了，找人傳飯就是了，家裡又不是從前了，就那麼點米麵，都捏在我手裡，吃飯還得經過我同意。」但唸叨完，她還是又接著道：「煩死個人，你想吃啥？」

武青意說隨便什麼都成。

王氏一邊捲衣袖，一邊笑著問他。「那我去給你隨便做點？」

武青意臉上的笑滯了滯。「……其實也沒那麼餓。我突然想到還有公務沒忙完，我去書房裡隨便對付一口就成！」王氏許久沒親自下廚了，但武青意前頭十七、八年都是吃她親手烹調的食物度過的。想當年參軍，好多人都吃不慣軍中既沒什麼滋味、又沒什麼油水的大鍋飯，就武青意和武重父子倆，吃啥都噴香。只能說，他能平安長到那麼大，實屬不容易啊！

武青意被親娘的廚藝「嚇退」，腳下生風地去了前院。

正好也確實有事沒處理完，園主和花旦、小管事還在府裡，立刻就被他送官查辦了。

因是武青意親自送去的，官員賣他面子，審訊結果當日就出來了。

小管事滑不溜手，在公堂之上依舊臨危不亂，半點口風都沒漏。

而園主和花旦則是不禁嚇的，招供了意圖壞人嗓子的事，但顧忌到小管事背後的魯國公府，兩人在沒有證據的情況下都沒敢指認。

因為事情沒成，所以這兩人只是判了一年監。而小管事則因為證據不足，被放了回去。

前頭缺了小鳳哥這麼個好配角，那《親緣記》再唱的時候，效果就差了不少。如今再缺個花旦、缺個統籌一切的園主，這戲自然是唱不了了，當天吉祥戲園就開始退票。看客們自然得打聽打聽發生了什麼事？一打聽，自然也就知道小鳳哥嗓子壞了，園主和花旦因為害人，進了大牢。這還不算，因為戲園子裡三教九流的人都有，消息傳得格外快，這事越傳越離譜，有說那園主下的啞藥無色無味，所以小鳳哥才中招了；還有說吉祥戲園裡的人擅巫蠱之術，其實不是用毒，是用巫蠱之術害人。流言四起，根本無從闢謠。

但不論是毒，還是巫蠱之術，都是這個時代的人極為忌諱、不敢沾染的。於是，憑藉《風流記》和《親緣記》風頭無兩的吉祥戲園，一時間門庭冷清，再無人登門。

但好在食為天並沒有受到這件事的影響，因為大家也都打聽出了，這件事就是食為天的東家檢舉告發的。不說前頭他們已經在食為天吃過多少餐飯，知道這裡的飯食絕對沒問題，光看東家這份眼力，就知道沒人敢在食為天搞鬼。

但到底沒了實際宣傳，加上同一條街上還有個不惜以本傷人的望天樓，因此食為天的生意還是回落了不少。

好在全京城獨一份的輕食雅舍依舊生意極好，擁躉眾多，酒樓生意不至於冷清。

三樓的輕食雅舍是年前開放的，四、五樓且還空著，也是時候該鼓搗一點新東西出來了。

顧茵如今已經不滿足做吃食生意了，客房按摩部都發展出來了，四、五樓也可以做別的用途。思維一發散，這想頭可就更多了。

這天小鳳哥先去了食為天，聽周掌櫃說顧茵不在，他便去了英國公府求見。

他是個很知禮謹慎的性子，自覺身分低微，無事不會過來，顧茵聽門房稟報，就把人請了過來。

他前腳進的門，後腳顧野就回來了。

正月底，天氣已經正式暖和起來，連顧氏船行的大船都出海去了，但顧野還是穿得十分厚實，又是皮帽子、又是皮襖子的，整個人看起來像頭毛茸茸的小熊。

進了屋裡，顧野立即把帽子、襖子一脫，一邊喊熱，一邊小狗似地伸著舌頭直哈氣。

顧茵見怪不怪，早就給他準備好了溫吞的茶水。

顧野咕咚咚喝完，不怎麼情願地咂嘴道：「這溫茶還是不得勁兒，想喝娘熬的酸梅湯。」

顧茵笑道：「這才幾月，哪裡來的梅子？不然咱們還是少穿一些？」小孩體熱，顧野又是個閒不住的，比一般的孩子出汗更多，每天換下來的中衣都是一股濃重的汗味，顧茵都怕他長痱子。

顧野邊搖頭邊嘆氣，說算了。「馬上就真的暖和了，到時候就好了。」

顧茵不是講究春捂秋凍的家長，她是覺得什麼天氣就穿什麼衣服，冷了熱了都過猶不及。顧野會這麼穿，是因為這身襖子、帽子都是周皇后做的。

自從認回顧野之後，周皇后幫小兒子準備東西的時候，也會幫著顧野準備一套，那襖子、帽子都是她親手做的，顧野收下後本來是準備來年再穿的，沒承想第二天照常去給周皇后請安的時候，周皇后見他沒穿，就小心地問他是不是覺得哪裡不好？周皇后對著小兒子那是無微不至，對著顧野卻是自覺對他虧欠而謹小慎微，生怕自己哪裡做得不好，兩人的角色像掉了個個兒似的。顧野看她問著話就歉疚起來了，怕她要哭，哄孩子似地哄她道「都挺好的，就是新衣服嘛，得過一遍水，上身才軟和，明天我就穿上」，周皇后一想是這麼個理，這才又高興起來。

當著小鳳哥的面，不好細說這件事，所以母子倆都不再提。

顧茵拿帕子給顧野擦汗。

顧野一邊乖乖任由她擦，一邊問小鳳哥。「你今天來是來瞧我的不？我這幾日有些事情忙，所以沒去看你。」

二月初就是正元帝給顧野定下的認祖歸宗的大日子，到時候顧野不只是要在群臣面前亮相，還得以皇長子的身分跟著正元帝去太廟祭告祖先，禮數和流程上頭不能出一點錯處，都是要提前演習的，所以顧野這些天上午還是照常上課，下午就在忙著最後的演習。

小鳳哥點了點頭，又搖了搖頭，然後開口道：「既是來瞧你的，也是來辭行的。」

顧野止住了笑，正色問道：「怎麼就要辭行了？你要去哪裡？」

小鳳哥就解釋道：「吉祥戲園門庭冷落，園主戲班子的那些人遷怪到了我頭上，不讓我們戲班的其他人再登臺了。這兩日我問了其他園子，也是不想惹事的態度，都回絕了，所以我就想著，不若再回津沽去。」他那草臺班子能拿得出手的也就一個他，一個花旦，如今他不能開唱，花旦入獄了，其他人根本不可能在京城站得住腳。

「怎麼就要回去呢？」顧野接著問道：「是你想回去？」

小鳳哥當然是不想的，他在津沽無親無故，也沒什麼名頭，當初就是在那邊過不下去了，才破釜沈舟地帶著所有家當來京城闖一闖的。如今在京城，他既有顧野這個朋友，前頭也算闖出了些名頭，小有名氣，但京城什麼都貴，他也不知道後頭自己還能不能再登臺，不敢把銀錢都花費在休養期間，所以才想著回物價低一些的津沽去。

顧野看他一臉為難，沒再刨根問底地問下去，轉而問起他回去後準備怎麼討生活？

小鳳哥苦笑著搖搖頭，除了唱戲，他還真沒有其他本事。而且估摸著再過不久，他那小戲班也得散，所以他只說：「走一步看一步吧。」

「那不唱戲了也可以留在京城嘛，我們家正缺人呢！」顧野說著就看向他娘。他是知道顧茵這段時間正在琢磨著開放四、五樓的事。

「不不！」小鳳哥紅著臉擺手道：「我真是來踐行，不是討要差事的。我是知道自己的，雖年紀不小，卻肩不能扛、手不能提，不好仗著交情這樣的。」接著，小鳳哥又對著顧野和顧茵拱手致歉道：「我還想說聲對不起，那《親緣記》是頂好的本子，才唱沒多久就被擱下了，實在對不起。」

顧茵連忙道：「這不怪你，本就是無妄之災，這樣的局面也不是你想的。且真要論起來，還是因為你幫著我們宣傳，才招惹來這禍端。」

小鳳哥連忙說不是，是他不夠小心，才會差點著了道。

但小鳳哥說的確實不錯，那樣好的本子，傾注了顧野和文大老爺許多的心血，只唱了那麼幾場，實在可惜。而且顧茵覺得他是天生有觀眾緣的人，受限於年齡，他前頭唱不了花旦、正旦，都是一些配角，但就算是不怎麼討巧的配角，經過他演繹，也都十分討喜。那俏花旦十八、九歲，頂好的年紀，嗓音也不比他差，演的還都是絕對的女主，卻根本壓不住他，就是沒他有觀眾緣。觀眾緣這種東西玄而又玄，現代科學都解釋不了，只能說小鳳哥天生是吃臺前飯的人。

顧茵冥思苦想了幾日都沒想到四、五樓的用處，此時聽他說了一番話，反而多了些想法。「你眼下不能登臺，不若就先做些別的。小野說的不錯，我正是要用人的時候。」一見小鳳哥又要推拒，顧茵就解釋道：「我不是讓你做工，而是讓你表演別的。你的嗓子只是不能唱戲，日常說話卻是不受影響的，所以咱們就不唱了，改用唸的，做話劇。這個要是演好了，一樣能很賣座。」

小鳳哥當然不知道什麼是話劇，但話說到這裡，他要是還往後縮便說不過去了，就點頭道：「只要能解決生計，但憑夫人驅策。」

顧茵就放他回去休息，順帶讓他問問他戲班子裡的其他人，願不願意和他轉做話劇。決定好這個之後，顧茵就去畫圖紙了。

食為天最頂層的五樓，被規劃成表演話劇的地方，就仿著戲臺的樣式。

但因為五樓要隔出一部分作後臺用，所以售票處就不能設在同層了，顧茵就把售票處設在四樓——四樓還放了個前頭閒置的大吧檯呢！

大吧檯售票的同時，還能賣爆米花和飲料，同層的其他地方也不閒置，隔成一個個的窗口，做各種好吃、好拿的小吃。這樣在等候場次的時候，也可以在這裡消磨時間。

圖紙畫完，顧茵就把它交到了周掌櫃手裡，由他去負責聯繫人手開工。

最難的一部分，當然就是從傳統戲曲跨到話劇上了。

首先是劇本創作，顧茵先請文大老爺到食為天來。

文大老爺幫著潤色《親緣記》沒要銀錢，純粹是為了興趣和喜歡食為天的吃食。後頭顧野沒給文大老爺塞錢，但給了他一個超級貴賓的身分，在他的帳面上弄了五百兩的額度，文大老爺和文大太太過來消費都不用掏錢，直接從帳上劃。

文大老爺來了後，聽說顧茵要把戲本改成劇本，他沒有不耐煩，反而覺得十分有興趣。

同樣是寫故事，戲文其實是比較晦澀難懂的。

要想懂得戲曲的妙處，那得有一定的文學功底，在這個普遍白丁的時代，很多人聽戲就是聽個熱鬧而已，其實並不能聽懂。就比如顧茵自己，到現在了，她還是不會聽戲，純粹是外行看熱鬧。

但顧茵說的這個話劇的表演形式，採用的是通篇口語化的設定，上自耄耋老人，下至垂髫小兒，只要能聽懂人說話，就能看懂。

不過劇本和戲本子完全是兩回事，更像是話本子，但也有明顯不同。即便是文大老爺這樣才高八斗的有學之士，在沒有參考的前提下，想實現從無到有的轉變還是極為困難的。

所以顧茵憑藉著記憶，還原了一個十分經典的話劇劇本——《雷雨》，作為藍本給文大老爺參考。

這真的是顧茵印象極為深刻的一部話劇，高中時代在課本上學過，後頭學校舉辦校慶，老師讓他們學生自己在課文的基礎上寫了劇本，排了一個課本劇表演。

當時顧茵因為模樣周正，還被老師欽點演魯四鳳那個角色。那時候的顧茵家人俱全，正是無憂無慮的時刻，所以這是她青春記憶中極為輕快的一部分。

後頭聽說同城的話劇院上演這部話劇，她即便再忙，也會抽空去看上一場。因此，她對這部話劇的劇本是極為熟悉的。

當然，她不能照著寫，還得稍加修改，把背景改成眼下這個時代才成。

文大老爺看了後嘖嘖稱讚道：「妳這麼一寫，我就明白了。這是真有意思，把每個人該做什麼、說什麼，都寫得極為細緻，便是沒什麼經驗的伶人，照著演都不會太過離譜。不過既有這樣好的本子，不若就先演這個吧？這故事比殿下那《親緣記》還曲折不少。」文大老爺說的十分含蓄了，顧野的故事和《雷雨》這樣的人作一比，自然不算什麼。

顧茵立刻搖頭道：「這個不成，這劇不是我寫的，是別人的故事，將它寫出來只是想讓您明白格式而已。咱們要演，當然還是演自己的故事。」

文大老爺心想，以顧茵如今的身分，都知道這故事的全部走向了，雖這劇本是旁人寫的，但只要她喜歡，花銀錢去買來就是，難不成對方還能光告訴了她，卻不賣給她？但顧茵既然回絕了，文大老爺也沒再多說什麼，把劇本收起來道：「左右最近殿下只上半日的課，我沒什麼事，便改上一改。」

顧茵千恩萬謝，送走了文大老爺後轉頭去了三樓。

輕食雅舍的生意還是十分的好，但顧茵這段時間實在是忙，已經有些顧不上這裡了。被提到三樓的大孫氏雖然十分麻利，但她不擅廚藝，和陸夫人、文二太太們也不大說得上話，很多事都需要顧茵親自去做。現在卻不用發愁這些了，因為顧茵新得了個得力助手——葛珠兒。

葛珠兒那日得了和離書後就成了自由身，葛家二老在寒山鎮碼頭上還有個位置極好的攤位，憑藉葛珠兒的手藝，回去後自然能把生意做好，說不定不消幾年，她就能和顧茵一樣靠著雙手自己掙出個店面來。但馮鈺還在京城，她和二老肯定是放心不下的。所以商量過後，葛家老夫妻兩個先回寒山鎮變賣攤位，然後收拾家當過來，全家就決定在京城定居了。

京城這地方確實什麼都貴，葛家老夫妻省吃儉用攢了一輩子的家底，加上那還沒到手的幾十兩攤位費，也遠不夠在京城開個小店。

父母年紀大了，葛珠兒也不是那種靠他們養的人，就決定在他們過來前，先找份活計做著，顧茵立刻就遞出了橄欖枝，聘用葛珠兒作了輕食雅舍的副掌櫃。

別看秦氏那麼瞧不上葛珠兒這兒媳婦，其實葛珠兒已經比一般的人優秀太多。她本身就廚藝頗好，且十分聰慧通透，做事也是有條不紊、不驕不躁。而且前頭雖鬧出過英國公府嚼舌根的流言，但葛珠兒到來後，並不以自己的過去為恥，大大方方的，並不掩藏。富貴人家的夫人消息都很靈通，稍微一打聽就知道她便是那位傳聞中被編排了的前魯國公夫人。她如今在食為天做工，和顧茵好得像一家人似的，那流言自然不攻而破，且再沒人擔心在雅舍裡說的話會被傳出去。

顧茵倒不是想讓葛珠兒來攻破什麼傳言的，是真心愛才惜才。

從前三樓的甜品一直是顧茵做了後，再教授給酒樓裡的其他廚子，但這些甜品、點心之類的東西，雖不需要頂好的廚藝，卻十分考驗人心思的細緻程度。周掌櫃和其他兩個廚子都是粗人，做出來的甜品和顧茵做的相比，總是差了那麼點意思。葛珠兒來了之後，顧茵只要稍微一教，她不要多久就能學會不算，還很能融會貫通。

像顧茵最近推出了沙琪瑪，就是普通麵粉打入雞蛋，攪拌混合均勻後和成麵團，靜置一段時間後擀成大麵皮，切成條狀，入油鍋炸至熟透。然後在另外的鍋裡加白糖和糖漿，熬出黏稠的糖液，倒入麵條裹上糖液，離火倒進方形模具，按壓緊實後徹底晾涼，再切成方塊即可。這對於會廚藝的人而言，步驟並不算複雜，但對於大孫氏那樣的外行人，就掌握不好炸麵條和熬糖漿的火候，很難成功。

葛珠兒的廚藝比不上周掌櫃和顧茵，但基礎的功底是遠超常人的。顧茵示範一次給她看，再看著她做一次、指點兩句，她就能做出差不離的來。

顧茵來的時候，葛珠兒正和陸夫人等人說著話。

陸夫人正在吃葛珠兒做的沙琪瑪。

沙琪瑪呈金黃色，掰開還能拉絲，又綿又軟，酥香可口。不喜歡甜膩食物的人可能接受不了，但若配著清茶一道吃下去則恰到好處，味甘無窮。

陸夫人嗜甜如命，就很喜歡這個，近來幾乎日日都要點上一份。

「前頭只覺得妳長得甜，說話聲音也甜，沒想到咱們珠兒還有一雙巧手，做出來的東西也是這麼甜！」陸夫人前頭本就和她投緣，後來聽說她和離了，在食為天做工，對著她又多了幾分憐惜。「顧娘子實在惱人，怎麼就把妳收攏了？若我知道妳要尋活計，肯定要讓妳到我家來，每天光是和妳說說話，心裡就夠舒坦的。」

這倒是真的，葛珠兒自帶溫柔氣場，脾氣再不好的人……除了秦氏那種少有的，到她面前就會覺得火氣消下去三分，再讓她溫溫柔柔地問一問、勸一勸，剩下的幾分火氣也都全消了。

葛珠兒輕輕一笑。「夫人喜歡和我說話，常來看我就是。我和東家多學幾道甜點，到時候每日換著花樣做給夫人吃，難道不好？」

陸夫人連連道好，跟著她一起笑起來。

顧茵就在這當口過來，嗔道：「好啊，我不過忙了幾日，如今諸位都只記得珠兒姊姊，不記得我了！怎麼我好像還聽到有人罵我呢？」

眾人齊齊發笑，掩唇看向陸夫人。

陸夫人面上一紅，只做不知，反而摩拳擦掌道：「誰吃了熊心豹子膽了，敢罵顧娘子？來來，快把那人叉上來，我第一個饒不了她！」

顧茵繃不住了，噗哧一聲笑起來。

眾人笑著、鬧著，很快就玩在一處。

後頭袁曉媛她們上臺表演，雅舍裡安靜下來，顧茵就讓葛珠兒去歇過一陣。

葛珠兒沒去歇著，反而跟著顧茵下了樓。

顧茵見她欲言又止的，便問道：「可是擔心妳家阿鈺？」

葛珠兒點點頭。「我知道阿鈺支持我和將軍和離，但他到底年歲小，我那婆……那秦氏對他不是真心疼愛，我就怕她遷怒到阿鈺身上。」

顧茵就道：「這妳放心，妳家阿鈺……」顧野的事還不能說，但左右就在這幾日，他要恢復身分了。馮鈺作為顧野的伴讀，自然就要進宮去。日常在宮中行走的人，能三不五時面聖的，秦氏只要不傻，自然不敢對馮鈺如何，所以顧茵頓了頓，就道：「他是有大造化的，妳且看著吧，就在這幾日了。」

這話旁人來說，葛珠兒會覺得只是安慰之言，但顧茵辦事素來妥貼，她既給了準話，葛珠兒懸著的一顆心就落回了肚子裡。

二月初，隨著前朝餘孽南逃的遠洋船行的人被押解上京，正元帝下旨昭告天下，又祭告太廟，正式恢復了顧野的皇子身分。

證據確鑿，又有英國公府作保，所以朝野上下都未對顧野的身分產生懷疑。

受封那日，顧野穿著一襲靛藍色九蟒袍出現在人前，不論是規矩、氣度還是禮數，都挑不出一點錯處。自此之後，除了宮中為數不多的幾位主子，其他人見了他，都要恭恭敬敬尊稱一聲「烈王殿下」。

當天，一道聖旨也送到了魯國公府，馮鈺正式成了皇長子的伴讀。

聖旨送到魯國公府之前，秦氏正和馮貴妃說著話。

秦氏年紀不輕，當日暈死過去後闔府上下都嚇壞了。

府裡的大夫先給她診治，說她年紀不輕，脈象紊亂，十分凶險，搞不好就要卒中。

馮源讓鄭嬤嬤遞送了秦氏的腰牌進宮，給馮貴妃透了消息。

馮貴妃求到正元帝面前，想出宮來探望親母。

那會兒正元帝正忙著大典的事，日日把顧野帶在養心殿，既沒空應付她，也不想讓她在宮裡見到顧野，走漏消息，想著這段時間她出宮也好，就允了馮貴妃的請求，還允許她在娘家小住幾日。

宮裡的妃嬪能出宮回娘家，那貞的是一件極為體面的事。秦氏在病榻上聽馮源說馮貴妃要回來，立刻就精神了，吩咐鄭嬤嬤趕緊收拾院落，裝點門楣。

等到馮貴妃帶著十幾箱禮物和御醫回到魯國公府後，秦氏在御醫的診治下，吃了宮中的名貴藥材，又好上了一些，能被人扶著在床上坐起了。

後頭馮貴妃又勸她道：「娘何必為這些不值當的人生氣？本宮的兄弟難道還能缺了媳婦？」

秦氏咬牙道：「娘娘說的不錯，一個葛氏自然不值當什麼，但英國公府的實在可氣，竟讓人假扮了府中下人誆騙我！那家人便是不看同為國公的咱家，也該看娘娘的面子才是！」

馮貴妃上次在宮宴上就準備下顧茵和王氏的臉面，但被周皇后橫插一腳，並沒得手。這次英國公府這般行徑，顯然是不把她放在眼裡。

馮貴妃瞇著眼道：「咱們的家事，英國公府卻要橫插一腳，還使出那樣下三濫的招數，確實可恨，但娘還是要以身子為重。如今那姓武的莽夫聖眷正濃，咱們便是再恨，也只能先嚥下這口氣。」說到這裡，馮貴妃意味深長地看了秦氏一眼。「山高水長，咱家的好日子還在後頭呢，娘且看著。」

秦氏自然反應過來。

如今正元帝的後宮裡只周皇后和馮貴妃兩個。

周皇后雖也有個皇子，但她生養的小陸照三天兩頭病著，實打實是個病秧子。且到這個年紀了還不怎麼會說話走路呢，像個襁褓嬰孩似的，日日都要讓人抱著。

反觀馮貴妃生的皇子陸煦，和陸照同年，雖然因為龍鳳胎的關係，比一般的孩子瘦小，但在馮貴妃的精心照顧之下，已經是能跑能跳、能說會笑，好不討人喜歡！

正元帝是草根出身，嫡庶觀念沒有世家大族那麼深重，對待兩個兒子是如出一轍的關懷。而且因為陸煦更同他親熱，父子倆瞧著更親密一些。

周皇后已經不再年輕，不大可能再有孕。就算後頭有其他嬪妃再入宮、再開懷，那也比馮貴妃生的陸煦小了好幾歲，不能同日而語。

秦氏的臉上這才有了笑影兒，拉著馮貴妃的手拍了拍。「還好上天垂憐咱家，不只妳兄弟一個有出息的，還讓我得了妳這樣的女兒，得了咱家殿下那樣的麒麟兒！」秦氏又嘆道：「可惜咱家的殿下不能出宮來，我這當外祖母的，一年到頭也見不到他幾次。」

聽他提到小陸煦，馮貴妃轉而問起道：「阿鈺呢？前頭我遞消息給兄長，說出正月陛下就要給皇子挑選伴讀，他就不知道出來迎迎我？虧我這當姑母的還想提點他一番呢！」

秦氏又板下臉道：「妳不說還好，說了我就要生氣！前頭妳兄長和他說了這事，他卻說已經答應了要陪外頭的什麼朋友讀書，氣得妳兄長發了好大的火，還動手打了他。後頭他那不省心的娘被我關在家裡，不能和外頭通信的，她那攤販父母如何會知道消息，還託了英國公府的一道上門來？不用想也知道定是他給外頭傳了信，所以我就讓人把他關起來了，還把他身邊的小廝都打了個半死，他也就老實了。」馮鈺是家裡的嫡長子，又是馮源的獨子，秦氏數落完一大通後，又幫著他說了幾句好話。「到底還是個孩子呢，從前是讓他親娘教壞了，往後由我親自教養著，後頭再送到宮裡去，由妳這當姑母的指點，這孩子就會分辨好壞的。他也確實出色，我給他找的幾個先生，就沒人說他一點不好的，將來肯定是咱家殿下的一大助力！」

馮貴妃聽她說馮鈺為了個什麼朋友，不肯進宮去給自己兒子當伴讀，心裡已經有點不高興，但賣了親娘面子，馮貴妃還是道：「那把他放出來吧，我和他好好說。」

秦氏就讓人把馮鈺喚了出來。

馮貴妃做出一副慈愛的長輩模樣，先說他長大了不少，也瘦了些，噓寒問暖了一大通。

馮鈺都恭敬地一一應對。

後頭馮貴妃又提道：「陛下最近尋了好幾個有識之士進文華殿，這幾日天氣也暖和了，正好你入宮來，和你表弟一道進文華殿讀書，這對你也好，你應該懂的對不對？」

馮鈺躬身行禮。「姑母一片好心，我都曉得，但我確實是答應了別人在先。表弟能進文華殿，想來也並不需要我這樣的伴讀。」

馮貴妃臉上的笑立刻淡了。

秦氏見了就讓馮鈺下去，還對鄭嬤嬤使了個眼色。

鄭嬤嬤立即會意，已經想著回頭等馮貴妃走後，把馮鈺身邊的幾個小廝就地打死！

要說魯國公府家裡的大小事務，肯定是輪不到馮鈺作主的。但進宮去給皇子當伴讀，自然是三五不時能面見正元帝，要是馮鈺自己不情願，在正元帝面前表現得差了，那可是要連累一大家子，因此秦氏和馮貴妃才沒用強，還想著把他勸服，沒想到口舌費了這樣多，馮鈺還是梗著脖子不肯應！

馮貴妃前頭還勸著秦氏別因為家裡的事置氣，眼光要放得長遠一些，此時她的臉上卻也是一副怒容，恨聲道：「娘說的不錯，這阿鈺真是讓他親娘教養壞了，上不得檯面的東西！」說著，馮貴妃開始勸著秦氏快給馮源續娶。續娶之後當然會給家裡添丁，到時不用他馮鈺，自然還會有其他表親兄弟來支持自己的兒子！

就在這個當口，宮裡的聖旨來了。

馮貴妃才出來第二日，宮裡就來人了，秦氏一邊起身梳妝，一邊笑道：「一定是陛下愛重娘娘，賜下恩典了。」

馮貴妃頓時心情大好，扶著髮髻，搭著丫鬟的手起身笑道：「陛下也真是，恩典賞賜的，在我出宮前和我透個消息，私下裡帶回來就是，怎麼就下聖旨了？這也太打眼了。」

「這是陛下給娘娘做臉呢！全天下獨一份的厚寵啊！」鄭嬤嬤順勢奉承道。

母女倆笑得跟朵花似的出去接了旨，然後就傻了。

原來是馮鈺要進宮當伴讀了，是正元帝欽點的皇子伴讀，但卻不是給馮貴妃生的陸煦，而是皇長子陸烈，今日封了烈王的那個！

因馮源還沒回來，消息沒透露回來，憑空多出來個皇長子，而且還是從前養在英國公府的那個孩子，秦氏整個人都是懵的，訥訥地問馮貴妃。「這就是陛下給的恩典？我的兒，妳瞞得我好苦啊！」

即便對面是自己的親娘，馮貴妃也不好意思說自己也是今日才知道的。虧她前頭還誇口說自己如何得寵呢，居然在宮裡像聾子、瞎子似的被瞞了這麼久！再回想此行出宮這麼順利，越想越覺得當初正元帝是在打發她！

實在沒臉再在娘家待下去了，馮貴妃沒再解釋，立刻擺駕回宮。

在她走後，秦氏懵懵地躺回了床上，總算是明白過來為什麼自己在正月裡會遭到王太后的申斥——因為當天自己在戲園子裡咒罵了英國公府的那孩子，也就是現在的烈王啊！

秦氏越想越後怕，汗出如漿。

後頭等到鄭嬤嬤過來，才發現秦氏居然又不省人事了！

正元帝晨間帶顧野一起上的朝，在朝堂上頒下的聖旨，然後立刻安排太廟祭告儀式。隆重的大典在下午晌結束，因是從一大早忙到這會兒的，正元帝沒再留人，放了群臣回去休息，第二日再請群臣和外命婦入宮赴宴。

顧野這日肯定是要在宮裡待到很晚的，所以武青意一個人提前回去了。

家裡頭，顧茵正邀請了王氏一道去看話劇排練。

文大老爺改本子的速度是真的快，前頭顧茵給了他一個參考範本，沒兩天他就寫出來了一部分，那會兒正好先修葺的五樓舞臺搭建出來了，顧茵立刻就拿著本子給了小鳳哥他們排練，但因為話劇眼下還沒參考物，小鳳哥他們的表演不得要領，就需要顧茵在旁指點。

這工作是有點枯燥乏味的，好在有王氏這麼個老戲迷陪。

王氏肚子裡墨水也不多，有些艱深的戲文她一耳朵聽下去也不明白在說啥，說是喜歡看戲，其實是喜歡看故事。雖然《親緣記》的故事已經爛熟於胸，但王氏還是樂意去看排練。

婆媳倆正要出門時，武青意正好回來，兩人就讓丫鬟給他上茶，再問問宮裡的情況。

王氏突然就道：「哎喲，沒來由的我這頭怎麼暈暈的？大丫，我怕是陪不了妳了，不然讓青意陪妳去吧？」

王氏的身子素來好，反正顧茵穿過來到現在，從沒看她有過什麼頭疼腦熱，且她眼下面色紅潤，半點不帶病容，一邊說不舒坦，一邊卻是唇邊帶笑、眼尾偷偷瞧他倆，傻子也知道她是故意在給顧茵和武青意創造獨處空間。顧茵笑看她一眼，轉頭問武青意願不願意去？

武青意已經記不清上次和顧茵單獨待在一處是什麼時候了，依稀好像還是年前輕食雅舍開張那日，他去接顧茵下工，那會兒天氣還凍人得很。

後頭雖然兩人還是能時常碰面說話，但每次都是有正事說，而且也是在家裡，不知道什麼時候顧野或者王氏他們就會來找人，把兩人為數不多的獨處空間給占據。

武青意立刻起身道：「正好今日下值早，我換身衣服就隨妳過去。」他放下還沒沾唇的茶盞，快步去書房換衣裳了。

等他換好便裝，剛還說頭疼的王氏已經讓人套好了車。

武青意一邊理著肩袖，一邊過來，見了便道：「不用車夫，我來駕車。」

這話說得王氏手都抬起來了，若不是車夫就在旁邊，巴掌已經招呼到武青意後腦勺上了！親兒子，親生的！王氏在心裡默默唸叨了幾遍後，把他拉到一邊低聲道：「你傻不傻？讓車夫駕車，你和大丫就能在車廂裡拉拉手、說說話，你要是在車轅上駕車，大丫在馬車裡，你倆能說上什麼話？」

武青意一想，還真是這個理！過去幾次他去接顧茵下工，都是讓車夫自己回府，他來駕車。雖然顧茵幾乎都會陪他坐在車轅上，但馬車駛動的時候，外頭風大，塵土也大，誰也不會在那會兒一直張著嘴說話，喝風吃土的，所以一般都是兩人靜靜地坐著。

這話他沒敢和王氏說，王氏前頭看他得空的時候就去接顧茵，還稱讚過他兩句開竅呢，若是讓親娘知道從前是怎麼回事，估計不管現在車夫在不在旁邊，她都會氣得動手！

怕親娘回過味來，武青意立刻鑽進了馬車裡。

顧茵已經先他一步進了馬車坐穩，見他有些著急忙慌的，就笑道：「不趕時間的，天色還早呢，慢點也沒事。」說著就遞上茶盞。「讓丫鬟新沏的，你從外頭回來也沒喝口水。」

武青意笑著接過，掀開茶蓋才發現裡頭不是平常的茶葉，而是一般女子才喝的花茶。花茶香味撲鼻，卻不怎麼對他的口味，但因是顧茵遞來的，他還是接過喝下。

顧茵就道：「看你這幾日又忙得不著家，想著該有些上火，這花茶裡放了枸杞、菊花那些，疏風清熱的。」

武青意點頭，笑道：「那挺好的，最近有些發齒痛，應就是上火。」

顧茵接了他喝完的茶盞，收到小桌上。「今日怎麼回得這樣早？雖陛下說明日才設宴，但今兒個文武群臣忙了大半天，又是皇長子的大日子，人都還該在宮裡才是。」

武青意點頭說是。「確實是只我一人先走，其餘人還在那處。」後頭他又接著解釋道：「咱們小野恢復身分，都知道他是養在咱家的，我這養父若留到最後，自然大出風頭，但小野到底是陛下親子，我怕陛下會心生芥蒂。」

顧茵點頭道：「我前頭私下裡也和小野說過，讓他切記在皇后娘娘面前少提我，絕對不能像在外頭的時候一般，開口就『我娘』怎麼怎麼的，沒得傷了他們的母子情誼。」

「不只這樣，我這兩日忙，是忙著交代事務，京城守備和宮中禁軍，兩頭我得放掉一個。」

他說得十分輕鬆，但再無知的人都知道，這兩頭都是重權，等於是正元帝把身家性命都託付給了他。這種差事要是落到醉心權勢的人頭上，只要人不死，就不可能把這差事拱手讓人的！顧茵驚訝地看著他。

武青意被她瞧得都有些不好意思了，問她看什麼呢？

顧茵搖頭笑道：「從前我只知道你英武，沒想到你卻是粗中有細，想得十分周到，還有這放權的魄力……是我從前太小看你了。」

武青意如今的身分，沒少聽旁人誇，但還是頭一回聽顧茵當面這樣誇自己。他面上一紅，握拳抵到唇邊輕咳一聲。「我這人其實沒什麼大志向，一開始跟著義王，是被舊朝逼得沒辦法，後頭想著既做了謀反的事，那就堅持到底，稀裡糊塗就走到了如今。現在天下太平，陛下英明神武，不論是普通百姓還是咱家，日子肯定是越過越好，我要那些權勢做什麼？做個富貴閒人，每日像今日這般陪著妳出來上工，晚上再把妳接回去，就挺好的。」

顧茵好笑道：「就算你不想弄權，也不好做這樣的閒人啊！你鎮日裡圍著我轉，這像什麼話？旁人要說嘴的。」

武青意挑眉問：「旁人會說什麼？」

顧茵想了想，道：「大概會說你不思進取，說我紅顏禍水吧？」

兩人隔著馬車上的小桌說話，因為沒有外人在場，所以並不注意儀態，說話的時候不覺就越挨越近。

顧茵如今在外行走都是把劉海梳起，整頭烏髮挽成靈蛇髻。這樣看起來會成熟些，和陸夫人等女客的年紀更相仿。但在馬車的顛簸途中，她細軟的劉海已經不聽話地落到了額前。

那細軟的髮絲近在眼前，武青意看著那髮絲，既想伸手把它梳到一邊，又覺得這行徑有些唐突，不覺就有些走神了。

顧茵見他突然不說話了，只定定地看著自己，面上不禁一熱，垂下眼睛問：「是我這樣梳妝不好瞧嗎？」

武青意立刻搖頭說不會。「是這裡，亂了。」說話的同時，他終於還是伸手把那碎髮梳理到顧茵耳後。他粗糙溫熱的指腹在她額前擦過，又落到她的耳後。

顧茵的耳洞還是到了京城後打的，因為王氏說家裡金銀首飾實在是多，再不緊著多穿戴一些，都要在庫房裡吃灰了。但顧茵戴不慣那種垂掛似的耳環，就拿庫房裡最多的珍珠做成了耳釘。

潔白圓潤的珍珠，點綴在她瑩潤飽滿的耳垂上，說不出的好瞧。武青意不覺失了力道，把那珍珠碰歪了，下意識地又要去描補，回過神來的時候，手指已經撫了上去。顧茵的耳垂溫溫軟軟的，武青意只覺得指尖似乎在把玩天上的雲團，軟乎得稍一用力就能把它弄壞般。

他指尖的溫度陡然升高，顧茵只覺得耳垂也沾染上了那灼人的熱度。她臉頰通紅，眸光瀲灩，平時十分清脆的聲音不自覺地變得又軟又糯。「我自己來就好……」

武青意並不肯鬆手，甚至欺身逼近，嗓音低沈地道：「不用，很快就好。」

那珍珠耳釘最終還是在他的指尖下重新插戴回原來的位置，而顧茵的耳朵已經紅得能滴出血來了，也不知道是被他把玩的，還是羞的。

第三十七章

到了食為天，馬車一停穩，顧茵也不用武青意扶，自己趕緊下了車，然後悶頭往自家酒樓裡去。

武青意自然快步跟上。

顧茵快得像後頭有人追似的，悶頭到了五樓，見到小鳳哥等人，面上的紅熱才退下去一些。

小鳳哥等人經過她的排演，如今已經初得要領。

他同戲班的一些人，現在被顧茵分配做了場工，上前來說舞臺效果已經按著顧茵的要求，做出來一些。

顧茵定了定神，就讓眾人都動了起來。

小鳳哥等人去了後臺，顧茵在舞臺前的座位坐下，工人把帷幕放下，隨後又把窗前的窗簾都拉上。

那是顧茵請人訂製的雙層窗簾，外面雖然日頭高掛，但拉上之後，整個室內便都變得昏暗起來，只舞臺邊上放了一圈高腳架子燈，照得舞臺十分光亮。

小鳳哥等人已經開演，除了他們唸臺詞的聲音，室內靜得落針可聞。

就在這樣安靜昏暗的環境下，武青意跟了上來。

武青意是從室外來的，猛地到了這樣的環境，適應了一會兒才能視物。他找到顧茵的位置，走到她身邊坐下，醇厚低沈的嗓音在顧茵耳邊響起。「妳跑什麼？我又不會吃人。」

不是兩人獨處的環境，顧茵就不怕他了，沒再躲，腦海裡卻不由自主地浮現剛剛在馬車上的畫面——男人年輕俊朗的面孔近在眼前，他定定地看著自己的耳側，目光深沈如水，眼尾都隱隱有些發紅。這還叫不會吃人？簡直恨不能把她拆吃入腹似的！顧茵兀自腹誹。

武青意沒得到答覆，以為她是看排練看得入迷，沒聽到自己說話，便又湊近她耳畔兩分。「嗯？」帶著慵懶尾調的一聲「嗯」，把熱氣送到了顧茵的耳朵上。

儘管他眼下什麼都沒做，但耳際酥麻之感立時升起，顧茵不自覺地打了個顫。

「這裡不對！」她霍地站起身，走到舞臺前，氣息不穩地道：「這裡的感覺不大對，再來一次。」指點完一通排練後，顧茵在舞臺前站了一會兒，直到把小鳳哥等人盯得誠惶誠恐的，她才不得不又坐回了自己的位子。

武青意自然還坐在那處。

兩人過去待在一處的時候，一直是十分舒服的，但今天的氣氛實在曖昧得讓顧茵有些不習慣。也不是說讓她不舒服了，是她還沒準備好呢！

她開始找話說道：「你有沒有覺得，演小媳婦的那個人有些眼熟？」

武青意的唇邊泛起淺淺笑意，但還是順著她的視線看過去。

話劇不同於傳統戲劇，表演者不用勒銅錢頭，也不濃妝豔抹、不穿戲袍，不論是妝容還是打扮，都更接近於生活中的模樣。

舞臺上的女主角，也就是《親緣記》中的小媳婦，即便荊釵布裙，卻難掩清麗之色。

「好像真在哪裡見過……」武青意蹙眉沈吟，一時又想不起來。

「是楚曼容呀！」顧茵笑著同他解釋。「原先戲曲裡都是男子反串的，但我們話劇沒那個必要，且前頭那花旦進了牢房，我們女主角的位置空懸著，我就把咱家這『扯麵師』請過來了。」

武青意聽到楚曼容的名字還是想不起，說到扯麵師，他立刻就想起來了。「她倒是讓妳馴服了。」

顧茵又笑著搖頭，看舞臺上的人沒注意到她，她湊近武青意，壓低聲音道：「哪裡就馴服了呢？我可沒那本事。是我和她一說，她自己願意的。」

楚曼容自從成了食為天的扯麵師後，也可謂是小有名氣，後頭如望天樓那樣的酒樓也試圖模仿過，但他們的扯麵師要麼是身形、容貌不如楚曼容，要麼是手藝不行。總之京城裡提到扯麵師，食客們想到的還是楚曼容。

雖說楚曼容是因不服管教，和顧茵對著幹，才讓顧茵安排去扯麵的，但顧茵沒虧待她，一份現場手工扯麵的價格不便宜，要三十文，因為賣的不只是麵條本身，而是技藝了，所以每一份，楚曼容能分到十文錢。她多年練舞的身體比一般女子強健，一天能扯上幾十份。

像前頭生意好的時候，楚曼容一個月能賺十幾二十兩的分紅，還能再拿五兩銀子底薪。她前頭削尖腦袋想攀高枝，為的也就是想過上好日子，如今雖然辛苦，但靠著自己就能賺到那麼些銀錢，改善生活，她就本分了不少。

現在因為少了戲曲的同步宣傳，加上天氣暖和了許多，火鍋生意少了好幾成，扯麵師已經沒有那麼必要了，正好話劇裡缺個女主角，顧茵就讓她過來了。

對楚曼容這樣傲氣的人來說，比起在一樓扯麵，去五樓當伶人自是一份好工作，而且顧茵許諾說不會比扯麵掙得少，楚曼容看著自己日漸發達的肱二頭肌，想也沒想就同意了。

武青意聽著顧茵在耳邊輕聲細氣的說話，目光雖還落在舞臺上，心中卻是忍不住又在回想著方才捏著她耳垂時，那種令人難忘的觸感。怎麼就能這樣軟和呢？

舞臺之上，楚曼容剛演到和前夫和離後，流落街頭的那段。察覺到武青意的目光，她表演得越發賣力，瑟縮著身子，梨花帶雨，輕聲哭泣，楚楚可憐，心中卻在嗤笑，果然天下男人都一樣，武青意不也在目不轉睛地看著她嗎？她如今雖歇了依附男人的心思，但不妨礙她想著讓男人為她傾倒！

帷幕落下，場景更換。隨著劇情推進，楚曼容飾演的小媳婦被食為天收容，在這處做工。

楚曼容的心思已經全落在武青意身上了，她換了一套服飾，就是食為天女堂倌統一的那種。這衣裙比之前那套粗布衣裙好上一些，更能襯托她的身段。想來武青意見了，應當會更不錯眼吧？正兀自想著，冷不防的，楚曼容手裡被塞了個麵團。

她奇怪地問道：「這是做什麼？」

場工就解釋說：「之前道具都沒齊備，今天第一次上舞臺效果。不做什麼，就是表演妳的扯麵呀，楚師傅！」

原先的劇情裡，小媳婦到了食為天後沒具體說在做什麼，畢竟傳統戲曲的表現形式有限。但話劇裡當然是可以演出來的，而且也不用費心想什麼橋段，做她擅長的扯麵就行！

「別喊我楚師傅！」楚曼容咬牙切齒地道。

說著話，帷幕拉開了，楚曼容拿著個麵團，沒辦法，只能又扯起麵來。

看完她扯麵，顧茵便站起身道：「效果差不多了，都做得不錯。下頭我就不看了，小鳳哥過來，交給你了。」

小鳳哥從後臺出來，拱手行禮道：「東家辛苦了，我一定好好監督大家排練。」

五樓的表演人員大多都是從前戲班子的，自然都以他這少班主馬首是瞻，只有楚曼容一個，不怎麼服管教的。但顧茵早就有辦法，對小鳳哥說過，只要楚曼容消極怠工，就讓她回一樓扯會兒麵。把她累得夠嗆，她自然就沒那個力氣弄什麼么蛾子了。

顧茵意有所指地看了楚曼容一眼，小鳳哥立刻點頭，表示自己都曉得。

他們說話的時候，武青意起身走到她身邊，在顧茵寬大的衣袖之下，他溫熱的大掌牽上了顧茵的手。

顧茵還在和小鳳哥說話，手掌冷不防被包裹住，她面上一紅，把手捏成拳頭，在衣袖下小幅度地掙扎了一下。無奈武青意是鐵了心，就是不鬆開，還用指腹輕輕摩挲顧茵的手背。他的指腹也帶著繭子，顧茵只覺得手背像被砂紙磨似的，有股很輕微的疼痛，又很癢。她鬆開拳頭接著躲，武青意的大掌就在這時候捏住了她的掌心，而後十指相扣。

小鳳哥還在等著顧茵交代事項，卻看她突然若有所思的沈吟不語，還當是自己哪裡沒辦好，讓顧茵難做了，便又道：「要是還有其他不對的，東家但說無妨，我一定改。」

顧茵耳根發燙，忙道：「不是的，我剛在想別的事。你們這裡的排練進度不錯了。」怕人看出端倪，顧茵說完就牽著武青意離開。

從五樓下來，按著顧茵的習慣，一般都還要在三樓的雅舍坐一會兒的，如今武青意跟著，那就不方便了，而且要是讓陸夫人那些促狹鬼看見，指不定要怎麼調笑她，所以顧茵直接牽他出了酒樓。在五樓拉上窗簾還不覺得，出來後才發現外頭已經是黃昏時分。

一直到回馬車前，武青意還是捏著她的手不放。

顧茵瞪他一眼，嗔道：「還不鬆開？是想讓我單手爬上馬車嗎？」

武青意笑著鬆了她的手，但等顧茵轉身，他卻把她攔腰抱起，直接放到了馬車上。

「你——」顧茵的驚呼還沒出口，人已經坐穩了。

武青意忍著笑道：「不用爬，夫人這不就上去了？」

車夫還在不遠處，顧茵懶得同他掰扯，紅著臉就進了車廂裡。

武青意自然跟上，卻見顧茵進去後就面朝裡，半躺在引枕上，一副「我要休息，不要打擾我」的模樣。他看得好笑，挨到她身邊。

顧茵立刻睜開了眼，看著他。

武青意被她看得又忍不住笑起來，忙道：「別看賊似的看我，我可什麼都沒做。」

顧茵又把眼睛閉上了，輕聲埋怨道：「你今天做得已經夠多啦！」

武青意摸了摸鼻子，又問道：「真累了？」

顧茵輕輕「嗯」了一聲。

他便把矮桌搬到另一邊，道：「那妳好好躺會兒，到家了我喊妳。」

國公府的馬車雖然寬敞，但若是完全躺下，再坐人就會很逼仄，尤其是武青意這般身形高大的，和那小矮桌擠在一處，胳膊腿兒都伸展不開，只能屈膝而坐，可憐兮兮的。想想他今天其實也沒做什麼，摸摸耳朵、牽牽手，即便是戀愛初期，也不算是逾矩孟浪的行為，顧茵便道：「不用，馬車上顛簸，怎麼睡都不會舒坦，我靠一會兒就好了。」

「這樣呢？」武青意又去了她身邊，將她扶起，自己靠在車壁上，再把條枕擱到自己身上。

顧茵尚沒看明白，武青意已經拍著自己的胸口道——

「我給妳墊著，應當就不會那麼顛簸了。」

因兩人中間還隔著個長長的條枕，加上兩人初春的夾衣沒比襖子輕薄多少，顧茵就低低地「嗯」了一聲，靠了過去。

武青意半躺，顧茵上半身靠在他胸前，雖隔著條枕，卻依稀還能聽到他的心跳聲。

原來他的心，和她跳得一樣快。

武青意沒再做任何帶著其他意味的舉動，只是伸手有一下、沒一下地拍著她的後背，像平時顧茵哄顧野睡覺一般。

「把我當小野呢……」顧茵輕聲呢喃，然而被他緩慢而頗有節奏感地拍哄著，還真覺得眼皮發沈，漸漸就睡著了。

聽到她均勻的呼吸聲，武青意垂眼，見到的便是她恬靜美好的睡顏。

他伸手幫她把額前碎髮捋到耳後，手指忍不住又在她的耳垂上摩挲了一下。

聽見睡夢中的顧茵嚶嚀一聲，他便立刻鬆開了手。

皇宮裡。正元帝雖說第二日再設宴，但群臣跟著忙活了大半天，他還是設下了小宴款待。

宴會的主角當然是顧野，別看顧野私下裡跳脫得不得了，人前那真是老成持重，氣度非凡。只見他小小的人兒身姿挺拔地站在人前，不管是誰上來寒暄打招呼，他都絲毫不怯場，對答如流。

正元帝看著他，忍不住想到自己小時候，自己七歲左右好像也做不到這般。自豪之感在胸中升起，正元帝看著顧野，已經可以想到再過幾年他成長起來後，該是如何的出類拔萃。
正元帝正暢想著未來的顧野，餘光卻看見端著氣度的小傢伙在和一個大臣說完話後，拱手行了禮，然後不緊不慢地走到了自己身邊。正元帝正在和人說話，冷不防的手裡就多了個東西。親兒子遞過來的，正元帝雖然不知道是啥，但還是不動聲色地收下了。
後頭又有其他人來和顧野說話，顧野又過去了。
正元帝打發了自己跟前的人，趁著飲酒的空檔抬起了自己的袖子，總算能看看小傢伙剛塞過來的東西——一個小荷包，正是顧野今大戴在身上的那個，而裡頭是一包油紙包著的豬油渣！宮宴上當然不會缺吃食，卻沒有這種民間百姓才會吃的東西。
正元帝好笑地看過去，顧野和人說完話又過來了。
顧野還是板著張臉，一副不苟言笑的模樣，口中卻輕聲道：「我看你喝了好多酒，乾喝容易醉，吃點這個香香嘴兒！」說著還趁著沒人看到的空檔，對正元帝眨了眨眼。這當然是顧茵在家裡給他炸了，放荷包裡帶出來的。
豬油渣入嘴，雖已經冷了，但還是香香脆脆的。別說，還真挺下酒的，比御廚準備的那些更合正元帝的胃口！要不是在群臣面前，父子倆都得端著，正元帝真想禿嚕一把小傢伙的腦袋，再撓撓他的胳肢窩，看他還裝不裝得出這副小大人的模樣。
傍晚時分，小宴總算是散了。

不用正元帝開口，顧野把群臣送了出去。

眾人忙口稱「不敢」，讓他留步。

在行禮和還禮之間，顧野目送眾人出了殿，走遠了，才回到正元帝身邊。

正元帝心情大好，對著他笑道：「今兒個你很不錯……」

顧野挺胸抬頭了一整日，小腰小背都隱隱作痛了，正美滋滋地等著聽正元帝的誇獎，宮人突然來報，說馮貴妃求見。

正元帝略有些醉意了，回憶了一下，才道：「她不是回娘家去了嗎？怎麼這會兒回來了？」

錢三思就稟報道：「應是貴妃娘娘在魯國公府接到了聖旨……」

正元帝想起來了，點頭道：「那讓她進來吧。」到底是自己的枕邊人，為他生兒育女的，正元帝還是得給馮貴妃幾分面子。

顧野剛坐下歇著，聞言便站起身道：「時辰也不早了，那我就出宮去了。」

正元帝擺手，說沒事兒。「她也不算外人，算是你的庶母，總該見見的。」說著正元帝伸手到他脖子後頭，摸到了一脖子汗，又關心道：「天還沒黑呢，你這一身汗出去吹風要著涼，聽話待著，等汗乾了再走。」

顧野並不是很想見那馮貴妃，但正元帝都這樣說了，他就有些明白了。他這皇帝爹應當是希望他和馮貴妃能和睦相處，起碼明面上得維持好。從前都是皇帝爹在替他著想，方方面面周到得不行，自己也該給他點面子。於是顧野給他一個「是你說了我才聽，別人說我可不理」的眼神，乖乖應了，待著沒動。

沒多會兒，馮貴妃進來了。進來後馮貴妃先行禮，然後正元帝讓她起身，她卻沒起，反而直接跪下。

「陛下，您騙得臣妾好苦啊！」馮貴妃捏著帕子哭起來，做那弱風扶柳之態，微微側身，露出一截白嫩纖長的脖頸和一小塊雪白的肩頸。因為馮貴妃身形豐滿，她特意這樣歪著身子的時候，胸前的溝壑便會若隱若現，這是正元帝喜歡的模樣，往常只要她這般一撒嬌，正元帝都會對她心軟。馮貴妃就是委屈，氣正元帝把她當外人那樣瞞著。不用想也知道，闔宮上下的幾個主子裡，只有她一人不知這憑空冒出來的皇長子！

但壞就壞在，馮貴妃只聽錢三思說裡頭人都散了，卻沒想到顧野還在裡頭呢！

「妳做什麼模樣！」方才還心情大好的正元帝立刻變了臉，高聲喚道：「錢三思！貴妃御前失儀，把貴妃帶下去！」

「陛下……」馮貴妃錯愕地抬頭，看著一臉怒氣的正元帝……以及他旁邊一臉愕然的顧野！

英國公府裡，一家子屏退了下人，聚在主院裡。

顧茵和王氏這天都等著顧野回來，要問問宮裡的事。

雖都聽武青意簡單講過，但總歸要聽顧野親口說一句順利，眾人才能放下心來。

顧野說一切都很順利，就是正元帝要給他封王這一項時，有個御史跳出來，說歷來沒有這麼小的皇子就封王的，不若還是先把皇長子養在宮廷裡，稍大一些再做這些準備。

不過很快地文老太爺就駁斥回去了。

顧野學著文老太爺的模樣，一手負在身後，一手捻著下巴上不存在的鬍鬚，斜眼看過去，冷笑道：「什麼歷來？我朝開國不過一年，陛下是我朝太祖，你說的莫不是前朝？」

那御史確實是前朝的官員，被正元帝留到現在的，還算是有些頭腦。

文老太爺不動聲色地點了這麼一句，就是說他當著新朝的官，卻還想著那前朝的舊制來說事，身在曹營心在漢啊！

那御史立刻不敢再多言，嚇得兩股戰戰，連連請罪。

顧野學完這一通，接著說到馮貴妃過來剛說兩句就讓正元帝趕走了，王氏奇怪地問了一句為何，說這貴妃不是挺得寵的嗎？不然馮家之前不會抖成那樣。結果顧野那戲癮就上來了，把事情經過及馮貴妃那勾人的姿態學了出來。

「……陛下，臣妾不是故意的！」顧野把自己的衣領拉到肩膀，跪在地上，帶著哭腔道：「臣妾不知道還有別人在啊……」而後又換了個粗粗的聲線罵道：「妳放肆！什麼別人？這殿上除了朕，只烈王一人，何來的別人？」學完後，他又看向宋石榴和武安，小聲道：「快拉我啊！等啥呢？」

宋石榴和武安笑得臉都瘦了，聞言立刻一人拉住顧野的一條胳膊，把他往門口拖。

顧野被拖到門口，嘴裡又哭喊道：「陛下，臣妾失言，您不看臣妾的面子，好歹也得看在煦兒的面子上啊……」說完，他從宋石榴和武安的手裡掙脫出來，回復正常地道：「就是這樣。後來陛下就把她趕走了。」

屋內眾人都笑作一團。

顧茵連忙道：「別學了、別學了，你直接說馮貴妃表錯情，讓陛下趕走了就是。一句話的事，我們就都知道了。」

顧野坐到她身邊。「這不是奶問我，我才學的嘛！我知道在外頭不能這樣的。我今天表現可好了，陛下都誇我！」顧野邊說邊看向他叔。

武青意便笑著道：「確實，小野那儀表、那談吐、那氣派勁兒，跟換了個人似的。」

事情進行得順利，顧野正是心情大好的時候，所以才比平時活潑不少。

等到後頭時辰晚了，眾人都去歇下，顧野回廂房洗漱後，又帶著水氣鑽到顧茵房裡。

「原來我下個月就七歲了。」顧野踢了鞋子上床，掰著手指頭數了數。「去年九月在路上過的生辰，這才幾個月啊，三月又要過了。」

顧茵正拿巾帕給他擦頭。「這不正好？這樣三月你在宮裡過，九月咱們私下裡自己過。別人都只一個生辰，你卻能過兩個呢！」

聽到這裡，小傢伙立刻笑起來，用腦袋直拱顧茵的手。「娘最好了！」顧野特地說起這個，就是怕他娘不高興，畢竟早先他還信誓旦旦地說只過那個和他娘相遇的生辰呢！

過了半晌，他的頭髮讓顧茵擦乾了，顧茵正要哄他睡。

冷不防的，顧野突然開口問道：「娘，您說我當皇帝怎麼樣？」

顧茵自己都快睡著了，聽到這話被嚇了一跳。這才剛當上王爺，怎麼就想著要當皇帝了？便立刻問他，是不是旁人教了他什麼？

顧野回答道：「沒有人教我，是我自己想的。」

顧茵就怕他年紀小，被人挑唆了還不知道，聽到這裡才微微放心一些。「我知道你這小腦袋瓜比一般人頂用，但這並不是你這個年紀該想的。」

顧野嘆了口氣，說：「要是能快點長大就好了……娘不知道，今天我才知道皇帝是怎麼樣的。」

顧野和正元帝接觸有段時間了，但那會兒身分沒公開，他不能出現在人前，只在私下裡見面，皇帝給他的感覺就是忙，非常的忙，每天都有處理不完的公務，就沒剩多少自己的時間了，然後宮裡的飯菜也都不怎樣，日子還怪可憐的。

但今天不是，文武百官濟濟一堂，即便是文老太爺那樣的人物，都得給正元帝跪下，回話的時候還要十分恭敬。尤其顧野還親眼見到王氏口中囂張跋扈的馮貴妃，到了正元帝面前的時候乖得像隻小兔子，被正元帝黑著臉罵了一通都不敢爭辯，只敢求饒。

原來當皇帝是這樣的，比他從前當孩子王不知道風光了多少倍。若他坐到那位置，看那馮貴妃和秦氏還敢不敢在他娘、他奶面前蹦躂！

顧茵看他一臉熱切，不由得憂心忡忡地嘆了口氣。

小崽子是皇子，早晚是要牽涉到奪嫡這種事情裡的。尤其他是嫡長子，即便他不爭不搶，後頭的兄弟也得先把他除了，才能確保皇位坐得穩當。好在正元帝後宮裡妃嬪少，孩子也少，另兩個皇子還不到四歲，不然光想到這一層，顧茵怕是連覺都要睡不好。

「這事其實不是光你想就成的，」顧茵想著措辭，同他道：「你得先當太子，然後等陛下老了、沒了，才會輪到你。所以現在想那些還不成，而且千萬不能對別人透露半個字。」說完，顧茵想了想，又道：「在皇后娘娘面前你也不能說。」不是她要離間顧野同周皇后的母子感情，而是周皇后還有另一個兒子，將來的事還說不大準。

顧野連連點頭。「我知道的，我要和別人說了，別人還當我盼著我皇帝爹沒呢！所以我只和娘說，娘知道我不是那種壞心眼的孩子。」

顧茵抱著他拍了拍，後頭又聽他半夢半醒之間呢喃道——

「我那皇帝爹其實真是挺好的，年紀又不大，我不能盼著他沒了……這樣吧，先定一個小目標，我先當個太子……」

顧茵忍不住噴笑出聲。還真是一個「小」目標啊！

第二日一早，顧野起身後還得先去隔壁的烈王府。

那府邸修葺了數月，早就能住人了，府裡侍衛、下人齊全，都是正元帝給安排的。

顧野選了個和英國公府只有一牆之隔的院子，然後讓人在相鄰的牆上開個小門，自由出入。

這樣晚上他便能到英國公府這邊住，早上再摸過去洗漱，從那邊更衣出府，方便得很。

昨晚臨睡前，他給自己定了個小目標，想要先當太子，今早起身他也沒忘。

立太子這種事話本子裡常說，反正通常是皇帝說是哪個就是哪個。

但顧野覺得太子未來是要當皇帝的，肯定不能這麼兒戲，皇帝爹喜歡只是一方面，自己也要出色才成，不然都是一個姓的兄弟，獨一份的好東西，給了他卻不給其他人，那些個弟弟肯定要不服氣。

正元帝前一天和他說過，從他恢復身分開始，文華殿就不只他一個人上課了，身體不大好、說話都不索利的陸照先不算，陸煦是要過去的，加上被欽點為皇長子伴讀的馮鈺，一共三人，要一起上課。

馮鈺比他到得還早，兩人好些天沒見面了，顧野一邊打呵欠、一邊進了文華殿，見到馮鈺，他立刻精神了。

兩人坐到一起，顧野馬上問：「這些天怎樣？你祖母沒為難你吧？」

馮鈺和他同時開口，問道：「我娘如何了？還有我兩位外祖呢？」

雖是一起問的，但馮鈺肯定更擔心，顧野就先回答他。「珠兒姨母現在在我家酒樓做工，還是個副掌櫃呢！我娘說，那些個夫人、太太的可喜歡她了。葛家爺奶回鎮子上收拾家當了，往後就要在京城定居。定居的地方也不用另挑，我奶買了幾個小院子，可以先在那處住著。」

前頭正元帝收回了欠銀後，就悄悄把武重墊出去的三萬餘兩還給了英國公府。加上過年時朝廷發下來的俸祿，英國公府的帳面上就多出來四萬餘兩銀錢了。

其中一半武青意向王氏借了，作為船行出海時購置貨物之用。

剩下二萬兩，王氏本來想給顧茵添置點什麼，但顧茵是真不缺銀錢，現在酒樓完全可以做到自給自足，甚至還盈餘不少，所以最後王氏就用那些銀錢置辦產業。朝廷放租、放售那種大便宜是撿不著了，她就買了些田地和小院子，租賃出去。

像之前剛上京來的許氏母子，王氏雖有心想留他們在府裡，但一來金窩、銀窩都不如自己的狗窩，關係再好，住在別人家到底不方便；二來許青川是讀書人，未來要走仕途的，長住在英國公府，怕讓人說他依附勛貴。所以許家母子只在英國公府小住了幾日，轉頭許氏提出該離開了，王氏便沒再勸，讓許氏從她買的那幾個院子裡選了個位置最清幽的住下。

許氏當時還要推辭，因為王氏要的租金比市價低了好多。當年她租給王氏和顧茵的院子，可也沒少收什麼租子呢，只是個公道價格。王氏就同她道「等妳家青川高中，將來自然會有自己的宅邸，到時候他住過的屋子，那可是狀元屋，我就是把租子提到市價的十倍，都有人上趕著租呢！除非，妳對青川沒信心」，許氏就罵王氏「聽妳在放屁，我能不相信自己兒子」？當然，許氏馬上就反應過來，王氏是在用激將法，但一想王氏說的也不錯，等到許青川考好了，兩家是雙贏的局面，所以也沒推拒王氏的好意。

如今那些院子還有幾個沒租出去的，正好可以用來安置葛家老夫妻，不需要他們在人生地不熟的情況下，再四處託人尋找住處。

親娘有了工作，外祖過來也有落腳的地方，馮鈺呼出一口氣，慚愧道：「我這為人子、為人孫的卻使不上半點力，還得託你家照顧，實在慚愧，我不知道該如何報答……」

顧野就道：「你這話說得忒客氣了不是？我娘在家時說過，葛家爺奶往常那麼照顧她，她就是珠兒姨母的半個娘家人。我們倆往後也要一起讀書，日日待在一處，和親兄弟沒兩樣，你這樣謝來謝去的可太生分了。」

顧野如今是皇子身分了，卻還和從前一樣，馮鈺便笑起來，點頭道：「好，那我就不多說什麼了。」

看其他人還沒過來，顧野又壓低聲音道：「反正你白天都和我待在一起，我還有出入宮廷的腰牌，以後午歇的時候我帶你出去，見見珠兒姨母。不過今天不成，今天宮裡設宴，宮裡人多，容易讓人瞧見。」

馮鈺好些天沒見到親娘了，雖說是他全力支持父母分開的，但到底年歲不大，分別了這些天早就掛念得不成。聞言他張嘴又要道謝，但想到前頭顧野說的，便把那道謝的話嚥了回去，只又笑著點了點頭，然後馮鈺就說起自己這些天在府裡的狀況。要是從前，他可能還會替自己的祖母和親爹遮掩一番，但眼下他是真把顧野當自己人，自然不會瞞著他。

「祖母前頭發現是我給你家遞的消息，雖沒罰我，卻把我身邊的人都打了一頓。後頭我姑母回了府，召我上前說讓我給表弟當伴讀……我不瞞你，當時雖然答應了你，但是我看姑母和祖母都十分不高興，怕祖母又要對我身邊的人動手，心裡其實萌生了一些後悔退縮之意。不過好在，昨天聖旨就下來了。」

顧野也跟著歉然道：「怪我怪我，我要是早和你通了氣就好了。是皇帝爹說得等到大典之後才能和其他人說……還好沒害了你身邊的人。」

馮鈺搖搖頭。「哪能怪你？茲事體大。你要是和我說了，那可是違背皇命。」

要怪，當然是只能怪秦氏心狠手辣，不把卜人的性命當回事。

兩人說著話，沒多會兒陸煦過來了。

奶娘和宮人簇擁著把他送到了文華殿，便站住了腳。

陸煦一個人進了來，絲毫不怯場，扭著脖子到處看。他三歲半了，個頭比同齡的孩子小一些，但是看著黑黑瘦瘦的，像個小皮猴兒，十分的有精神。

「表哥！」陸煦看到了馮鈺，先笑嘻嘻地喊了他一聲，後頭再看到顧野卻沒喊人，反而昂起小下巴，哼了一聲。

回想前一天，宮人都在議論宮裡多出個皇長子的事，他可高興了，因為早前聽宮女、太監們說，他們家裡都有兄弟姊妹，雖然為了點吃的、穿的、玩的，經常打打鬧鬧，但是回頭又會一起玩，好得像一個人似的，可有意思了。

陸煦不缺吃的、喝的、玩的，不怕別人分這些，他就想有人和他一起玩。

之前他還想過找陸照一道玩，但是偷偷去了坤寧宮，卻發現和他差不多大的陸照居然還像個小嬰兒一樣，一點意思都沒有，而且後頭他還被皇后給發現了，立刻讓人把他送回了永和宮。他母妃還為此生氣了，讓他不許再過去，他自己也覺得陸照那樣的兄弟挺沒勁的，就乖乖答應了。

昨兒個聽說多了個哥哥，陸煦高興壞了，要不是宮人說前頭正元帝正在忙著，他早就摸過去了。他想著等正元帝和素未謀面的哥哥忙完後，他再找過去，沒想到傍晚的時候，他母妃回來了。

他正糾結著是先和母妃討要宮外的禮物，還是先去瞧哥哥，他母妃就哭上了，邊哭還邊道「我的兒，母妃對不起你啊！你往後可怎麼辦」，陸煦懵懵懂懂的，問她不是回外祖家了嗎？又問她為什麼哭？馮貴妃就道「我的兒，你還小，你不懂。你那表兄如今都被指作你那皇長兄的伴讀了，今日你父皇還為了他，不留情面地把我趕了出來……往後這宮裡，哪裡還有咱們母子站腳的地方呢」，馮貴妃邊哭邊絮叨了好大一通，三、四歲的陸煦有好多都聽不明白，但有一點他是明白的——因為這個素未謀面的哥哥，自己的表哥不給自己當伴讀了，而且母妃也不高興了！

所以今兒他故意不喊人，哼聲之後，他選了旁邊的位子坐下。但是他又確實對顧野這哥哥存著極大的好奇，所以坐下後雖拿起了書擋臉，卻又偷偷去看他。

他以為自己做得很隱秘，卻不想顧野和馮鈺早就發現了。

先不說陸煦這麼大點還沒開蒙，根本不識字，就說他只拿書擋住下半張臉，兩隻眼睛在書本上頭一通亂瞧，想讓人不發現都難啊！

馮鈺雖然和顧野更加親近，但陸煦到底是和他存著血緣關係的表弟，他正要從中調停一番，卻看顧野已經先過去了。

顧野把陸煦手裡的書拔起來，笑著問他。「怎一來就看書？你認字啊？」

陸煦又哼一聲。「我認識！怎了？」

「你認字那怎麼還把書拿倒了？」

陸煦鬧了個大紅臉，支支吾吾道：「我……我……我不要你管！」

顧野又笑。「好啦，我騙你的，其實你沒拿倒，我是故意來找你說話的。」

陸煦臉上的紅暈下去了一些，看著顧野那極具感染力的笑，他強壓住想要跟著上翹的嘴角，問他。「我都不理你了，你不生氣嗎？怎麼還來和我說話？」

「這有啥好生氣的，咱倆又沒見過。我正式和你自我介紹一下，我叫顧……陸烈，是你的大哥。」顧野說著又道：「但是這次咱們就算認識了，你下次要是還不喊人，我可真要不高興，不理你了。」

陸煦想了想，便說：「那你脾氣還挺好的。但是你為啥搶我表哥，還欺負我母妃？」

「你表哥又不是什麼物品，也沒先答應你當伴讀，而是先答應我的，怎能說搶呢？再說，以後咱們三個一起讀書，是誰的伴讀有什麼要緊？」
陸煦看了一眼馮鈺，想著好像也沒錯，表哥不是在這兒嘛，還對他笑呢，沒被人搶走。
顧野又接著道：「再說，我啥時候欺負你母妃了？」
「那她昨天說因為你，父皇把她趕走了啊！」陸煦一點兒都藏不住話，當下就把馮貴妃賣了個乾淨。
顧野心下對那馮貴妃越發不喜了。像他娘，早上聽說今天他要和陸煦碰頭了，還會和他說大人的事歸大人的事，他們幾個孩子不要被大人的恩怨影響。反觀那馮貴妃，對著三歲大點的陸煦說這些幹啥？這不是存心離間他們的關係嗎？也得虧陸煦年紀小，藏不住話，都直接說開了，不然換個心思深的，還沒認識呢，就已經結仇了。
顧野最聽他娘的話了，所以沒把這筆帳算在陸煦頭上。「昨兒個我確實在場，但不是因為我啊！」當著陸煦的面，顧野不好說是馮貴妃自己表錯情，就說：「我當時忙了一個白天，早累壞了，一句話都沒說。是貴妃娘娘自己惹了父皇不高興，所以才——」
「你胡說！」陸煦氣呼呼地打斷了他，又爭辯道：「父皇可疼愛我母妃了！從前都沒有過這樣的，你一來就不同了！」
兩人眼看著就要爭上，馮鈺便出聲道：「不如請錢公公來問問？」錢三思是正元帝的貼身太監，寸步不離的，宮裡就沒有他不知道的事。
陸煦哼聲道：「咱們主子的事，為啥要問那樣的人？我母妃說了，前朝就是昏君錯信閹狗，放任閹狗幹壞事，我才不要聽他說話！」
顧野當即板下臉來，伸手拍他的嘴。「你怎麼能這麼說錢公公！」
「你敢打我?!」陸煦被他拍了嘴，極為錯愕。雖說顧野沒用力，但陸煦長到這麼大，正元帝都沒碰過他一根手指頭，馮貴妃更是把他當寶貝疙瘩，其他人就更不敢了。因此，當下他就大哭著跑出了文華殿。

顧野走後沒多久，顧茵和王氏兩人就開始梳妝。
上次進宮還是剛來京城，王太后設宴那次。這次是為了顧野而設的宴席，兩人自然更不能缺席。
前朝一樣設宴，武重這次也沒缺席，同樣捯飭了一番。
回想去年九月時，武重還不良於行，語不成句，衣食住行都需要兩個小廝代勞。但是自從王氏來了後，她不喜歡有人貼身跟著，日常沒需要的時候，都只讓下人在外頭，所以武重開始事事親力親為。對著一屋子血親，他再沒有因為自己奇怪的走路姿勢和說話方式而自慚形穢。心態一好，加上積極的鍛鍊，老爺子現在面色紅潤、精神矍鑠，和半年前判若兩人。
這次宮中是因為顧野而設的宴，所以不等王氏開口，武重自己就說要參加。
加上個還沒有去過宮裡的武安，他們一家子齊齊整整地出發了。
顧茵叮囑宋石榴要看好家門，所以落後了其他人幾步。等她出來的時候，就看到王氏抬手要打武青意。

武青意穿著一身藏青色勁裝，頭束金冠，光是站在那兒，都自有一股淵渟岳峙的氣勢，但王氏一抬手，武青意下意識地偏過頭要躲，那氣勢頓時就沒了。

顧茵看得好笑，忙上前道：「這就要出門了，娘怎麼還要打人？」

「沒有沒有！我就是看他臉上有隻蟲子。」王氏邊解釋、邊瞪了武青意一眼。

昨兒個她特地給武青意機會和顧茵獨處，他倆回來後，顧茵在馬車上睡了一覺，下來時釵橫鬢亂，慵慵懶懶的，王氏當時見了心下大喜，但沒多會兒顧野就回來了，說起宮裡的事，王氏就沒顧上打聽小夫妻倆之間發生了什麼事。等到今早出門前，王氏自然得問問兒子和她的乖媳婦進展到哪一步了？

提到昨天的事，武青意唇邊泛起了溫柔的笑意。

王氏也跟著笑，又催促道：「別光顧著傻笑啊，快說！」

武青意就說，昨兒個幫顧茵捋了頭髮，正了珍珠耳釘，還牽了她的手。

王氏笑咪咪地聽完，再問：「還有呢？」

「還有她說累了，我們躺在一處。」

「躺……躺在一處?!」王氏激動壞了，嘴唇都開始哆嗦。

武青意點頭，接著道：「馬車上顛簸，我就在身上墊著條枕，讓她睡在條枕上。」

王氏激動的心情瞬間褪去。「顛簸你直接墊著她不成嗎？還需要隔著條枕？」

這話一聽，武青意才一臉恍然大悟的表情。是啊，他充當人肉靠墊不就成了？還有那條枕什麼事？

這副才反應過來的模樣，真是氣得王氏忍不住揚起了手。

怎麼可以這麼木訥呢？這要哪年才能指望他倆抱上孩子呢？王氏一臉鬱悶地上了馬車。

一家子分乘兩輛馬車到了宮門口，武重和武青意去了前朝，顧茵和王氏則帶著武安入了後宮。

這次設宴的地點還是在慈寧宮，但不同於上次，這次王太后可沒躲著，早早地候著了。

顧茵他們過去的不算早也不算晚，王太后的一邊坐著周皇后，另一邊坐著馮貴妃，還聚攏著好些個外命婦，正在熱熱鬧鬧地說著話。

顧茵和王氏上前行禮，王太后立刻免了他們的禮，還對王氏眨了眨眼，又對著武安笑道：「這就是妳家老二吧？長得真機靈，快上前來讓哀家好好瞧瞧。」

如今都知道皇長子陸烈之前是養在英國公府的，王太后和他們家親近，那是人之常情，其他外命婦就也跟著王太后一道誇起武安。

武安是靦腆內向的性子，但到了京城這樣久，他的性格已經開朗了許多。被王氏推到人前，武安雖有些害羞，但還是上前端端正正地又給太后行了禮。

王太后問他年紀、愛好，都讀過什麼書了，武安都對答如流，還說起自己已經通讀過開蒙的那些書籍，但還沒開始讀《四書五經》那些。

王太后有心要給他做臉，但無奈她大字都不認識幾個，都考校不了武安，就看向身邊的一個女眷。

那是雲陽侯府的侯夫人，世家出身，據說是闔府上下就沒有一個白丁的書香門第。

雲陽侯夫人賣了王太后這個面子，開口從《增廣賢文》和《弟子規》中抽著問了兩段。

武安不僅立刻背誦出來，而且學到現在不只是會背了，連其中的意思都解釋得頭頭是道。

就他這個年紀，能學到這個程度，誰能相信他五、六歲才開蒙？世家大族裡兩、三歲就開蒙的孩子，學到現在也不過如此了。一時間，諸如「神童」、「天縱之才」等誇獎聲不絕於耳。

一旁的馮貴妃心中不屑，但礙著今日這樣的場合，也礙於現在英國公府又比昔日更進一步，她自然不敢說什麼。

就在這個當口，陸煦哇哇的大哭聲傳了進來。

馮貴妃立刻認出這是親兒子的哭聲，頓時變了臉色。

慈寧宮的宮人自然不會攔著陸煦，沒多會兒這小傢伙就邊哭邊跑進來了。

馮貴妃忙起身相迎。「我的兒，這時辰不是該在文華殿唸書嗎？怎麼哭著跑過來了？」

陸煦從文華殿一路跑到了這兒，其實早就沒有眼淚，只剩嗚哇假哭了。但被親娘問起，陸煦委屈上了，豆大的淚珠又滾了出來，指著自己的嘴說：「母妃，有人打我！」

「誰這麼大膽敢打你？你父皇給你們尋的那幾個先生嗎？」

陸煦搖頭說不是。「是陸烈打我！」

「烈王怎可如此……」馮貴妃氣惱無比，但在人前她也不敢說什麼，只是攬著陸煦哭了起來。

母子倆在慈寧宮裡哭作一團，看著好不可憐！

其他外命婦目睹了這樣一場熱鬧，雖沒跟著說些什麼摻和進來，但其實心裡已經不約而同在想，這皇長子到底是流落在外頭的，雖昨日都在傳他規矩、氣度十分好，但真有規矩的孩子會在這個時候打弟弟嗎？

王太后被他倆哭得頭大，忙問道：「你哥哥為什麼打你？」

陸煦抽抽噎噎地說：「我不知道，我和他說著話呢，他就突然動手了……」

馮貴妃趕緊添油加醋道：「唉，我的兒，他是哥哥，你是弟弟，長幼有序，他要打你，你就只能受著。只是你父皇都沒捨得動你一根手指呢，你怕是被嚇壞了吧？」

兩個都是孫子，手心手背都是肉，王太后本就不擅處理這種事，又被這母子倆哭得一個頭兩個大，就道：「好阿煦不哭啊，讓皇祖母看看你被打哪兒了？」

陸煦正要過去，馮貴妃卻把陸煦攬住了，搖頭道：「沒事沒事，一點小傷而已。」她越這樣惶恐，就越發顯得顧野這個初回宮廷的皇長子強勢嚇人。

周皇后便要幫著長子致歉。「小孩子玩鬧沒個準頭，本宮在這裡替阿烈——」

顧茵突然開口道：「可憐的殿下，從文華殿一路跑到慈寧宮來，這少說得跑兩刻鐘呢！可憐見的，小腿都跑疼了吧？」

這話一說，眾人頓時回過味來。是啊，這文華殿在前朝，距離養心殿最近，小皇子挨了打，不該是就近去養心殿找正元帝主持公道嗎？怎麼倒是一路跑到後宮來了？

陸煦聽到這話就道：「對啊，好累！我本來要去父皇那裡的，但是奶娘她們說——」後頭的話他沒說完，因為被他親娘馮貴妃一把捂住了嘴。

但聽到這裡，大家還有什麼不明白的呢？是奶娘和宮女教唆，讓陸煦跑到這裡告狀的！

至於為何要這樣，當然也很好理解。

前頭正元帝要先處理政務，而後再款待臣子，不像後宮女眷這邊，已經開始聚在一起說話了。這小孩子打鬧的事，就算是告到正元帝面前，他幾句話就能把事情壓下來；但告到王太后這邊，則能讓來赴宴的人都知道這件事，從而把事情鬧大。

馮貴妃立刻接口道：「孩子遇事委屈了，尋找親母本就尋常，妳何必揣度旁的？」

顧茵便說：「貴妃娘娘何出此言？臣婦什麼都沒說，只是心疼殿下罷了。」

馮貴妃本是想讓周皇后在人前給自己賠不是的，如今顧茵接口了，她是皇長子的養母，由她開口也是一樣的。馮貴妃便不去看周皇后了，只對顧茵道：「將軍夫人若真是心下歉然，不如直接幫著烈王致歉。畢竟只是小孩子玩鬧的事，致一聲歉，事情就算是過去了。」

「娘娘寬厚。」

馮貴妃的嘴角微微翹起，卻又聽她道──

「不過烈王的性情旁人不了解，臣婦卻是知道的。他雖流落在外，但自小就性情敦厚，絕不是無緣無故就會對弟弟動手的人。三殿下年紀小，或許解釋不清，不如把烈王殿下請過來，讓他解釋一遍。」

馮貴妃惱怒道：「妳也會說我們煦兒年紀小，他這個年紀的孩子本就淘氣，但不管說錯了什麼，烈王都不該對弟弟動手！咱們大人說幾句，揭過就算了，將軍夫人非要再把烈王請過來，這是不怕把事情鬧大？妳可別後悔！」

顧茵對自家崽子無比信任，自然不怕把話都說開。他雖然確實是野慣了的，但他交友那麼廣闊，卻從沒聽說和誰動手過的。今日既然動了手，肯定是事出有因，陸煦該打！

正在這時，外頭的太監唱道：「皇上駕到！」

正元帝率領著宮人過來了，顧野和馮鈺一左一右跟著。

殿內眾人紛紛起身行禮。

正元帝免了眾人的禮，坐到王太后身邊。

他既然過來了，這件事就正式鬧大，已不是三言兩語就能揭過去的。

馮貴妃心中歡喜，面上卻故作惶恐狀，戚戚然道：「孩子間的玩鬧罷了，怎麼就驚動陛下了？是臣妾管教無方，請陛下賜罪。」

正元帝先前確實在忙，後頭聽錢三思提起，說文華殿那邊鬧上了，他也沒當回事，當是小孩子玩鬧罷了。但是沒承想，他公務還沒處理完，又聽錢三思說陸煦哭著跑去慈寧宮了！

這下子他要是再不管，怕是來赴宴的外命婦都要知道大兒子剛恢復身分就對幼弟動手的事了。他才起駕不久，路上就遇到了顧野和馮鈺。

當時顧野打完陸煦就後悔了，倒不是後悔自己的舉動，而是看陸煦哭得那麼大聲，他以為自己沒控制好力道，真把陸煦打壞了。他和馮鈺後腳追出去，陸煦卻被奶娘和宮人簇擁著離開了。兩人都想著陸煦應是去找正元帝告狀，所以往養心殿那邊去尋，沒承想陸煦根本沒往那兒去。

正元帝臉色不大好，倒不是已經在心裡判定誰對誰錯，只是單純地覺得這種小得不能再小的事壞了這大好日子的氛圍，覺得掃興。

聽正元帝問起來，顧野就立刻請罪道：「確實是兒子對弟弟動手的，但兒子真沒花力氣，沒想到會把弟弟打哭了，請父皇責罰。」

顧野這麼輕易地就認下了，馮貴妃立即得意洋洋地看了顧茵一眼，轉而又變了臉，哭得梨花帶雨的。「大殿下不知，小孩子最是面嫩了，就算阿煦惹了你不快，你也不該打他的臉啊！先不說有沒有打疼，就算是宮裡的宮人，但凡得臉一些的，主子都不會動人的臉……」

所謂臉面臉面，打臉就等於是在折辱人了！

「就是、就是！」陸煦稚聲稚氣地跟著幫腔。「母妃平時打宮女也都不打她們的——」小陸煦的嘴又讓馮貴妃給捂上了。

顧野又是一迭連聲的致歉，邊說邊看了顧茵一眼。

顧茵會意，上前跪下道：「是臣婦這些年教養不力，還請陛下責罰！」說著又痛心道：「烈王殿下，您怎麼能打小殿下的臉呢？若他真有什麼不對，您該稟報陛下才是啊！」

顧野也一臉後悔地道：「您教訓得是！當時就是說話間提到了錢公公，聽阿煦說什麼……」說到這兒，顧野猛地止住。「總之是極刺耳的話，所以才動手拍了一下他的嘴。」

小陸煦被親娘捂嘴捂得難受，這時總算掙脫開來，得意地看著一直在請罪的顧野道：「是我說的怎麼了？太監就是閹狗！」

這話要擱前朝說，還真沒人會說什麼。

但新朝的太監可沒做過什麼壞事，尤其是大太監錢三思，人家那也是開國的功臣啊！

若他是個齊全人，雖不至於像武、馮兩家那樣封國公，但當個侯爵、伯爵總是可以的。

而且如果錢三思是前朝那樣其心不正的閹狗，如今正元帝還這般信重他，那正元帝成什麼人了？和前朝亡國小皇帝一樣的昏君？

正元帝登時變了臉色。

錢三思立刻以頭搶地。「都是奴才的不是！是奴才惹起的禍端！」

殿內其他太監見他這領頭的一跪，就也跟著跪下請罪。

一時間，殿內「熱鬧」非常。

正元帝親自把錢三思扶起，又喚顧野道：「烈王也起來。」

顧野皺著小臉，一臉自責地起了身。

最後正元帝閉了閉眼，忍下怒氣，笑道：「一點小事罷了。小孩子吵了嘴、動了手，讓諸位看笑話了。」說罷，他就帶著人回前頭去了。

陸煦不服氣地拉著馮貴妃的衣袖一通搖晃，嘟囔道：「父皇怎麼回事？就這樣算了？母妃、母妃……」

馮貴妃臉上的表情別提多精彩了。作為正元帝多年的枕邊人，她自然發現正元帝雖然面上不顯，實則是動了真怒了！她哪裡敢再說什麼？把陸煦的嘴再次捂著，乾笑道：「本宮本來就說沒什麼大事嘛，不提了、不提了！」

後頭藉著給陸煦請御醫的由頭，馮貴妃沒吃午宴，直接走了。

兩個皇子，一個雖然自小養在父母身邊，卻是口無遮攔，只知道一味哭鬧；一個雖然流落在外，對弟弟動了手，卻是事出有因，認錯的態度又落落大方，兩人頓時高下立現。

只要不是太傻的，看過這場熱鬧後，眾人心中就已經有了計較。

當天晚些時候，宴席散了。

顧野留了一留，將錢三思請到一邊，向他拱手致歉，開誠布公道：「三弟因為昨日的事，以為我欺負了他母妃，阿鈺便說起可以請公公做個見證，所以三弟才會那麼說話。但說到底，還是因為我，讓公公沒來由地挨了頓罵。」

其實不用烈王解釋什麼，這宮裡頭，消息最靈通的不是正元帝，也不是武青意，而是作為太監之首的錢三思。

文華殿同樣有宮人，早在陸煦剛哭起來的時候，錢三思就得到了消息。他本是可以早早地讓人把陸煦攔下，然後通知正元帝，結束這場鬧劇的。但他沒動，讓人給陸煦放了行，又特地晚了一會兒才稟報給正元帝。陸煦這個年紀，根本還沒什麼自己的想法，都是跟著大人學舌罷了，馮貴妃這些日子以來就是這般教陸煦的。

之前錢三思奉命擋著馮貴妃，不讓她隨意進出養心殿，馮貴妃私下不敢說正元帝什麼，就把錢三思罵得底兒掉。說他睚眥必報、心眼小也好，總之這是錢三思早就在等的機會。

要說有什麼意料之外的，大抵就是錢三思沒想到烈王會這般維護他，甚至在人前辯解的時候都不願意重複陸煦口中那極難聽的詞。若不是陸煦自己口無遮攔又說了一遍，怕是烈王真的要吃了這啞巴虧，壞了自己的名聲。

當然，其實若最後都沒人提，錢三思也會讓其他太監提起的。

但烈王這麼做，還是讓他心中熨貼無比。

所以錢三思立刻回禮道：「烈王殿下何出此言？奴才都說了，這是因為奴才才惹出來的事端。殿下聽奴才一句勸，奴才這樣的人何至於殿下維護至此呢？再有下回——」

「再有下回也是一樣的。」顧野接口道，又笑起來。「父皇說過的，您是好人。若不是遭遇了不測，如今您和我武叔他們都是一樣的。」

錢三思眼眶發熱，背過身去擦了擦，又道：「天色晚了，殿下快回去歇著吧。奴才讓人送送您。」

顧野「哎」了一聲，笑著對他揮揮手，跟著打燈籠的太監離開了。

第三十八章

顧野前腳剛走，後腳馮貴妃就過來了。

說來很尷尬，前頭親兒子才那麼不留情面地罵了錢三思，後頭她還得貼著熱臉請錢三思代為通傳。

好在錢三思並不為難她，態度也和從前一樣的恭敬。

「娘娘稍等片刻，陛下飲多了酒，剛喝了解酒湯，正在養神。」初春的夜裡風大凍人，看到馮貴妃穿得單薄，錢三思又道：「娘娘怎麼穿得如此單薄？若是傷了身體可不好！」又讓人去永和宮拿馮貴妃的披風來，再殷勤熱絡地請她到避風處，還讓人搬來了一把椅子。

馮貴妃一一受了，客氣地同他道謝，心中卻冷嗤道，到底是無根的東西，連男人都不算，前頭讓自家罵了，如今還得這般巴結！也算他知道審時度勢，明白自己有幾斤幾兩。

讓人好好招呼了馮貴妃後，錢三思才進了殿內。

正元帝閉著眼睛休息了一刻鐘，醒過來的時候見到錢三思正在輕手輕腳地給自己續茶。

「唉……」正元帝幽幽嘆了口氣。「三思，是朕管教無方，對不起你。」

錢三思忙道：「前頭烈王也是和陛下一般的說辭呢，可真是折煞奴才了！」

「那小子也和你致歉了？」正元帝的嘴角微微揚起。

「可不是嘛，烈王殿下說得您教誨，要善待功臣，並不因為奴才身體的殘缺而輕賤奴才。」

「他倒是記得住朕的話。」正元帝臉上的笑容漸濃。

「貴妃娘娘在外頭求見。」錢三思恭敬地稟報道：「更深露重，娘娘等候許久，想來是有要緊事。」

馮貴妃當然是來認錯的，正元帝心裡有數，想著她也不算太笨。「你啊！」正元帝看他一眼。「阿煦嘴裡的話都是跟她學的，你怎麼就不知道生氣呢？」

錢三思好脾氣地笑了笑。「小殿下年幼不懂事，把奴才當成前朝那樣的太監而已。再說了，奴才這樣的，被罵一罵實在不算什麼。陛下千萬別再為了奴才置氣，傷了一家人的和氣，那奴才心裡可真要過意不去了。」

錢三思這般知進退，一心想善待功臣的正元帝自然也得給他臉面。所以他沒讓馮貴妃進來，而是起身出去。他要在人前讓馮貴妃認個錯、低個頭，他再告誡馮貴妃兩句，這件事也就算過去了。

正元帝走到殿外，卻看殿前空無一人，而一旁廊下的擋風處，馮貴妃坐在一把墊了軟墊的酸枝木鏤雕龍紋小扶手靠背椅上，身上披著銀白底色翠紋斗篷，手裡還捧著個掐絲琺琅手爐，手邊矮桌上一水兒的蜜餞乾果、瓜子點心，還把一眾小太監使喚得團團轉！這叫來認錯的？

馮貴妃正怡然自得地享受著小太監的服侍，抬眼看到正元帝過來，她立刻起身相迎。

正元帝蹙起了眉，已經是不想再看她了，但既然過來了，正元帝還是想看在一雙兒女的面子上，給馮貴妃一個臺階。「這個時辰，貴妃怎麼過來了？」正元帝明知故問道。

馮貴妃張了張嘴，轉頭看到身邊有好些個小太監，好像都在聽她說話，這到嘴的話她就說不出了。「臣妾就是……就是……」馮貴妃「就是」了半晌，才憋出來了後半句。「就是來看望一下陛下，想和陛下說說話。」

正元帝終於沒了耐心，擺手道：「朕好得很，不勞貴妃費心了。時辰不早，妳早些回去歇著吧！」說罷他就轉身進了養心殿。

馮貴妃嬌怯怯地喚著「陛下」，抬腳就要跟。

錢三思擋到了她身前。「陛下明日還要早朝，貴妃娘娘請回吧。」態度依舊十分恭敬。

馮貴妃看著錢三思，隱隱覺得有哪裡不對勁，但一時間又說不上來。

正元帝親口說的讓她回去，馮貴妃不敢歪纏，本還想在門口再待一會兒，等正元帝回心轉意，轉頭卻發現小太監們不知道什麼時候已經把桌椅手爐那些都撤走了。

她在門口空站了好半晌，終究還是什麼都沒等到，只能敗興而回。

正元帝這日飲多了酒，歇下後睡得十分沈，不會再需要人服侍，值夜的活計不用錢三思來做。他點了兩個機靈的小太監值夜，就被其他小太監簇擁著到了耳房休息。

後頭錢三思的徒弟小路子打發了其他人，親自端來一盆熱水，服侍錢三思泡腳。雙腳浸到熱水裡，錢三思發出一聲舒服的喟嘆。

小路子一面給他師父捏肩，一面壓低了嗓音恨聲道：「那馮貴妃欺人太甚！前頭私下裡那樣編排師父不算，還把這話教給三殿下，今遭總算是讓她吃了個悶虧！但是……但是徒弟總有些擔心。」

小路子的擔心，錢三思都懂。

他們這樣的無根之人，仰仗的只有主子的信重。馮貴妃雖然也仰仗正元帝的寵愛，但立身之本，還是她孕育的兒女。

現在是開國之初，正元帝還念著開國功臣的情分，不會讓馮貴妃這麼糟踐他錢三思，但這情分隨著時間流逝，總有淡下去的一日，而馮貴妃的兒女卻會慢慢長成，到時候再對上，誰輸誰贏，一目了然。

最壞的結果，是三皇子陸煦繼承皇位，那到時候他們這些人就真要吃不完兜著走了！

錢三思笑了笑。「今日之前，你擔心的事或許會發生，但今日之後嘛……」他笑而不語。

小路子仍舊不解，還要接著再問。

錢三思推了他一把，道：「去，歇著去。明日警醒一些，好好服侍烈王殿下！」

烈王身邊現在只有侍衛，沒有宮女、太監之流，但他早晚是要有貼身宮人的。錢三思說了這話，就是準備把徒弟小路子推到烈王身邊服侍，這裡頭的意思……該懂的自然都懂。

小路子也是個機靈的，前後一連貫就明白過來了，當即笑著道：「徒弟一定辦好這差事，不辜負師父的信任！」

英國公府這邊，顧野回來的最晚，顧茵和王氏等人回來後都更衣洗漱，已經歇下了。顧茵在他屋裡等了好半晌，他才慢騰騰地過來了。顧茵看他面色發紅，再伸手一摸，果然小臉滾燙，便猜到他是喝酒了。這個時代沒有小孩子不能喝酒的說法，尤其今天這種場合，前朝和後宮的宴席上都準備了果釀，顧茵和王氏都吃了不少，武安也嚐了一杯。

「沒喝多少，就三小杯！」顧野豎起短短的三根手指比了比，然後就要往床榻上爬。

顧茵把他抱起來。「身上一股子味道，洗洗再睡。」

顧野就乖乖任由她抱到淨房。

自家這崽子無比的量淺，從前在寒山鎮辦的那次生辰宴上，有他的小友特地帶了果釀來，他一杯就倒了，今日喝了三杯，那醉意可想而知。

顧野被放到淨房裡後，自己寬衣，都沒想起來要把他娘趕出去。

丫鬟們提了熱水進來，往浴桶裡灌好了水後就退了出去。

顧野已經脫好了上衣，穿著條大棉布四角褲，歪歪斜斜地就要往裡爬。就這醉樣，顧茵自然不放心他自己洗。伸手幫他脫了褲子後，顧茵把他抱到浴桶裡，拿起澡巾將他從頭到腳洗了一遍。

顧野靠著浴桶直接睡著了，等到後頭洗好了，被顧茵用大布巾一裹，放到床上了，小傢伙才醒過來。

這時代的酒本就度數低，那果釀更是不醉人，小睡了一會兒後的顧野完全恢復了神志，登時就鬧了個大紅臉。

「娘怎偷偷幫我洗澡呢……」他一邊嘟囔，一邊接過顧茵遞過來的新褲衩，在布巾下頭套上。

顧茵見了好笑道：「看你回來的時候直打盹，我怕你把自己嗆著了，好心幫你洗，你還不滿意是吧？」

「就是不好意思嘛……」顧野在布巾下頭穿上了中衣、中褲，那紅得像個熟番茄似的臉才總算是恢復過來。

顧茵催著他快睡，但顧野睡過那麼一會兒後又睡不著了，母子倆乾脆說起話來。

「今天的事，我確實有些衝動了。」顧野認真地反思道：「我就是當時看他小小年紀，說話卻那麼難聽，所以下意識地伸手拍了他的嘴。就算後頭事情鬧大，驚動了皇帝爹，我都沒後悔。但沒想到，原來宮裡打人的嘴會牽涉到臉面的事……」說完他頓了頓，又道：「吃一塹長一智，下次我就知道了。再有這種事，我不能憑著在外頭的本能反應去應對。」

顧茵之前還想勸他來著，沒想到他自己早就都想好了。「宮裡的事情我幫不上你，只能靠你自己。謹慎小心些，總是好的。」顧茵輕輕摸著他的小腦袋道。

顧野立刻搖頭說：「怎麼沒幫上呢？我後頭都聽人說了，當時皇后娘都要幫我道歉了，是娘信任我，堅稱我不是那種沒事亂打人的性情。」

顧茵便笑起來。「你雖不是我生的，但養你這麼大，天天在我跟前，我能不知道你？」

顧野又道：「明早還要娘幫忙呢，上次那個肉夾饃，我還想吃。」

顧茵自然笑著應下，看他說著話又開始迷瞪眼了，就哄了他睡下。

等他睡著了，顧茵才輕手輕腳離開，卻沒有回房，而是去了廚房。

第二天一早，顧野起身，顧茵已經給他準備好了朝食，不只是肉夾饃，還有滷肉燒餅。饃饃和燒餅都是按著顧野的身量做的，格外小巧，一個就小孩巴掌大。雖然所用的食材大差不差，但是肉夾饃的饃饃是鬆軟的，吸足了滷肉的湯汁；而燒餅的餅皮則是烘烤得酥酥脆脆，咬下去還會掉渣，口感完全不同。兩樣吃食裡的肉都是提前半夜醃的，入味極了。

顧野在家時一樣吃了一個，其餘的他也沒浪費，都用油紙包起，揣在懷裡帶進了宮。

馮鈺比他到得還早，正在擺放桌上的筆墨紙硯。

顧野來了就道：「哪需要你做這些？你晨間吃過沒有？我帶了吃的來給你。」

馮鈺身為皇長子伴讀，在馮家的地位已經今非昔比，連秦氏都得對他客客氣氣的，自然沒人敢磋磨他。但是親娘不在身邊，下人雖然服侍得殷勤，但到底和葛珠兒還在府裡的時候不好相比。朝食他已經吃過了，但因為不合胃口，所以吃得並不多。況且這是顧野特地給他帶的，馮鈺自然回道：「正好有些餓了。殿下帶的是什麼？」

顧野把兩個油紙包拿出來，一包裡頭放肉夾饃，一包放滷肉燒餅，加起來一共四個。

吃食剛拿出來，小路子就拿來絞了溫水的帕子給兩人擦手，再讓人送來茶水，還拿出桌布把書桌蓋上，防止油污濺落在文房四寶上。

顧野笑著和他道了一聲謝，小路子忙道不敢。

馮鈺比顧野細心一些，早在顧野來之前，他就發現今天宮人的態度發生了一些變化。怎麼說呢，大概就是從前宮人也態度良好、恭敬有加，但總透著一股公事公辦的味道。今兒個則不同，妥貼殷勤，像現在這樣，都不用顧野張嘴，自有人上前來服侍。

這是個示好的信號，因是對顧野有利的，所以馮鈺發覺了也沒說什麼。

他們這邊剛鋪展開，陸煦就揉著眼睛過來了。

陸煦正是貪覺的年紀，因昨兒個覺得新鮮，所以才那麼順利地起了個大早。今兒個他沒了那新鮮勁，就起不來身了，還在永和宮哭鬧了一場，最後還是奶娘和宮女合力給他穿衣洗漱，再把他抱過來的。

進了文華殿後，小陸煦走到自己的桌子邊上，先對著顧野和馮鈺哼了一聲，而後開始搬動自己的小桌椅。

剛還殷勤服侍顧野和馮鈺吃喝的小路子等人，此時都站回了自己的位置，眼觀鼻、鼻觀心，全當沒看見陸煦折騰。

文華殿的桌椅都是按著孩子的身量做的，雖比一般的桌椅小巧，但也是實木製作，不是三歲半的陸煦這小胳膊小腿可以撼動的。

顧野便放下手裡的吃食，起身幫忙，馮鈺也跟上。

「你要搬去哪裡？」顧野問。

陸煦朝著旁邊努努嘴。「搬到離你們遠點的地方！」

顧野和馮鈺對視一眼，兩人一陣失笑，但還是幫著陸煦把桌椅挪開了幾尺。

挪好之後，三人都坐定。

顧野和馮鈺接著吃東西，陸煦則趴在桌上繼續補覺。

但是趴下沒多會兒，陸煦的肚子就響亮地叫了兩聲。起得太晚，他自然是沒吃早膳的，後來馮貴妃還讓人給他拿點奶饅饅吃，陸煦嫌麻煩就沒拿。他想著反正就在宮裡，餓了當然會有人拿東西給他吃，可是肚子已叫了好幾聲，殿內的其他人卻都好像沒聽到似的。聞著濃濃的肉香味，陸煦更餓了，深深地嗅聞兩下，咕咚咕咚地連嚥了好幾下口水。

顧野拿著沒動過的餅正要張嘴問，讓馮鈺攔下了。

馮鈺笑著開口道：「殿下帶的這饅饅和燒餅怎麼這樣好吃？這饅饅鬆軟，燒餅酥脆，最好吃的當然還是裡頭的滷肉，肥而不膩，咬下去滿口肉汁，真好吃，都把我吃撐了呢！」馮鈺是講究規矩的人家出來的，吃飯一點聲響都沒有，但為了配合自己的說辭，他還響亮地砸吧了兩下嘴。

顧野忍著笑接口道：「是很好吃，尤其是這肉夾饃，好像只有我這有，其他地方就是有銀錢還沒得買呢！前頭送給父皇和皇祖母過，都直誇呢！唉，就是今兒帶多了，還剩了兩份沒動，又這個時辰了，想來父皇他們都吃過早膳了。這麼好吃的東西，可惜啊可惜……」

陸煦已經不知道嚥下多少口水了，但口中還是道：「哼，騙小孩的！天底下最好吃的東西當然是宮裡的，怎麼可能會是外頭的吃食？我才不信！除非、除非……」

顧野和馮鈺又對視一眼，強忍著笑意問他除非什麼？

「除非讓我嚐嚐，我才相信！」

剩下兩個沒動的肉夾饃和滷肉燒餅，最終還是到了陸煦手裡。

因做得都十分小巧，向來飯來張口的陸煦沒要人餵，自己就拿著吃起來。

馮鈺那話雖然是故意說給他聽的，但其實並沒有摻假。

美味在舌尖炸開，陸煦吃得整張小臉都洋溢著幸福的笑容，很快就吃了個乾淨。

「也不怎麼樣嘛！」陸煦說著，忍不住打了個響亮的飽嗝。所謂死鴨子嘴硬，也就是這樣了。

顧野和馮鈺都忍不住笑了起來，陸煦也小臉一紅。

「這是誰做的？為啥說有錢買不著？」回味了一下那滋味，陸煦忍不住問道。

顧野就說：「是我養母親手做的。雖然自家酒樓也會賣，但其他人做的不如她做的好吃，所以是有錢都買不到。」

「她還給你做吃的?!」陸煦驚住了。

馮貴妃私下裡唸叨顧茵和王氏不只一、兩次了，當然沒什麼好話，都是罵她們的。好多話陸煦都不懂，只知道她們是壞人。壞人不是應該滿肚子算計，整天想著怎麼害人嗎？怎麼還會花功夫做吃食？

顧野不知道他心裡的想法，點頭道：「是啊！我養母廚藝非凡，酒樓的生意全靠她支撐，客似雲來，嚐過她手藝的就沒有說不好的。」

馮鈺也接口道：「那確實。一段時間沒去姨母的酒樓了，十分想念她的手藝呢！」

顧野聞弦歌而知雅意，知道馮鈺想去吃飯是假，想探望葛珠兒才是真。這本是兩人早就說好的，雖說有腰牌能通行無礙，但宮裡出入是瞞不過正元帝的，有了這由頭自然更好。

顧野就道：「好啊，反正中午有一個時辰午歇，我們快一點兒，吃完飯還能趕回來！」

話說到這裡，文大老爺和另一個先生過來上課了，閒聊的時間就到此為止。

上午的課程結束，送走兩位先生後，顧野和馮鈺正要收拾東西。

小路子立即上前道：「殿下時間緊，這些瑣碎事務讓奴才來就是。」說著還已經拿來了兩人的披風，殿門口也停著一抬轎輦。

顧野入宮到現在，出入都是靠兩條腿，看到轎輦遂奇怪道：「我可以坐這個嗎？」他怕壞了規矩。

小路子就解釋道：「從前是因為殿下尚未恢復身分，出入都得仔細些，如今殿下已是烈王。這輤輦後宮女眷都乘得，您怎麼乘不得呢？殿下放心，都是有手續的，是內務府給您做的。您看看那輤輦上，還掛著殿下的牌子呢！」

顧野出去一瞧，果然輤輦上掛著一個刻寫著「烈」字的玉牌。

既然是過了明路的東西，自然就可以放心乘坐了。

顧野這才點了頭，又和小路子道了聲謝，便招呼著馮鈺和他一起乘坐。

陸煦上著課就睡著了，文大老爺他們瞧在眼裡，提醒了他兩次，但剛把他喊起來，轉頭他又睡著了。皇子之尊，他們也不好用什麼過分的招數，既督促提醒過好幾次也沒用，就睜一隻眼、閉一隻眼，不管他了。

聽到殿外的說話聲，陸煦才揉著眼睛爬起來，邁著小短腿，吧嗒吧嗒跟了出來。「我也要去！」

顧野和馮鈺聞言都是一愣，兩人還沒弄明白怎麼他也要跟著去，又聽他扠著腰、奶聲奶氣地威脅起來──

「不讓我去的話我就哭！我很會哭的！」

他沒來由的哭鬧，正元帝肯定是不會怪在顧野和馮鈺頭上，但午歇的時間本就緊迫，若再費時解釋一場，時間自然就不夠了。

顧野皺起了眉，沒有一口回絕，只是道：「這轎輦坐不下了，下次再帶你去好不好？」

轎輦通常是一個人乘坐的，只是因為顧野和馮鈺年紀都小，才能挨在一起坐，但若再加個陸煦，那肯定是擠不下了。

陸煦就朝著小路子道：「那我的轎輦呢？你讓人把我的轎輦拿來，我坐我自己的！」

小路子陪著笑臉道：「殿下日常只在永和宮，乘坐的都是貴妃娘娘的轎輦。」

「那就讓人抬我母妃的轎輦來啊！」陸煦理所當然地道。

「這……這文華殿距離永和宮，來回得半個多時辰的腳程，且還得給貴妃娘娘回話，得到她的允許。」總之就是時間不夠。

陸煦頓時委屈壞了，眼睛紅紅地問道：「憑啥他的轎……轎輦就早早地在這兒等著了，我的就得費那麼多工夫？我不管、我不管！我就要去！」

小路子一邊說著「殿下恕罪」，一邊垂下頭腹誹道：烈王殿下的轎輦那是我聽說他們今天要出宮，特地去支使人提前取過來的！就你們永和宮私下裡罵太監一口一個「閹狗」的，還想要這待遇？想得美！

就這僵持的工夫，錢三思從養心殿過來了，笑著道：「陛下聽聞兩位殿下和馮小公子要出宮，就讓奴才過來傳話，說今兒個天好，殿下們和小公子唸了一上午的書都累了，下午就放半日的假。」

這話更是讓顧野和馮鈺覺得摸不著頭腦了。

「烈王殿下的帽子歪了，奴才斗膽給您正一正。」錢三思說著話，走近到顧野身前。他一邊給顧野扶正帽子，一邊輕聲解釋道：「昨兒個之後，陛下就讓人盯著這裡，不是有心人傳過去的。陛下期望看到烈王殿下和三殿下兄友弟恭呢，烈王殿下放寬心，好好玩就是。」幾句話說完，錢三思就從顧野身邊退開。

顧野在心裡把錢三思說的話想了一遍，也就明白過來了。所謂有心人，當然就是永和宮馮貴妃那邊的人。這事不是她從中使的什麼壞，而是正元帝經過昨天的事情後長了心眼，讓人時時匯報文華殿的情況，這才讓正元帝知道了。知道之後正元帝特地給他們放假，讓顧野帶著陸煦出宮，為的還是希望他們能培養兄弟感情。

顧野雖然煩陸煦這個小哭包，但卻記著顧茵說的，沒把馮貴妃做的那些事遷怪到他頭上。既然這是他皇帝爹的意思，顧野就先對錢三思道了一聲謝，而後招呼陸煦道：「走啊，你不是要去？」

陸煦剛還在抹眼淚呢，聽到這話立刻不哭了。看到馮鈺從轎輦上下來了，陸煦便指揮著小路子把自己抱上去。

顧野看一眼準備走路的馮鈺，也跟著下了來。

轎輦被太監穩穩當當地抬起，一行人往出宮的方向走去。

顧野和馮鈺兩個走在旁邊，正在咬耳朵。

顧野歉然道：「實在是我沒想周全，父皇默許他跟著去，我也不好不給他面子。」

陸昫要去，照顧他麻煩是一回事，另一回事則是這小傢伙會學舌，若讓他把今天的事情說給馮貴妃聽，馮貴妃知道馮鈺私下裡去見親娘，不知道又要如何。

馮鈺點頭說：「我都曉得的。沒事，反正還多了半日休沐。而且來日方長，不急在這一日。」

「那一會兒我就陪著他，你自己找機會去和珠兒姨母說話。」

兩人正商量著，坐在轎輦上頭的陸昫又不幹了，說他們肯定在說自己壞話，於是他又從轎輦上頭下來，非要跟著兩人一道走路。

最後小路子費心安排的轎輦還是被空置了，三個人走著出了宮。

陸昫人小腿短，是養尊處優養大的，走到宮門口就走不動了。所幸宮門口停著顧野的馬車，上了馬車他就躺下了。一路躺到食為天門口，陸昫緩過勁兒來了，不要侍衛抱，他自己跟在顧野和馮鈺後頭，踩著腳蹬麻溜地下了來。

顧野讓侍衛如往常一般隱匿身形，守在外頭，而後便帶著馮鈺和陸昫進了酒樓。

時值午市，酒樓的生意雖不如之前，卻還是人聲鼎沸，門庭若市。

周掌櫃正在招呼客人，見到顧野他們過來，便讓女堂倌去三樓雅舍請了顧茵下來。

「大中午的就往家跑，這是又嘴饞了？」顧茵笑著下樓，等看到馮鈺，她挑了挑眉，又笑道：「原是阿鈺來了，我倒是誤會了。」

顧野故作生氣地嘟囔道：「我回來就是嘴饞，看見阿鈺來了，娘就這般高興！這是怎麼的呢？只見新人笑，不聞舊人哭？」

顧茵抬手做勢要打他。「這是又從哪裡學來的渾話？」

顧野誇張地抱頭躲開。

顧茵笑著要讓人把葛珠兒喊下來。

顧野趕緊搶在她開口前道：「娘先不忙，今日不只我倆，還有個小尾巴呢！」他朝著自己後頭努努嘴。

顧茵一臉奇怪地看了看他身後，又看了看他。

顧野再回頭，發現自己身後空無一人！他又跑出店外，去尋小尾巴陸煦。

陸煦壓根兒就沒跟著進食為天，在門口就被賣各種吃食和玩意兒的小攤子吸引了注意力。

因為距離食為天不遠，還在侍衛們的保護範圍裡，而且食為天是顧野常出入的地方，附近的人早就經過仔細盤查，不用擔心攤販會對他們不利，所以沒人出來攔陸煦。

陸煦剛讓糖人攤的攤主給他畫了條大鯉魚。

這攤主的手藝確實不錯，在附近是小有名氣的，那鯉魚圓滾滾的很是討喜，每一片鱗片都勾勒得十分細緻。

陸煦看到顧野正在到處找人，接了鯉魚就要過去。

攤主立刻把他攔住，陪著小心地道：「小公子，您還沒付銀錢呢！」

「啥銀錢？」陸煦疑惑地歪了歪頭，然後又看旁邊其他人在攤子上買東西都會給東西作為交換，那東西是他沒見過的，他便隨手拿了腰上繫著的玉珮，對那攤主道：「我把這個給你行嗎？」陸煦還穿著宮裡的衣裳，那一身宮緞和金線圖案十分唬人。

攤主在京城見過不少達官貴人，已經透過衣著判斷出眼前這小公子身分高貴，所以他拿了糖人沒付銀錢就準備走人的時候，攤主攔人都得陪著小心。

而現在小公子解下的這玉珮更是不得了，那是一整塊羊脂玉雕成的，通體乳白，沒有一絲雜色。這樣一塊玉珮，別說一個糖人，都能買下一整條街的小攤子了！

攤主連連搖手說不敢，又道：「小公子沒帶銀錢就算了，這麼好的玉珮我可不敢收，這就算我請小公子吃的吧。」

陸煦舔著糖人，實在有些搞不明白這人為啥不要自己的玉珮？他這玉珮可比其他攤位的人給的那種東西看著漂亮多了呢！不過對方都說請他吃了，陸煦也沒再多問，蹦躂著跑到顧野旁邊。「你看！我的大鯉魚！」陸煦得意洋洋地當著顧野的面舔了好幾口。不過舔完幾口，陸煦就不想吃了，覺得這個糖人有點發苦，一點都沒有宮裡的糖好吃。他平常不要的東西都是塞給奶娘和宮女處理，現在身邊沒人，陸煦拿得手痠，隨手就要往地上扔。

顧野立刻把他攔住，臉上帶出了一點怒氣。「我們上午剛學的什麼，你是光顧著睡覺，一點都沒聽是吧？」

上午文大老爺剛給他們教了〈憫農〉詩的其一和其二。農是社會的根本，身為皇子，自然是要體恤百姓的不易。這個其實不用人教，顧野是在外頭長大的，自然能深刻體會。倒是陸煦，他生下來的時候，當時還是義王的正元帝已經勝券在握，所以這一課，其實是文大老爺他們精心為陸煦準備的。

「我沒光睡，都聽著呢！」陸煦爭辯著，還把兩首詩都背了一遍。

沒想到這小子還真聽課了，顧野的怒氣消下去了一些，又道：「你自己都會背『誰知盤中餐，粒粒皆辛苦』，這糖人就算不合你的口味，也不能就這麼扔了。」

陸煦更迷惑了。「這又不是啥『盤中餐』，又不是一粒粒的。」

顧野人也不大，讓他來教陸煦，他也說不明白。

正好顧茵出來了，聽到這話就笑道：「這個糖人，用的糖叫麥芽糖，是用米和麥芽經過糖化熬煮而成的。米和麥芽你應該知道，就是糧食。」

陸煦還是不怎麼懂，但人家解釋了這麼一堆，他再問下去會顯得自己傻乎乎的，就似懂非懂地道：「反正意思就是這個也是糧食，是先生說的要珍惜的東西對吧？」

到底是正元帝的孩子，這聰明勁還真是比一般孩子強不少。顧茵連連點頭，真心實意地誇讚道：「小殿下真聰明，就是這麼個道理。」

在去文華殿上課之前，正元帝就叮囑過陸煦要聽文大老爺等人的話，即便是馮貴妃，私下裡也叮囑過讓他不能違逆先生。所以陸煦又把糖人拿住了，沒再說要扔掉。

顧野又問他。「你哪裡來的糖人？你帶銀錢了？還是侍衛幫你給的？」

陸煦搖頭。「是那個人說請我吃的。」他指著不遠處賣糖人的攤主。

顧野過去替陸煦道了謝，又遞出了十幾文錢。

「少東家客氣了，五文錢就夠了。」攤主在食為天外頭擺攤了好一段時間，自然是認識顧野的，他只數出了五文錢，其餘的遞還給顧野。

陸煦還跟小尾巴似地跟在顧野後頭，拿了個銅錢到眼前反覆地看。「這就是銀錢啊？比我的玉珮還好嗎？」

攤主看他天真懵懂的模樣，便和藹地解釋道：「小公子的玉珮值好多好多這樣的銀錢，夠買成千上百個糖人了，所以我不敢要，並不是說小公子的玉珮不好。」

陸煦更不解了。「你給我一個糖人，我能給你價值成千上百個糖人的玉珮，多還不好嗎？」

「這個、這個……」攤主被他問住了，總不能直接說「我看你穿得富貴，出身一定顯赫，怕收了你的玉珮招來禍端」吧？

還是顧茵過來，輕聲細氣地同陸煦道：「有句話叫『君子愛財，取之有道』。通俗點說，就是幹多少活、出多少力，就吃多少飯。所以該是多少，就是多少。」

攤主聽到這話，笑得越發和氣了。「我可不敢稱什麼『君子』，顧娘子真是折煞我也。」

後頭陸煦又去了旁邊捏泥人的攤子逛。

看陸煦那稀奇勁兒，顧茵沒攔著，只過去和附近的攤主都打好了招呼，把陸煦的帳掛在自家酒樓下頭，到時候去找周掌櫃結銀錢就成。

等陸煦逛攤子的工夫，顧野蹙著眉頭和他娘道：「他煩人得很，小孩子難道都這樣煩人嗎？」

顧茵忍不住笑出了聲。「你下個月才過生辰，還不到七歲整，還一口一個地喊別人小孩子？」

顧野撓著頭笑了笑，又道：「那我小時候沒這麼煩人吧？又愛哭，又一直問。」

顧茵回憶了一下，就笑著說：「你是不怎麼哭，也不會問，但是……」但就是個撒手沒！以至於現在顧茵回想起剛收養顧野的那段時間，能想到的都是去外頭找他或者在家裡等他回來吃飯。

母子倆說著話，就見陸煦一手還拿著剛才的糖人，另一隻手拿著泥人，懷裡還揣著幾個油紙包，滿載而歸。

顧野看著就咋舌道：「你買這麼多東西，一會兒怎麼吃飯？」

陸煦早上吃了肉夾饃和滷肉燒餅，剛又在買其他東西的時候吃掉了鯉魚糖人的尾巴，已經不餓了，便搖頭道：「我不要吃飯，我還要玩！」

顧野把他帶出宮，等於是把這個燙手小山芋接到了手裡。
這要是換成別人家的孩子，說要和他一起玩，顧野能想出幾十種辦法和對方增進感情。偏陸煦雖是他弟弟，卻是馮貴妃生的，還是個小哭包，輕不得也重不得的。
顧茵就道：「我正好要去京郊，你們要不要跟我一道去？」
顧野奇怪地看了他娘一眼，意思是「怎還真帶他出去玩」？
顧茵抬頭朝著食為天三樓的方向，昂了昂下巴。
顧野立刻會意。把這陸煦支開，馮鈺才好和親娘安心會面不是？便接口道：「那正好，我也很久沒去外頭了。今兒個天氣確實不錯，正適合騎騎馬、放放紙鳶。」
陸煦的眼睛立刻亮了，不等他們再接著說下去，就走到馬車邊上催著出發。
顧茵喊了人出來接了陸煦身上的東西，又和周掌櫃交代了兩句，就帶著兩個孩子坐馬車離開。
隱在暗處的侍衛自然跟上。
太白街距離京郊有半個時辰左右的路程。
陸煦開頭還問表哥怎麼不去？顧野說馮鈺難得休假，只想休息給糊弄過去了。再後頭陸煦扒著車窗看沿街的熱鬧景象，看啥都覺得十分新鮮，也就顧不上去想馮鈺了。
初春的日頭暖融融地照在陸煦身上，沒多會兒他又泛起春睏，直接躺下睡著了。

顧野沒吃午飯，正吃著顧茵帶出來的小點心，見他睡著，便壓低了聲音問：「他睡著了，我們讓馬車兜幾個圈子，回頭就說已經去過了，是他自己睡著給錯過了，成不？」

顧茵低聲解釋道：「我出城是真有事情。再說了，他年紀雖小，看著也沒比你小時候笨，這麼糊弄他，他又哭怎麼辦？」

顧野說也是，遂沒再接著出主意。

顧茵並沒有離開主城太遠，她去的是水雲村，也就是衛三娘和大小孫氏居住的地方。

前頭王氏置辦田產時，就買下了一些水雲村的田地，顧茵這次過去，是代表王氏去和佃戶簽書契的，順帶也看看有沒有什麼新鮮東西可以收上來。

到了水雲村外頭，馬車剛停下，村長連同衛三娘和大小孫氏家的男人早就在等著相迎了。

顧茵下了馬車後見到他們，轉頭讓陸煦先在馬車上留一留，怕他被帶著傷殘的人嚇到。不過陸煦根本沒聽她的，搶在顧野前頭就踩著腳蹬蹦了下來。

看到這麼些人，陸煦一點都沒怯場，反而蹦躂到衛三娘家的男人面前，好奇地摸著他的木質輪椅。

男人沒了雙腿，從前在家裡進出都只能在地上匍匐，那木質輪椅還是顧茵想到他不方便，請人訂做好送來的。木料雖不算頂好，但這東西確實很實用，而且原理也很簡單，這樣就算時間久了，輪椅損耗了，衛三娘也能直接找人再做。

「你為啥坐這樣的椅子呢？為啥這椅子還帶兩個……馬車上那樣的東西？」陸煦還不知道這叫車軲轆，奶聲奶氣地和衛三娘家的詢問。

衛三娘家的也不見怪，先說自己的腿斷了，然後轉動輪椅的軲轆給他示範，說這樣自己就可以挪動了。

陸煦又接著問：「那你為啥沒腿了？」

「打仗打的。」顧野過來接口回答，眉頭蹙起，代替陸煦向對方致歉。

衛三娘家的連說不礙事。

顧野怕陸煦再說出冒犯人的話，就把他帶到一邊去玩了。

初春的田埂上已經不是荒蕪一片，許多農人都在田地裡忙活，秧苗種下去後，小青蛙和小田鼠也都出來了，顧野就捉了隻小青蛙給他玩。

顧茵看侍衛都在他們身邊，也就不再管他們，接著去做自己的事。

後頭她簽好了書契，又收了一些山貨，再回到村口，就看到陸煦拉著顧野，一個勁兒地問問題。

顧野人都快被他問傻了，從眼前的莊稼是啥？眼前的農人在做啥？啥時候這些莊稼能變成平常吃的那些飯食？一直解釋到青蛙是啥？田鼠又是個啥？

看到顧茵過來，顧野如蒙大赦，頭疼道：「娘的事情都辦妥了是不是？咱們快走吧！」

顧茵看著好笑，拿出帕子擦了擦他額頭的汗，結果陸煦見了，就也自來熟地跟在顧野後頭，探出自己的小腦袋，顧茵便幫他一道擦了汗。

這時，衛三娘家的男人送來了他剛回去紮的紙鳶。他方才聽陸煦提了一嘴，問顧野說，說好放紙鳶的，怎麼不給放？顧野解釋說這裡沒有賣紙鳶的，所以他便特地回去做了出來。

這紙鳶只是用了竹漿紙和竹篾做的，最簡單的四四方方的菱形款式，一點兒花樣也無，和京城鋪子裡賣的不能相提並論，但不論款式花樣，光是這份心意就讓人十分動容。

陸煦一看到紙鳶就眼睛發亮，扯扯顧野的袖子說：「銀錢、銀錢！」他還沒忘了今天新學的，拿人東西要給銀錢呢！然後不等顧野回答，他就小跑著去接紙鳶，還對衛三娘家的男人道：「這個掛在我哥帳上！」

眾人齊齊發笑。

衛三娘家的笑著道：「這是我隨便做的，小公子拿去玩就好，不要銀錢的！」

這下子陸煦得了紙鳶，自然是更捨不得走了，便點了個侍衛幫他放起來。

村長就請了顧茵和顧野去田邊的涼棚坐下。

那涼棚雖小，但也有板凳、矮桌，比乾站著強不少。

顧茵便和他們寒暄了一番，問他們如今生活境況如何。

村長回道：「託陛下的福，給傷兵分了田地，等於給了我們一個飯碗。如今又有夫人這樣的善人，買下田地後租子比別人要的少，只要不是懶到家的懶漢，都不會缺了一口飯吃！」

顧茵忙道村長客氣。「不過是減了兩成租子，舉手之勞罷了。」英國公府現在還真不靠這點田地租子吃飯，置辦這些產業純粹是王氏覺得銀錢在家放著也是放著，拿出來物盡其用罷了。

「對夫人不值一提的小事，說不定就能救我們這樣農人的命呢！」村長起身行禮。

顧茵真是有些不習慣這麼謝來謝去的，而且她雖減了租子，但收東西的時候，對方感念她的大方，給得足斤足兩不算，還往裡加各種添頭，並且主動說下次再有好東西也都給她留著。其實是互惠互利的事，並不是她單方面的施恩。

她移開眼，恰好看到田邊長著一些長橢圓形的低矮野菜，顧茵認出這是塔菜，也叫菊花菜，風味很是獨特，用來做菜飯最好不過。

村長注意到她的目光，當即就說：「夫人可是覺得這野菜新鮮？老朽這就讓人替夫人裝一些回去。」

村長也是退下來的傷兵，且看著年紀比武重還大，而其他人也都身帶殘疾，顧茵哪裡好意思讓他們為自己的一時興起而忙活？便忙說不用。

顧野就起身道：「我去幫娘挖！」然後抄起涼棚裡的鋤頭和籃子就過去了。

顧茵跟過去要一起幫忙。

顧野就道：「娘和我說怎麼挖就成，別再沾手了。」

顧茵便提點了兩句。

旁邊的陸煦放了一會兒紙鳶已經覺得無趣了，看到顧野下地，便把紙鳶往侍衛手裡一塞，也跟著過去。過去的時候，陸煦十分小心，生怕自己踩到莊稼——這半晌午的，他是親眼看到農人如何辛苦勞作的，所以生怕自己壞了別人的勞動成果。他是真的有在聽先生講課呢！要珍惜糧食！

顧茵和顧野都注意到了他那小心翼翼的小碎步，不約而同地笑起來。

陸煦過來後就說要跟著一道挖，顧野也沒再趕他，把顧茵剛教的又說了一遍給他聽。

沒多會兒，一大一小兩個孩子就挖出了一整筐塔菜，當然，主要是顧野挖的。陸煦剛挖沒多久，就被泥裡的蚯蚓吸引了注意力，光顧著玩蚯蚓了。

兩人身上都染了泥，成了小泥猴。

顧茵好笑地幫他們撣了撣土、擦了擦臉，讓他們先去馬車上休息。

後頭侍衛幫忙進村搬山貨，顧茵要付塔菜的銀錢，村長他們卻說什麼都不肯收，說這東西村子裡不少，平常大家都是隨便挖著吃的，於是顧茵也就沒再勉強。

黃昏之前，顧茵帶著顧野和陸煦回到了食為天。

馮鈺和葛珠兒待了一下午，看到泥猴似的兩人，忍不住噗哧笑出了聲。

顧野佯裝惱怒地道：「還好意思笑呢！要不是為了……」要不是為了馮鈺，他早就想辦法撇開這個小哭包了！

馮鈺心領神會，忙憋著笑和他拱手致謝。

時辰不早，照理說就到了該把孩子們送回家的時辰，但陸煦直喊肚子餓，想到他出宮後確實沒吃正餐，又正好收了一筐塔菜，顧茵就說給他們做菜飯吃。

三個孩子都跟著顧茵進了後廚。

新鮮的塔菜去掉根部和老葉之後，洗淨切碎，然後下油鍋翻炒至變軟。之後顧茵把鹹肉切成小粒，再把肉粒、塔菜碎和大米一起放進鍋裡燜著。等到飯燜好，一揭鍋，那清爽的香味就撲面而來。

連馮鈺這個下午在食為天吃了不少新鮮東西的，都忍不住嚥了嚥口水，顧野和陸煦就更別提了，肚子都咕嚕嚕地叫了起來。

顧茵一人給他們盛了一碗，然後在他們的碗裡一人放一勺豬油，讓他們自己用勺子拌著吃。這菜飯雖然步驟簡單，但塔菜清爽，鹹肉噴香，有葷有素，鹹鮮軟糯，再把香噴噴的豬油一拌，好吃得簡直讓人想把舌頭一併吞了！

三人都沒顧得上端出去，直接在後廚找了小板凳、小桌子，坐在一處就吃起來。

很快地，馮鈺和顧野先吃完了，他們不用人幫忙，自己就去鍋臺邊上添飯。

陸煦也吃完了，看到他們這樣，立刻也要跟過去添飯。

顧茵把他攔住，摸著他發硬的肚子說：「你不能再吃了，你已經飽了對不對？」

這要是在宮裡，陸煦還想吃東西的時候被人攔著，那肯定要鬧！

顧茵又輕聲解釋道：「吃撐了回頭要肚子痛喔！」

陸煦皺著小臉一想，自己好像真的肚子痛過。

顧茵便收了他的小碗。「這東西其實很簡單，在宮裡也能做，我把食材都給你帶回去，你要是想吃就讓人給你做。」

陸煦這才歇了哭鬧的心思，笑著點了點頭。

看到顧野和馮鈺還在盛飯，旁邊並沒有其他人，陸煦便拉拉顧茵的袖子，讓她附耳過來，然後輕聲問她。「我看妳挺好的呀，為啥我母妃說妳是壞人？」

陸煦和顧茵待了一整個下午，顧茵對他一直十分和氣，還做飯給他吃，而且水雲村的人也都說她是好人，這個疑問陸煦已經藏了一下午了。

顧茵失笑，這小傢伙還真是半點都藏不住話呢！顧茵並不是一味糊弄孩子的家長，但艱深的話現下說給陸煦聽，他也聽不懂，所以她想了想，就簡單地解釋道：「像你哥今天帶的那兩樣吃食，肉夾饃和滷肉燒餅，雖然東西差不多，但卻是截然不同的。你不能因為它們的不同，就說一種好，另一種不好，對不對？人也是這樣，雖都是人，但也有不同。」

陸煦似懂非懂地點點頭。

顧野端著飯碗再過來的時候，正好就聽到陸煦和他娘說——

「那妳是肉夾饃。」

「你娘才是肉夾饃呢！」顧野想也不想地就回道。

陸煦認真地搖搖頭，接口說不是。「我娘是燒餅。」

顧野聽得一頭霧水。

顧茵趕緊解釋道：「小野別急，小殿下不是在罵人。」然後她又把方才的話複述給顧野聽。

顧野哭笑不得地看了一眼陸煦，總算沒有和他接著吵嘴。

後頭顧茵讓人把塔菜和鹹肉都裝好，讓陸煦帶回宮裡。

陸煦真的喜歡吃這菜飯，還出聲提醒道：「還有那個白白的，妳忘了給我裝啦！」

顧茵指著灶臺上的罐子問：「你說的是豬油嗎？」

陸煦又是一連串的點頭。

宮裡怎麼可能會缺豬油呢？顧茵好笑，但還是照著他說的，給他裝了一小罐子。其他東西都好放，就是裝豬油的罐子是瓷器，需要輕拿輕放，陸煦就不讓人碰這個罐子，自己捧在手裡。

馮鈺讓顧野別送了，他負責把陸煦送回宮，自己再回魯國公府去。

陸煦抱著罐子上了馬車，馬車正要駛動時，他突然想到了什麼，連忙從車窗內探出個腦袋來喊：「銀錢！我還沒給銀錢！」說著他又伸手解玉珮，遞給站在外頭相送的顧茵。

顧茵自然不肯收。「只是一點吃食罷了，不值一提的東西，小殿下不必這般客氣。」

馬車裡還塞著早上他在附近攤子上買來的東西呢，陸煦是真有些不好意思，遂搔頭道：

「那我下次把銀錢給我哥，讓他帶給妳。」

顧茵忍不住又翹了翹嘴角，點頭說好。

顧野一開始還不怎耐煩帶著這陸煦的，但是一個下午下來，這小哭包不僅沒哭，還一口一個「我哥」的，他不由自主地就生出了一種當哥哥的感覺，對著陸煦也就越發包容了。

「你回去後記得去給父皇回個話。還有，帶了這麼些東西，也可以送一點給他。」叮囑完他，顧野又和馮鈺道了別，目送馬車遠去。

陸煦回到宮裡的時候，他的奶娘和宮女都守在宮門旁。

中午晌，正元帝放幾個孩子出宮一事並沒和馮貴妃商量。馮貴妃從前在宮中頗有臉面，也算是消息靈通，但自從顧野恢復身分的大典之後，以錢三思為首的宮人就自覺地站了邊——就算是沒站邊的宮人，也不會摻和進這渾水，再主動去永和宮賣好。因此馮貴妃是一直到晚膳的時候，等不到陸煦回去，使人過來問了，才知道陸煦跟著顧野出宮了！這可把馮貴妃擔心壞了！雖有她娘家姪子馮鈺作陪，但馮鈺眼下明顯就是顧野的人了。

前頭馮貴妃私下裡還嘲笑過周皇后年紀大，若是病秧子陸照沒了，周皇后也不能再有孕了。但其實她自己的年紀也不小了，若陸煦有個閃失，後果也是不能設想的。然而她再憂心也無用，至多只能讓奶娘和宮女在宮門內等著。

見到陸煦完完整整地回來，奶娘和宮女立刻把他團團圍住。

奶娘還抹淚道：「小殿下總算回來了，可把娘娘和奴婢們擔心壞了！」說著她們就要簇擁著陸煦回永和宮。

陸煦想到了顧野的話，他從帶回來的東西裡拿出那個糖人，然後讓侍衛把其餘的東西遞給奶娘她們，說：「妳們先幫我把東西拿回去，我還要去和父皇回話。」

他要去面見正元帝，奶娘等人自然不敢阻攔，就先依他所說，把他從宮外帶回來的東西拿了回去，給馮貴妃覆命。

正元帝還在處理公務，聽說陸煦回來了，還知道過來回話，便讓錢三思把他放了進來，和藹地笑道：「我們小阿煦真是長大了，規矩禮數都越發齊全了。」

陸煦被誇獎以後，自豪地挺了挺小胸脯。不過他也沒邀功，老實地道：「其實是大哥教我這麼做的！」

聽到他這麼說，正元帝臉上的笑容越發濃重，招手讓他上前。「和父皇說說，下午晌和你大哥相處得如何？」

陸煦就乖乖坐到他身邊，從去食為天買糖人開始說起，一直說到他跟著去城郊的村子上放紙鳶、挖蚯蚓。

「大哥的養母做飯真好吃。」陸煦一邊舔著手裡的糖人、一邊回味道：「我吃了好大一碗，看到大哥和表哥要添第二碗，也還想吃，但她摸著我的小肚子，說我已經吃飽了，再吃要肚子痛……我把那個菜飯的材料都帶回來啦，到時候和父皇一起吃！」

正元帝笑呵呵地直點頭。

陸煦被他鼓勵著，話匣子打開了，又接著說了好多的話。今天他和侍衛去旁邊放紙鳶的時候，他看到有一對兄弟在幫著家裡幹活，那對兄弟其實沒比顧野和他大多少，但幹起活來可熟練了。後頭那個弟弟看到他放紙鳶，就把手裡的活計放了，想來和他一道玩，他哥哥看見了，就過來打他的屁股。那和自己差不多大的弟弟因為家裡人沒空照顧，所以還穿著開襠褲，他哥哥一巴掌下去，發出「啪」的一聲脆響，陸煦聽了都替他疼得慌。

不過那弟弟依舊笑嘻嘻的，後頭和他哥哥歪纏了一會兒，還真過來和陸煦一道玩了會兒。陸煦問他「你哥怎麼這樣打你，你爹娘不管嗎」，那孩子聽了這話，反應了一會兒才說「哥哥打弟弟，那有啥？若和爹娘說了，爹娘打得更厲害呢」，陸煦聽完都驚呆了。

「原來哥哥打弟弟是正常的，我前頭還哭鬧，覺得父皇不給我作主是不疼愛我了。」陸煦紅著臉道歉。「和那個哥哥比起來，大哥那天根本沒花力氣打我。」

陸煦雖然驕縱，但本性並不壞，起碼眼下是如此。不然前頭在正元帝找回大兒子之前，最疼愛的不會是他。

正元帝便耐著性子跟他解釋，說長兄如父，哥哥教訓弟弟是很正常的事。當然了，那肯定是有弟弟做的不對的地方，哥哥才會那樣。

父子倆聊了好久的話，直到陸煦犯睏了，該回去休息了。

離開的時候，陸煦一邊揉眼睛、一邊道：「對了，大哥還讓我分禮物給父皇呢！我給父皇帶了這個……」他伸出另一隻手遞出，然而他帶過來的那個缺了尾巴的鯉魚糖人已經消失不見，都讓他說話的時候舔完了，只剩一根光禿桿子了！陸煦的小臉倏地一紅。

正元帝哈哈大笑，說收到他的心意了，快回去睡覺吧，第二日還要起早去文華殿讀書呢！

陸煦這才告退。

出了養心殿以後，陸煦被奶娘抱回去，心裡不禁想到，自己前頭聽了母妃的話，說錢三思他們是閹狗，結果父皇明顯不高興了；但是今天他聽了大哥的話，父皇就一直很高興。是不是母妃說的不如大哥說的對呢？兀自出著神，陸煦回到了永和宮。

他正要和馮貴妃接著絮叨一下白日裡發生的事，卻看見馮貴妃正臉色不豫地問大宮女。

「那些個下賤玩意兒都處理了？」

大宮女答話道：「都依娘娘所說，扔進火堆了。只那罐子豬油不好燒，讓奴婢直接扔了。」

馮貴妃的臉色這才和緩了一些。她讓人處理的，自然都是陸煦從宮外帶回來的東西。要擱平時，陸煦特地帶回來的，馮貴妃還不會為一點宮外的東西置氣。但壞就壞在，那豬油瓷罐子上刻著食為天的標記，十分的顯眼，讓人想不發現都難。對家送來的東西，馮貴妃當然看著刺眼，所以直接讓人通通處理掉了。

陸煦把她們的對話聽到耳朵裡，小臉上立刻沒了笑容，從奶娘懷裡掙扎著下了地，跑到馮貴妃面前，氣沖沖地質問道：「我的菜呢？我的豬油呢？」

馮貴妃為他擔心了一整日，還因為食為天的東西發了頓脾氣，此刻正是氣不順的時候，因此對著親兒子也沒個好臉，當即就道：「母妃都讓人扔了！都是些下賤東西，你金尊玉貴的，哪能去碰那些？」

陸煦不敢置信地看著她，大聲反駁道：「母妃讓我聽先生的話，先生教我『誰知盤中餐，粒粒皆辛苦』，母妃做的和說的不一樣！」

當著一眾宮人的面，被親兒子這麼頂撞，馮貴妃面上十分的掛不住，當即拍著桌子呵斥道：「大人的事你不懂！」

陸煦委屈壞了，他現在總算知道為啥要珍惜糧食了，像今天那塔菜，他也是出了力拔的，現在知道都沒了，真是難受死了！他一屁股坐在地上，蹬著兩條小腿兒哇哇大哭，一邊哭一邊還罵她。「妳就是騙人！嗚嗚嗚……肉夾饃是好的，燒餅是壞的！」

馮貴妃聽不明白他在說什麼，越發氣惱了。「出去半日就滿嘴渾話，都是從哪裡學來的？」

陸煦哭得上氣不接下氣，根本沒工夫回她的話。

母子倆這邊正鬧著時，錢三思過來了。

錢三思是來替正元帝傳話的。雖說前頭正元帝惱了馮貴妃，冷落了她，但因為陸煦今日表現好，正元帝看在小兒子的面子上，還是準備給她些面子，讓錢三思送了些小玩意兒過來。沒承想，正撞上母子兩人鬧起來，陸煦哭得都快背過氣去了。

「可憐見的，小殿下怎麼坐在地上？」錢三思連忙去扶。

擱幾天前，陸煦聽了馮貴妃的話，看不上錢三思這樣的太監，肯定不要錢三思扶。但今天晚上他就這件事和正元帝開誠布公地聊過了，正元帝對他解釋了錢三思是功臣、是好人，不能那麼說錢三思，所以那時顧野才會拍他的嘴，而正元帝也才會不幫他出頭。

因此眼下的陸煦就拉著錢三思的手起了身，抽抽搭搭地訴起了委屈。「母妃扔我的東西，她欺負人，還罵我……」

這話雖是和錢三思說的，但錢三思是代表正元帝過來的，等於就是在向正元帝告狀。

當著錢三思的面，馮貴妃也不好哄人，只能尷尬地道：「那些東西來路不明，本宮只是照著規矩做事而已。」

錢三思心道，只怕照規矩是假，為了下午的事置氣才是真！不過他面上不顯，皮笑肉不笑地道：「娘娘說的是。不過三殿下這麼哭鬧也不是個事，不如由奴才把小殿下帶回養心殿，再傳御醫給他看看吧？」

馮貴妃雖不願，但既已讓錢三思知道，這件事肯定是瞞不過正元帝了。而且總不能說不許兒子去和親爹待在一起吧？所以她也只能硬著頭皮應下。

轉頭又回到養心殿，陸煦折騰了一下午加一晚上，沒說多大一通話就睡著了。

正元帝和顏悅色地哄了他睡下後，轉頭臉又沈了下來。

從前他忙著打天下，登基後又忙著處理繁雜手生的事務，對後宮的事干預甚少。沒承想這一放手，好好的一個孩子都快讓馮貴妃給養歪了！

他當初會選中馮貴妃，當然也有馮貴妃姿容出色的緣故，但最主要的，還是因為馮貴妃有個戰功赫赫的兄長，同時腦子也不太聰明。

他可以容忍後宮裡有個愚蠢的貴妃，卻絕對不允許自己有個那般愚蠢的兒子！所幸，發現得及時，陸煦才三歲，現在還是個天真懵懂、本性純良的孩子，想掰過來不算晚。

正元帝就讓錢三思找出了之前便讓人準備好的一張圖紙，那是文華殿東北一帶，擷芳殿附近，前朝時皇子居住的地方。

錢三思立刻會意，正元帝這是要把陸煦從永和宮裡挪出來了呢！他恰到好處地提道：「烈王殿下雖在外頭有了王府，但在宮裡總也得有個落腳的地方。」

正元帝一想，還真是。於是御筆一揮，又寫了新的批註。

第三十九章

二月上旬，食為天的四、五樓一起開放。

話劇的首場，一共就幾十張票，顧茵沒對外發售，都是隨帖子送到三樓雅舍的女客手裡。

說起這做話劇，一來當然是因為小鳳哥的嗓子暫時只能如常說話，不能再唱戲，且後頭還要倒倉，於梨園行當上前途未卜；二來嘛，其實顧茵也存著私心，想給自己找點樂子，畢竟她到現在還欣賞不了傳統戲曲。

雅舍的女客們早就聽說她要弄新戲種，早早地就私下裡約起人來，想著給她撐場子。

而位置最好的兩張票，顧茵留給了自己和王氏。

王氏當然是極其喜歡這種熱鬧的，笑著接了票，但轉頭就把武青意喊到一邊，把票遞到他手裡，口中道：「這幾日就是會試的時間了，你許嬸子沒心思出來玩樂，我就想著等青川考完後，再和你許嬸子一起去看。」

武青意立刻會意地接過。「那就謝謝娘了。」

王氏又斜眼看他，眼神裡滿是威脅的意味。這要是再不成，她可要不認這兒子了！

武青意被她看得心虛，後頭就傳來小廝，讓他去街上搜羅一些話本子回來。

小廝跟著武青意已經有些日子了，自認主僕倆心意相通，不等他說具體方向，當天就買回來了好些。

武青意看著他買回來的那些《七俠五義》、《錯斬崔寧》之類的話本子，久久沒有言語。

他在人前素來持重，不苟言笑，小廝沒發覺他面色不對勁，還擦著汗水表功道：「將軍不知道，如今那些個書局裡，賣的都是些情情愛愛的話本子，小的跑了好多地方，這才搜集了這麼些呢！」

武青意前頭和顧茵說過想放權，那是真放權。禁軍統領和京城守備，兩個都是香餑餑，而且都是正元帝親自遞到他手裡的。正元帝喜歡純直之人，那他就純直到底，是以武青意沒有自作主張，而是直接把自己的想法稟明正元帝。果然，正元帝雖然說他想太多，差事幹得好好的為什麼要讓給別人，但還是允了他的請求，收回了禁軍的管理權，拿在了自己手裡。

如今武青意只需要時不時去京郊軍營應個卯、點點兵，操練一番，其他時間都可以自由支配，比從前不知道清閒了多少。小廝不知就裡，還當他是閒得發慌，心裡有落差，所以才搜羅來那麼些灑熱血的話本子，要給他消遣解悶。

最後武青意沒說他什麼，揮揮手讓他下去了。

後頭他自己一個人出了府，像做賊似地找了間離家遠遠的書局，重新買過。

話劇首演這日，顧茵一大早就去了食為天。

她去了沒多久，後腳文大太太、文二太太和陸夫人等人都先後到了。因顧茵和她們說，看話劇是和看戲一樣的消遣娛樂，所以女客們都不只自己來了，還拖家帶口，因此，這些票自然是不夠分的。不過好在下午還有一場，其他人也能分到票。

一眾女客現在來食為天跟回家似的，她們到得比開場的時間還早小半個時辰，是特地過來吃朝食的。她們進了酒樓，見到熟人，互相打著招呼就往雅舍或者後院的按摩部去了。

留下的文大老爺等男客則被顧茵請去了四樓的候場區。

一行男客被周掌櫃引著上樓，經過三樓的時候都忍不住刻意放慢腳步，就想看看這輕食雅舍到底有多了不得，竟把自家夫人勾得不著家，幾天不來就魂不守舍！可惜三樓擺了個巨大的屏風，跟一般宅子裡的影壁差不多大，只在兩頭留出進人的位置，而那只容一人通過的位置上還掛了珠簾，且還有女堂倌擋著，所以他們根本啥都瞧不見，只能隱隱聽到裡頭的琴音和談笑說話聲。

上到了四樓，樓梯旁就是售票和驗票的大吧檯。

再往裡去，則是一個個窗口式樣的地方，出售各種截然不同的吃食。

當然留空最多的，是供客人休息的木製桌椅。

文大老爺等人都被窗口賣的吃食吸引了注意力，紛紛過去瞧。

只見有的窗口賣著各色甜點飲品；有的窗口賣烤麵筋、烤玉米等烤物；還有的窗口則是炸物，賣炸雞塊和各種炸串。總之各色小吃，一應俱全。

周掌櫃解釋道：「諸位客官放心，我們這小窗口裡還設了隔間和煙道，煙塵都是往外排的，肯定不會煩擾到諸位。」

至於還有幾個空置的窗口，周掌櫃則說那是顧茵準備的特色窗口，到時候會請其他地方的廚子過來，在這裡做些有家鄉特色的東西。

這些小吃不怎麼占肚子，但是消磨時間的時候吃一吃最好不過。而且這些東西都是半成品，不需要廚子有多高超的廚藝，只要是涉獵過廚藝的，專項訓練一段時間，就能做得又快又好，不用像一、二樓那樣，點東西都需要等待。

文大老爺等人都是陪著自家夫人來捧場的，自然都慷慨解囊，按自己的口味買了不少小吃。只文二老爺這鐵公雞，跟著轉悠過一圈後，連錢袋子都沒打開。

開玩笑，他夫人隔三差五就會過來雅舍，一趟就花出去十幾兩銀子，他要是也跟著不知儉省，金山銀山都不夠花的！他空著手坐到了文大老爺身邊，聞著那炸雞的香味，嚥了嚥口水。

文大老爺被他看得都不好意思了，尤其當場還有好些外人，不知道的人還當他們文家多苛待老二呢！說良心話，文二老爺真不至於這樣！如今他在戶部任職，雖品級不高，但那可真是個大肥缺，每年光正元帝默許的冰敬、炭敬都能拿好幾百兩，還不提他本來的俸祿，和前頭奉旨討債後正元帝賜給他的幾千兩賞銀。

可以說，文二老爺現在的身家可比文大老爺這個當哥哥的豐厚多了。

在外人的面前，文大老爺也不好勸他什麼，而且銀錢方面，就算勸了，文二老爺也不會聽，所以文大老爺只能把裝著小吃的盤子往他面前推了推。

「大哥怎這般客氣！」文二老爺樂呵呵地搓搓手，拿了一串炸雞塊吃了起來。

這雞塊是顧茵照著後世雞米花的模樣做的，表皮金黃酥脆，但裡頭鮮嫩多汁，還可以根據自己的口味搭配番茄醬或者甜辣醬。

文二老爺邊吃邊感嘆道：「顧娘子的手藝是真沒話說！」

三下五除二，文二老爺不多時就把文大老爺買的小吃一掃而空。

文大老爺都懶得說他什麼了。

後頭到了話劇開演的時間，女客們都上了來，眾人便一起去了五樓。

五樓正中間是一個比其他地方高了數尺的半圓形舞臺，拉上厚厚的帷幕。

而舞臺下頭，自然就是眾人的座位。

座位是和三樓一樣的沙發椅，只是沒用那種清淺的色調，換成了更耐髒的茶色。每張椅子都寬寬鬆鬆地擺著，每張沙發旁邊還配了一張小巧的、剛夠放點茶水和果盤的桌子。

沙發椅上都寫著編號，正好和眾人手上的戲票對應著。

眾人坐下後，就有場工推著屏風過來。

那屏風比一般的小一些，底部裝了木質滾輪，十分方便移動。

場工們按著眾人的關係，撤下幾張小桌，插入屏風。

這樣也算是給了一個小小的私密空間，不用擔心被人窺探。

顧茵後腳也過來了，她找到自己的位子坐下，輕拍兩下手，場工便把雙層的窗簾放下，室內立刻比外頭昏暗了數倍。

終於，帷幕緩緩拉開，大熙朝第一場前無古人的話劇正式開演！

就在這個時候，一個高大的身影坐到了顧茵身旁。

「抱歉，我來晚了。」武青意低沈渾厚的嗓音在顧茵耳邊響起。

顧茵沒想到武青意會來，但轉念一想，也就明白過來是王氏安排的。

武青意在她身邊坐定，高大的身軀窩陷入沙發椅內，兩條長腿收攏在一處，看著竟有幾分大狗狗似的乖巧。

「娘也是，」顧茵壓低了聲音，好笑地道：「若想你來，直接再勻一張票給你就是，何必把自己的讓給你？」

武青意笑著沒吱聲。初場的票難得，若是後頭加的，豈不是他就不能和顧茵待在一處了？

此時的舞臺上，帷幕完全拉開後，一個破舊的茅草屋場景內，惡婆婆惡聲惡氣的聲音從屋內傳出，罵罵咧咧地讓媳婦去溪邊浣衣。

楚曼容一襲荊釵布裙的打扮，捧著個大大的木盆上了場。

她怯怯地和屋裡回話，說外頭天氣實在凍人，詢問婆婆可不可以在家用熱水？屋內的婆婆聲音越發大聲，說家裡沒有柴火了，且攏共就一個男人，也就是她的兒子，正在用功讀書呢，難道這大冷天的讓他來做這粗活不成？

楚曼容咬了咬唇，雖然委屈卻不敢爭辯，最後被惡婆婆趕了出來。等到她從那假門框裡邁出腿，舞臺的另一邊就颳來一陣大風，吹得她一陣瑟縮。但天氣再冷，她也只能抱著胳膊走到了溪邊去。

顧茵再有本事當然也不可能在舞臺上造出一條小溪，所以那小溪是一條水藍色的布，從後臺延伸出來的。後臺的場工正在有規律地抖動那條水藍色的布，看著就像流動的溪水般。

這時候的傳統戲劇還不講究什麼舞臺效果，布景通常就是一套桌椅、一塊素布，其他的全靠看客自己想像，因此眼下這話劇的布景雖然和現代的不能比，但對比傳統戲曲，卻算得上是標新立異的精緻了。

楚曼容蹲在溪水邊上，風越吹越大，她整個人眼睛都睜不開，卻還在兀自給自己鼓勵，說夫君科考最要緊，自己既然選擇嫁給了他，眼下吃點苦也不算什麼。

她身形本就纖瘦，蹲在那處小小一隻，一邊自言自語，二胡的配樂聲一邊響起，整個好不可憐，一個任勞任怨的小媳婦形象頓時就塑造成了。

武青意陪著顧茵來看過排練，雖然兩次來都是醉翁之意不在酒，但他也很快地被臺上新奇的玩意兒吸引了注意力。「這個風是……」怕打擾到旁人，武青意湊到顧茵耳邊，用低如蚊蚋的聲音問道。

顧茵耳邊發癢，但還是輕聲道：「是我讓人做了幾塊很大的硬紙板，在帷幕旁邊的候場區往場上搧風。」

武青意順著她的目光看過去，果然舞臺上一邊的帷幕雖然沒有亂飛，卻是鼓起來的。說話間，只聽磅嚓幾聲，突然間雷聲大作！

屋內眾人一下子都竊竊私語起來，議論著怎麼突然變天了？等發現舞臺上的風也越發大了，才明白過來，這竟也是舞臺效果！

見武青意又要張嘴問，顧茵忙把對著他嘴邊的耳朵一捂。「別問了，是我讓人做的金屬板，抖動起來做的擬音。」

武青意看她這模樣越發覺得好笑，心思終究還是不在話劇上，而是只看著顧茵。

顧茵只做不覺，拿起中間小桌上擺著的零嘴吃了起來。

小桌上的零嘴有兩種，一種是米糕，另一種是冰糖山楂，兩種零嘴的做法都十分簡便。米糕是大米下油鍋炸幾秒鐘後，炸成金黃色米花撈出，然後白糖下鍋熬成糖漿，倒入米花翻版，最後撒上黑芝麻，放入模具中壓實，切成方塊就成。

冰糖山楂則是和冰糖葫蘆一樣的做法，新鮮山楂裹上芝麻糖漿。雖然簡單，但當個磨牙的零嘴再好不過。

顧茵的目光不離舞臺，撿了個冰糖山楂，小口吃著。

因為位置靠近舞臺，她白淨的臉被舞臺周圍明亮的燈火一照，恍若蒙上了一層輕紗，朦朦朧朧的。

這當然是顧茵在多番實驗之後弄出來的燈光效果，為了襯托女主角的美貌的。卻沒承想這樣的燈光，也把她襯托得越發好看。

所謂燈下看美人，別有韻味。武青意定定地看著她，不由得失神了……

鮮紅色的山楂果被她白皙纖長的手指捏在指尖，點了口脂的小嘴微微張開，將那山楂含在了唇間，然後輕輕脆脆一聲響，咬下了一小塊。

武青意喉間發緊，喉結不自覺地滾動了兩下。

顧茵扭過臉見到了，便探身過去，把小桌上的兩個盤子往他面前推了推。「是不是沒用朝食就過來了？先吃點這個墊一墊肚子。就是不知道合不合你的口味，都是甜食。」

話音未落，武青意已經拉過她的手，就著她的手，把她手上的半顆果子叼進了嘴裡。

「是很甜。」他意有所指地道。

雖只接觸了短短一瞬，但是顧茵感覺到指尖似乎被他的舌頭掃過，頓時臉頰緋紅地嗔道：「桌上還有這麼多，偏搶我的做什麼？」

武青意還是笑。「還是妳手裡的甜。」然後他把外頭的糖衣咬開，吃到了裡頭的山楂果，頓時被酸得顧不上笑了，整張臉都皺了起來。

顧茵也顧不上窘迫了，忍著笑道：「我就是和你一樣吃不得酸，所以才慢慢吃。」說著話，又把茶盞往他面前遞。

武青意皺著臉並不接，昂了昂下巴示意。

顧茵軟軟地瞪他一眼，揭了茶蓋送到他唇邊，餵他喝了好幾口熱茶。

總算是沖淡了口中的酸味，武青意的眉頭這才舒展開來。

此時舞臺上已經演到書生高中的消息傳回，兒媳婦被趕出家門，在外頭討生活，又是打雷聲、又是大風的，天上還下起了鵝毛大雪。楚曼容依舊穿著單薄的衣衫，哆嗦著嘴唇，抱著胳膊，伴隨著淒愴的二胡聲，踉踉蹌蹌地走在路上，真真是見者傷心，聞者落淚。

這次不等武青意發問，顧茵就解釋道：「那是紙片，裝在頂上的框子裡，場工一拉，那框子傾倒下來，就是『下雪』了。」

武青意笑著接話道：「那打雷不是該下雨嗎？怎麼是下雪？」

「這叫『雷打雪』，降雪的同時伴有打雷。雖不多見，但也是自然現象嘛！」顧茵狡黠地眨眨眼。誰不知道這時候下一場瓢潑大雨的效果更好呢？可是眼下又沒有高壓水槍，造不出那種下大雨的效果。而且就算用別的法子代替，在室內做這種效果，淋濕了整個舞臺和所有道具，到時也不好收拾啊！

舞臺上的帷幕落下了，看客們前頭都看得目不暇接，趕緊趁著這個空檔去如廁。

等到他們回來的時候，就發現舞臺上的場景已經換過，楚曼容到了食為天做工，開始表演扯麵了。她這手上的功夫是真沒話說，加上換了女堂倌的工作服後，她的姿容和身段完全展現了出來，真真叫人看得移不開眼。

只除了武青意，他並不怎麼看舞臺，還是看著顧茵。

顧茵被他看得都要羞惱起來了，低聲埋怨道：「不然下回我演主角得了！讓你看個夠！」

武青意先是好笑地點點頭，轉頭又反口道：「還是不成，只我一人瞧妳就是了。旁人瞧妳，我要不高興的。」

顧茵紅著臉，揚手作勢要打他。

武青意立刻把她的手捏住，笑道：「怎麼好端端地學娘抬手打人？讓旁人見了，指不定怎麼想妳呢！」

「想我什麼？我就是母老虎怎麼了？」顧茵一邊小聲嘟囔，一邊想抽回自己的手，但她那點小力氣根本不能和武青意的相提並論。雖說兩面都有屏風，可後頭還坐著人呢，顧茵也不敢鬧出太大陣仗，只能乖乖讓他牽著。

武青意的大掌輕輕揉捏她的手掌，想到了從前在廢帝身邊舉事之前，第一次握她的手寬慰她。彼時他還不知道眼前喬裝打扮的廚娘就是自己的髮妻，他小心翼翼地不敢逾矩，察覺到她手掌的繭子，只在心中憐惜她生活的不容易。如今兜兜轉轉，他們的手掌相握，雖還只是名義上的夫妻，但到底不用再像從前那般小心翼翼。顧茵的手背還和從前一樣的柔軟，掌心的繭子也因為這段時間不用辛苦勞作，變得柔軟了許多。

他粗糙的指腹在顧茵的掌心來回遊走，那親暱而又滿是愛憐的意味，讓顧茵的掌心起了酥酥麻麻的顫慄之感，如同漣漪般層層擴散出去，她趕緊捉住他四處搗亂的手指，帶著警告意味地輕輕捏了回去。

武青意看了一眼她酡紅的臉頰，這才沒再亂動，只是攥緊了她整個手掌。

一直到這整場話劇演完，一眾演員和場工都上臺鞠躬致謝了，顧茵才抽回了自己的手。顧茵的手都被他揉捏得起了一層薄汗，看到其他人都起身了，她拿帕子擦了手，詢問眾人有沒有什麼建議。

文大太太笑著道：「不瞞妳說，從前我是不怎麼看戲的，覺得戲園子喧鬧，只是因那本子……」她說著頓了頓，給顧茵一個「妳懂的」的眼神。

顧茵立刻會意。前頭兩套戲本子都是文大老爺操筆，雖沒署名，旁人不知道實際作者是誰，但文大老爺和文大太太伉儷情深，且文大太太是個嘴牢、靠得住的，自然沒瞞著她。文大太太前頭去看戲，純粹是給自家夫君捧場。

文大太太又接著道：「這次看話劇，雖也是為了捧場而來，但後頭我是真看進去了。」

文二太太也過來跟著誇讚道：「是啊，我是個老戲迷了，但是從前戲臺上三不五時亂糟糟的，總是看到正精彩處就被人打斷了興致，這個真不錯，帷幕一落，場景一換，還有工夫去如廁呢！」

文二太太所說的「亂糟糟」，是指傳統戲曲的舞臺布景雖然簡單，但也需要更換，而場工搬動桌子、更換布景，甚至端茶、遞水時，都是不避著觀眾的，臺上另一邊還有其他角兒繼續在表演，所以場面經常會顯得有些混亂。如文二太太這樣注意力不夠集中的，經常看著看著就只顧得上看場工忙活，然後就漏聽、漏看了正在表演的戲分。

後頭陸夫人等人也都跟著誇，從各個角色誇到布景，恨不能給顧茵誇出一朵花來。

看她們都接受度良好，顧茵又試探著問：「那我若是排演別的，比如精怪和書生的那種故事，夫人們可願意看？」

這齣《親緣記》算是小小試水，因為這齣戲前頭賣得好，就算一時間不知道話劇為何物的看客，賣這個本子的面子也會來看看。但再演別的，自然就沒有這效果。

而且精怪這種戲碼肯定得涉及術法，布景道具上都得花不少心思。

文大太太等人聞言，竟比顧茵想的還激動。

陸夫人當即就道：「那自然是最好不過！我就喜歡看妖精和書生了！」其他女客聽了都不約而同地掩嘴而笑，陸夫人也不惱，只笑道：「怎麼？妳們不愛看那些？」

時下百姓消遣少，女子的消遣就更少了，最主流的一是聽戲，二就是看話本子上纏綿悱惻、情情愛愛的故事。因此其他女客們笑歸笑，卻都是老老實實地點了頭。

後頭顧茵就請大家回去後寫下自己最想看的，或者看過的最喜歡的話本子。

這樣後面再排新戲的時候，顧茵可以直接按照眾人的喜好去請人寫，或者去買那個話本子的授權就行。

眾人聊過一會兒後，時間也到了正午。

女客的夫君們早就等得有些不耐煩，且午飯過後，下午的場次也要接著再演，上午便先這樣散場。

顧茵送了眾人出去，還沒走到門口，就聽到走在前頭的一位女客驚呼道——

「怎麼放了這樣多的花?!」

顧茵快步出去，只見食為天門口廊下，目之所及，奼紫嫣紅一片。

雖然時值初春，但冬日剛過，花草才剛吐露嫩芽，還不到盛開的時候，所以那位女客才會這般驚奇。

「顧娘子真是好本事！」客人們自然把這歸功於顧茵。

顧茵卻知道，這些不是自己安排的，便轉頭看向周掌櫃詢問。

周掌櫃朝著她擠擠眼睛，又朝著武青意努努嘴。

顧茵這才知道，這些花都是他弄過來的。也難怪他會晚來，想來就是去費心搜羅這些了。

他們的眉眼官司沒瞞住陸夫人這樣的人精子，陸夫人再和她旁邊的幾個手帕交耳語幾句，眾人便都會意了。

「顧娘子不只是好本事，還是好福氣呢！只是這送花之人未免太實在了一些，怎麼還連帶著花盆一起送？」陸夫人說著，眾人都促狹地笑了起來。

陸夫人說的不錯，食為天門口的花不是花籃或者花束的樣式，都是一盆盆的，連著根、帶著土的！

顧茵耳根子發燙，又羞又好笑。

武青意被人說得也跟著紅了臉，不過他膚色黝黑，不湊近了看不出來。

最後顧茵拱手求饒，總算是讓陸夫人等人沒再接著打趣她。

後頭顧茵送她們上馬車，陸夫人最後留了一留，詢問道：「最近天氣實在好，五日後我要辦一場馬球會，不知道妳有沒有空過來和我們一道玩？」不等顧茵說話，陸夫人又接著道：「可是要說不會打馬球？」

顧茵點頭說是。「不怕夫人笑話，我不只不會打馬球，馬也不會騎。」

陸夫人說這有什麼，又一邊看武青意、一邊道：「不會正好可以學一學嘛！妳家那位的馬上功夫可了得呢，千軍萬馬都教得，難道還教不會一個妳？」

顧茵紅著臉嗔她一眼，轉頭看向武青意。

武青意笑起來，同她點頭示意。

顧茵便應承下來。「那好，到時候就全賴夫人招待了。」

後頭送走一批客人，武青意才走到顧茵身邊，摸著鼻子歉然道：「我下回就知道了。」

顧茵還沒反應過來，問他知道啥？

「知道送花不能帶著根土和花盆唄！」武青意的小廝搶著回答，又想著幫他邀功，便接著道：「夫人不知道，這些都是將軍費心搜羅的，有些是從花農那裡買的，有些是從同僚家裡買的，還有從城外尋得的！因是初春，好多花都還沒開，可不容易呢！」

武青意看他一眼，小廝這才止住了話頭。

顧茵笑起來，看著武青意搖頭道：「去了根土的花放幾日就會凋謝枯萎，還不如這樣呢，能擺好久，還能成為一道風景，為酒樓增色。」

武青意面上的窘迫之色這才褪去，輕聲回道：「妳喜歡就好。」

兩人都沒再說什麼，一高一矮相隔半尺站著，你看著我、我看著你的，把那小廝看得一身雞皮疙瘩都出來了。

後頭顧茵留武青意在酒樓裡吃過午飯，她要接著招待下午場次的看客，而武青意則要去城外軍營上值。

軍營的操練是枯燥而乏味的，但今日的武青意卻是興致滿滿，進了軍營後就換下常服，穿上鎧甲，開始操練將士們的馬術。

在行軍打仗時能騎馬的除了騎兵，就是身上有職位的，一般的士兵並不用練習馬術。新朝開創到如今已經一年有餘，這些人雖不至於丟了本事，但如今天下太平，他們身上又都有官職，已經比從前懶散了不少。然而武青意押著他們操練，誰都不敢違抗，只能硬著頭皮跟著練。

從正午一直練到黃昏，一天的操練總算結束，將士們心裡都叫苦不迭。然而這還不算完，接下來的第二日、第三日……日日皆是如此！

休憩的時候，將士們聚在一起開了個小會，商量著為什麼將軍突然這般？但商量來、商量去，眾人還是一頭霧水。

後頭有人下了結論道：「一定是我們最近太過疏懶，將軍礙著往日情分，顧念著我們的面子，不好責備我們，所以通過操練我們，來給我們提個醒！」

「將軍真是觀察入微啊！不怕諸位兄弟笑話，從前我騎馬也是一把好手，沒想到休整過一年後，這兩天騎多了馬居然會磨破腿，真是對不住將軍的殷切期望啊！」

眾人紛紛自責，再不敢叫苦，打起了十二萬分精神，如同當年剛入軍營時一般，勤加操練起來。

到了第六日，眾人都習慣了這樣高強度的操練，正準備在武青意面前好好表現一番時，卻突然聽說他今日告假了！

一大早，顧茵就起了身，穿上了讓府裡繡娘趕工而成的騎裝。

騎裝比一般的衣裙緊窄，更能勾勒出她凹凸有致的身材。

顧野晨間起來就連連誇好看，又嘟著嘴不高興地道：「我的黑馬都只在家裡騎過，還沒去過外頭呢！可惜今日要上課，不然一定跟娘一道去！」

顧茵就安慰他道：「春天結束的時間還早呢，娘這次先去看看，下回等你休沐，再帶你和武安一道出去踏青。」

顧野這才高興起來，洗漱之後他沒急著從隔壁烈王府出發，而是去了前院武青意的書房。

武青意也換上了一身嶄新的勁裝，同樣出自府裡繡娘之手。

顧野見了又忍不住酸溜溜地道：「叔和娘的騎裝顏色雖不同，但花紋卻是一樣的呢！」

武青意好笑地抿了抿唇，道：「聽說府裡繡娘這幾日還在做兩身小騎裝，和我們的也是一樣的，不知道是給誰的呢？」

顧野忍不住笑了起來。他就知道他娘從不因為他年紀小就糊弄他，真的想好後頭要帶他和武安出去玩的！顧野止住了笑，認真地看著他道：「那我就把娘交給叔了！」

武青意也正色地點了點頭。「你放心，我會保護好她，照顧好她。」

雖說顧野還不滿七歲，但一大一小的兩人此時不用多說什麼，自有一種男人間的默契。

後頭時辰不早，顧野就出發進宮了。

武青意收拾妥當，也出了書房。

小廝要跟著他一道出去的，他也是窮苦人家出身，頭一回去參加馬球會，因此忍不住出聲問道：「將軍，打馬球很危險嗎？需不需要小的多帶點人手？」

武青意被他問得一頭霧水。「馬球就是騎著馬，用球桿擊球入門。雖會分成兩隊，但都是同好，算不上有什麼危險，帶那麼多人做什麼？」

小廝撓著頭，不明白地道：「那小公子怎麼那般鄭重其事的？」

武青意但笑不語。顧野哪裡是在說今日的馬球會呢？這小崽子是終於認可他了！

差不多顧野前腳進了宮，後腳顧茵和武青意也從家裡出發了。

武青意帶貼身的小廝，顧茵只帶了宋石榴，另外就是府裡的幾個侍衛。

顧茵上了馬車，武青意打馬走在車廂旁邊。

顧茵幾次撩開車簾，都看到他一邊騎馬、一邊兀自發笑，就好像遇到了什麼極高興的事一般，她看得好奇，便招手讓他靠近，詢問起來。

武青意並不瞞她，當下就把顧野那句「那我就把娘交給叔了」複述給顧茵聽。

當時小廝在旁聽了，不明就裡，還當是打馬球多危險，但眼下顧茵聽了卻是立刻就明白過來。

自家這小崽子護短得很，從前防武青意跟防賊似的。只要他在家，她和武青意單獨相處超過兩刻鐘，這小崽子總是能找到理由和藉口來捏人。也就是最近他得按時按點去宮裡讀書，顧茵和武青意獨處的時間才更多起來。所以就算顧野不說這話，其實也擋不住她和武青意在一起的。小崽子多半也是這麼想的，所以才如此輕易地鬆了口，等於做個順水人情。只是顧茵看武青意委實高興，沒好意思說破。

而且換個思路想，其實武青意何必要經過顧野認可呢？顧野是她收養的，又已經恢復了皇家人的身分，從某種層面上來說，武青意和他根本沒什麼關係。他既然在意顧野的認可，顯然是做到了他之前應承的——會和她一樣，一直把顧野當成自家孩子。

想到此處，顧茵心中熨貼無比。

車隊走了一個多時辰，就到了陸夫人家的馬球場。

陸家的下人早就在等候，見人來了便引著他們往裡進。

顧茵如今也算是見過不少場面了，但還是被這馬球場驚了一下——這地方足足有兩、三個足球場那麼大，可容納數萬人啊！

此時看臺上已經聚集了不少人，而最中間的馬球場綠草茵茵，也已有不少人提前練習起來了。

陸夫人作為主家，正在繁忙地招待來客，聽下人稟報說顧茵和武青意過來了，她趕緊和人告饒一聲，出來迎他們，給他們在看臺上安置了位子。

「招呼不周。」陸夫人一邊說著，一邊讓下人送上茶水和點心，又同顧茵道：「這一片安排的都是咱們雅舍裡頭的人，都是顧娘子認識的，隨意一些就是了。等一會兒人齊了，馬球會才開始，可以押注，也會設置彩頭……」

陸夫人三言兩語一解釋，顧茵也就明白了這馬球場的規矩。即主家或者客人設置一個彩頭，對這個彩頭有意的，便可自發地組織下場比賽，然後其他看客也能根據兩個隊伍的實力來下注。

這樣就算是不會打馬球的，也可以透過押注來獲得參與感。當然了，如同顧茵這樣既不會打，又對賭錢沒興趣的，也可以看人家比賽，或者在場邊上騎騎馬，自得其樂就好。

這馬球會比顧茵預想的更盛大，雅舍的女客只在裡頭占據極小的一部分，其他人都是生面孔，想來都是陸家生意上的夥伴。所以顧茵也不耽擱陸夫人的時間，說自己會照顧自己，讓她儘管去忙。

陸夫人又叮囑了下人仔細侍奉著，這才又去忙自己的事。

過了辰時，日頭漸漸出來了，馬球場內跑馬的人越來越多，顧茵也歇過一陣，就準備去騎馬了。

陸家是備了不少馬匹的，下人正詢問顧茵想要什麼樣的馬。

武青意幫她回答道：「我們帶了自家的馬。」

下人恭敬地應是，不再多言。

顧茵一邊下場，一邊問武青意道：「你說的自家的馬可是你那匹『踏雪』？我覺得牠好像不怎麼願意給我騎。」

武青意的戰馬是起義立功時，當時還是義王的正元帝所賜。那馬據說是關外來的，身體強健，格外高大，通體烏黑，只四個馬蹄是白色的。漂亮是極漂亮的，但野性難馴，也只有武青意能降服牠，在府裡的時候連餵馬草都得武青意自己上手，其他如顧茵這樣的外人接近，那踏雪就會異常煩躁。

武青意卻說不是，隨後揮手讓小廝帶來了一匹棗紅色的母馬。

那母馬是匹矮腳馬，粗粗短短的四條腿，小小的個子，憨態可掬，也不是中原的品種，但和踏雪不同的是，牠十分的溫馴。

武青意牽起顧茵的手去摸牠，牠立即親昵地用頭蹭著顧茵的手。

顧茵摸著牠柔順的鬃毛，驚奇地道：「好溫順的小馬！從哪裡得來的？」

武青意見她喜歡，也跟著彎了彎唇，只說：「妳喜歡就好。」

這話才聽過，耳熟得很，顧茵知道他是「報喜不報憂」的性子，便看向隨侍他左右的小廝。

小廝便立刻接口道：「這矮腳馬是番邦的品種，因沒什麼戰鬥力，所以只作為觀賞品種，養在宮裡的。是將軍進宮和陛下開了口，為夫人求來的。」

原來這馬還有些來歷啊！顧茵不由得彎了彎唇，同他道：「勞你費心了。」

武青意搖頭說不會，隨後伸手扶著顧茵上馬。

小廝很自然地過來要牽馬繩，武青意攔著沒讓，還朝著旁邊挑了挑下巴示意。

小廝這次沒會錯意，也沒再上前搶著表現，轉頭對著宋石榴道：「石榴姊姊，妳想不想騎馬？我去幫妳借一匹這馬場裡的，給妳騎騎好不好？」

宋石榴正是愛玩愛鬧的年紀，早就眼熱了，小廝的提議雖然讓她心動，但宋石榴卻沒急著應下，而是先來問顧茵。

雖然宋石榴極力想展現自己沈穩懂事的一面，但到底是個直腸子，嘴裡雖說著「奴婢是想服侍太太的，也不怎麼想玩」，面上卻是一副眼巴巴的樣子。

顧茵見了便忍著笑道：「知道妳不是只想著玩樂的，只是有將軍陪我就好，有他在我也不需要旁人服侍，妳且去玩吧。」

宋石榴立刻笑起來。「那我就小玩一會兒！」

顧茵正要叮囑他們小心些，兩個半大孩子已經躥了出去。

「不礙事，我那小廝年紀不大，但辦事還算穩重，有他看著石榴呢。」宋石榴雖然名為丫鬟，但顧茵從沒把她當外人，是看成半個親妹妹的，所以武青意特地說了這話讓她安心。

支開了他們後，便只剩下顧茵和武青意兩人了。

武青意為她牽著馬慢慢的走，一面還提醒她道：「背挺直，雙腿可以放鬆一些，但也要留著力。」

他身形比常人高大，往那矮腳馬旁邊一站，顯得十分有趣。

初春的日頭暖融融地照在身上，微風徐徐，入眼處皆是生機盎然的春景和朝氣蓬勃的少年人，顧茵騎著那溫馴的馬，悠然自得。

繞著馬球場周圍走了兩圈，顧茵看武青意額頭出了一層薄汗，就出聲道：「我覺得我差不多會了，不若咱們……」她正說著話，身邊過來了一隊年輕男女。

為首的女子十六、七歲，一身大紅色的騎裝，神采飛揚，恰好聽到這話，她忍不住噗哧一聲笑出來，她同行之人問她笑什麼，她便道：「這位夫人的馬怎麼生得這麼奇怪？騎這樣的馬也能練會騎馬嗎？」

那矮腳馬確實不多見，顧茵也是從前在電視上看過才認得，所以顧茵並不見怪，朝著對方笑了笑，解釋道：「我初學騎馬，我夫君怕我摔著，特地尋來的。」

紅衣少女便將顧茵和武青意從頭到腳一打量。

他們二人身上的騎裝雖然是嶄新的，但顧茵想著騎裝這樣的服飾當然以輕薄和吸汗為主，所以騎裝的料子不是府裡那些帶著宮裡記號的，是後頭在街上買的。

少女看兩人穿著打扮只是尋常，且身形高大的男子還幫著牽馬，便猜著他們身分定是普通，唇邊不禁泛起一個輕蔑的笑。

同行之人見了，便奉承她道：「也不是人人都能像陸小娘子家這般富貴，穿的是頂好的緞子，騎的是關外最好的良駒……」

顧茵騎的那小紅馬似乎聽懂了對方的意思，煩躁地打了個響鼻，兩隻前蹄蹬了兩下。

顧茵安撫地拍了拍牠，然後搭上武青意遞來的手，順勢下了馬。

本來也就準備休息了，所以顧茵並不覺得被人壞了興致，和武青意肩並肩地就準備往看臺上去。

那少女卻打馬過來，走到他們前頭，又道：「你們這馬雖然醜，卻是我沒見過的。反正這位夫人也說不會騎馬，不若索性把這馬賣給我算了！」

顧茵雖看著對方年紀小，不打算和對方一般見識，但眼前少女這盛氣凌人的態度還是讓她反感了。「我亦同妳說過，這馬是我夫君送的，所以我並不會對外出售。」顧茵不卑不亢道。

那少女對著周圍的人使了個眼色，其餘人就將顧茵和武青意團團圍住，大有他們不答應把小紅馬賣了，就不讓他們走的架勢！

武青意把顧茵攔在身後，左右歪了歪脖子。

顧茵聽到他骨骼間的輕響聲，知道他是準備動手了。

對方挑釁在先，所以顧茵並不攔他，默默退開了兩步。

為首的那少女又輕嗤一聲，提醒道：「我沒想傷人，但兩位可得仔細些，我座下這馬是汗血寶馬，力大無比，若牠傷了人，我可——」

話音未落，武青意已上前一步，一拳打在那馬頭上。

那馬兒嘶鳴一聲，重重地倒在地上，連帶著那少女也一起發出一聲驚呼後滾落在地，頓時灰頭土臉，好不狼狽！

那少女被同伴七手八腳地扶起來，又羞又惱地看著武青意和顧茵，惡聲惡氣地道：「你……你們知道我是誰嗎？」

顧茵面色不變地看著她。「那妳知道我們是誰嗎？」顧茵從沒有因為身分的變化就覺得高人一等，待人接物還和從前一樣，但真到了這種需要抬出身分比較的時候，她自然是不怕任何人比的！就算沒有武青意的功勳加持，就顧野那一層，顧茵都能稱得上是本朝第一關係戶了！

正在這時，陸夫人帶著下人，匆匆忙忙過來了。

她先看到倒在地上的馬，又看了一眼一身塵土的少女，然後轉頭福身向顧茵致歉，又解釋道：「這是家中小妹，念在她年紀小不懂事的分上，望顧娘子原諒。」

顧茵方才聽那少女的口吻就猜著她多半是主家的人，沒想到還真的是。

顧茵正要說不礙事，反正他們也沒吃虧，卻看那少女滿含怒氣地接口道——

「我說是什麼人這麼猖狂，原來是嫂子請來的客人！」

陸夫人雖已猜到肯定是小姑子惹事，但到底不是親妹子，還得陪著笑臉道：「是我請來的客人不假，不過顧娘子和她夫君都是極好的性子，想來這一定是有什麼誤會。」

少女恨恨地一跺腳，怒道：「我告訴母親去！」然後便轉身離去，其他人也跟了上去。

陸夫人陪著顧茵和武青意回了看臺，再次致歉。「這馬球會雖是我辦的，其實主要還是婆家出銀錢，要和家裡生意上的合作夥伴拉攏關係的。我那小姑子突然說要來玩，婆母發了話，我是拒絕不了的。」

文二太太此時過來了，聽到她們說話，自然詢問發生了什麼事。

正好陸夫人也不知道前情，顧茵就把事情的始末說給她們聽。

這一聽完，陸夫人越發赧然，又是一迭連聲的致歉。

文二夫人咋舌道：「陸家的姑娘這麼猖狂，連妳家都不放在眼裡？」這要說是魯國公府那樣的人家，也是功勛起家的開國功臣，家裡出了貴妃，貴妃還孕有皇子的，那還真有底子和英國公府叫囂。然而商賈陸家，再有錢也不過是商戶人家啊！不是說要貶低商戶，而是時下商人的地位確實不高，不能和英國公府這樣的勛貴之家相提並論的。

陸夫人便一臉愧色地解釋道：「我沒知會家裡這些，只說這次多請了一些相熟的朋友來，實在是沒想到會發生這樣的事。」

顧茵聽了便明白過來，陸夫人這是沒有拿他們的身分給自己做臉。雖然因為這樣才惹出了方才的事，但這恰恰是陸夫人的心意，說明她是真心讓顧茵過來鬆散玩樂的。她越發不惱，拉著陸夫人的手背拍了拍。「夫人也致歉過了，本就不是什麼大事，揭過就算了。」

後頭下人來報，說又來了其他客人，陸夫人自是得去招待。

顧茵看文二太太是一個人來的，便詢問怎麼不見文二老爺？

文二太太輕哼一聲。「他說告假要扣月錢，不肯過來呢！」

這倒確實符合文二老爺的性格，顧茵聽了又忍不住發笑。

後頭其他日常在輕食雅舍出入的女眷都攜家帶口地過來，眾人碰頭後少不得寒暄一陣，顧茵陪著她們說了會兒話。

沒人注意的時候，文二太太輕輕推了她一下，笑道：「我有人陪了，妳快回去吧，妳家那位都快成望妻石了！」

顧茵順著她的視線看過去，果然武青意正等在自家的位子上，看著自己這邊。

她起身告辭，快步回了去。抱歉的話剛到嘴邊，武青意已經先一步開口問她——

「休息好了嗎？還想接著騎馬不？」

顧茵自然點頭，有些歉然地道：「和二太太她們說著話，就沒注意時辰。」足足把武青意晾了快兩刻鐘。

武青意不以為意地笑了笑。「這才哪兒到哪兒呢？當年爹沒空，讓我陪娘去鎮上看戲，娘看戲看得忘乎所以，我那會兒人小擠不進去，足足在外頭等了她一、兩個時辰。妳這才多大會兒？再說，本來就是出來玩的，自然是妳怎麼高興怎麼來。」

顧茵心中柔軟無比，再騎到馬上，武青意任勞任怨地接著為她牽馬。

她猶豫半晌，最終還是問出了心中所想。「青意，你為什麼對我這麼好？」問完，她目光中多少有些忐忑。縱然穿越過來好幾年，顧茵和原身的記憶完全融合，原主的記憶已經成了她的，許多事回想起來，和她自己親身經歷過沒有兩樣，但其實顧茵還是很清楚的知道，她和原主是兩個人。她很怕武青意說他們自小青梅竹馬，她是他的髮妻，又在他們父子生死不明的時候照顧了王氏和武安……

或許說起來是有些矯情的，她知道武青意是因為兩人共過患難，才在相認那日即便誤會顧野是她和別人生的，都沒提和離，但到底還是有些擔心，怕他心裡有過原主的身影。

她看著圓融，其實內裡是愛較真、一板一眼的性子，尤其感情上頭，非黑即白。

武青意似乎是沒想到她會突然這麼問，臉色有一絲不自然，但還是回答道：「因為，喜歡妳啊。」說完，他俊朗的臉以肉眼可見的速度紅了起來。「我們雖然一起長大，但從前我一直把妳當妹妹，年少氣盛時還想過我怎麼可能喜歡這樣的人呢？娘真是半點都不了解我……如今想來真是後悔得很，早知道中間要分別這樣久，那幾年該對妳好一些的。」

顧茵呼出心中的一口長氣，手指輕摳著馬鞍，輕聲問：「我有什麼好喜歡的？」好樣貌是原身的，內裡的她還是上輩子不解風情的模樣，這性情要是真討人喜歡，上輩子也不會一直單身。

這還真把武青意問住了，他先下意識地說了句「妳很好」，然後頓了頓，又實在不會說那些花言巧語哄人，憋了半晌才道：「妳做飯好吃，人又聰明，性格也討喜——」他笨拙地，甚至是稚嫩地，同時也是真誠地在誇讚著她。

顧茵忍不住想到，那時候從廢帝身邊逃出，危險重重的分別後又在破廟相聚，他也是這般，說她「是個好兵」。當時她還沒覺得如何，如今回想起來，那大概也是他搜腸刮肚後想出來的誇獎之詞了。

「別誇啦！」顧茵輕笑著打斷他。「讓旁人聽到該笑話咱們了。」
「我說的是實話。」武青意說著，但還是聽話地住了嘴。
兩人安靜地待了會兒，後頭沒多久，熱鬧盛大的馬球會就開始了。
為了不影響打馬球的人的發揮，顧茵和武青意便沒在馬球場上多待，回到了看臺。
顧茵還是第一次親眼看人打馬球，她一邊用帕子擦汗，一邊問旁邊的文二太太，是哪兩家對打？
文二太太就解釋道：「主家陸家設置了彩頭五千兩銀子，那陸小娘子率領幾個堂兄弟，代表陸家，和另一個同在商場上縱橫的劉家對打。」
顧茵聽得連連點頭，之後隨著一聲銅鑼敲響，一身紅衣的陸小娘子率先開球。
那小娘子雖然驕縱，卻真是身形輕巧，騎著馬如履平地，翩若驚鴻，矯若游龍，馬球桿到她手裡像活過來了一般，隨心所欲地控制著馬球的方向，不多時就贏下了比賽。
後頭又有其他人家設了別的彩頭，比過幾場之後，時間就到了正午。
顧茵已經有些看不進去了，冷不防的，眼前多了隻兔子。
武青意額頭帶著一層薄汗，抓著兔子的耳朵遞到顧茵面前，隨意地道：「剛在場邊撿的，給妳玩。」
旁邊的小廝又要張嘴，被武青意一記眼刀子掃過來，這才立刻閉上了嘴。
其實並不用小廝多嘴，陸家既然辦了這樣盛大的馬球會，肯定會事先把附近的獵物都清理一番，以免牠們驚擾到比賽的馬匹。加上武青意出了不少汗，所以不用想也知道這兔子是他費心抓來的。

「哎喲，顧娘子真是好福氣！」周圍和顧茵交好的女眷打趣道：「虧我在這裡坐了這麼久了，我家這個也不說怕我悶著了，別說兔子了，我連兔毛都沒見到一根呢！」

那位夫人的夫君聞言就站起身道：「那我去給妳抓！抓一窩夠不夠？」

那夫人連連擺手。「我都說了你再去有什麼意思？我不要！」

她夫君一頭霧水，蹙著眉道：「妳自己說的想要，我說我去抓，妳又說不要，妳這人忒難伺候！」

顧茵怕他們夫妻吵起來，便站起身道：「我去把這兔子烤了吧！這時節有這麼肥美的兔子也不容易，大家都幫著嚐嚐味。」

武青意自然跟著起身。

顧茵沒讓他忙活，把他按著坐下。「你歇會兒，石榴幫我就好。」

後頭顧茵問了陸家的下人，找到了馬球場的灶房。

陸家在京城都是排得上號的富貴之家，即便是這地方的灶房，各種物件和調料也都一應俱全。

宋石榴在食為天當過一段時間的幫工，也學到不少東西，她沒讓顧茵沾手，搶著幫忙收拾兔子。

顧茵就在一旁指點，等到兔子剝好，顧茵把兔肉切塊，拿來蔥薑蒜和料酒，再打入一個雞蛋醃製兔肉。

宋石榴尋來了炭火，開始生火預熱。

醃製了兩、三刻鐘後，炭火也都熱好了，顧茵便把兔子放到炭火之上烤製。

等烤到兩面焦黃，顧茵把孜然粉和辣椒粉放到碗裡，澆上熱油，然後刷到了兔肉之上。

那兔子確實是初春時少見的肥美，肥肉烤出了油，滴在炭火之上吱嘎作響，加上那調料的香味被烤了出來，饞得宋石榴一直嗅著味道說好香好香。

顧茵把兔肉分成幾份，先塞了一塊到她嘴裡，總算是止住了她的話頭。

分好之後，顧茵便和宋石榴回到看臺，不料卻發現自家位子上人已經空了。

文二太太趕緊指著馬球場中央，讓她快看！

只見馬球場上，身形魁梧的武青意正在策馬狂奔。他明顯是第一次打馬球，揮動球桿的時候控制不好馬球的方向，很快就讓那身著紅衣的陸小娘子搶了去。

但是於馬術上，這些富貴人家的公子、小姐自然不能和他相提並論，再加上這兩人身上沒有武藝，所以不多時馬球又回到了武青意的球桿之下。

然而這馬球並不是一對一的活動，而是二對二。

武青意的小廝既不會打馬球，又不很擅長騎術，看著雖在場，其實根本幫不上什麼忙。

反而是陸小娘子同隊的堂兄弟，技藝並不比陸小娘子差。

也就是說，場上儼然是武青意一對二的局面。
前頭顧茵看別人玩的時候只是以旁觀者的角度，此時見到武青意下場，她就不由得緊張了起來。
幸好她在烤兔子的時候，這場馬球已經開始，此時快接近尾聲了，所以沒過多久，武青意就以一分之差，贏過了那陸小娘子。
武青意拱手說了聲「承讓」，接著打馬到了臺前領彩頭，又回到了看臺上。
顧茵把烤兔肉分給文二太太等人，然後快步迎了過去。

第四十章

顧茵一邊拿帕子給武青意擦汗，一邊想著他不是好勇鬥狠、愛出風頭的人，便出聲詢問道：「怎麼好好的下場了？」

武青意尚未回答，那落敗的陸小娘子一臉憤憤地打馬過來，不屑地道——

「不過是幾畝田地，至於嗎？真不愧是我嫂子請來的客人，為了點蠅頭小利，恨不能豁出性命呢！」

旁觀者離得遠，許多細小的地方看不見，但陸小娘子作為下場的人，可是什麼都看在眼裡的。她以高超的馬球技術為傲，眼前的男人雖然馬術高超，身懷武藝，但打馬球並不是單純地比馭馬和武藝，更多的是技巧。若不是這男人拿出一股不要命的狠勁拚，結果如何還真未可知呢！

武青意根本不理會她，牽著顧茵的手回到了座位上，而後拿出方才領到的彩頭。

那確實是幾張書契，如陸小娘子所言，就是普通的幾十畝良田而已。

然而顧茵仔細看下去，面上立刻浮現出了燦爛的笑容。這居然是幾十畝辣椒田！

田地當然是眼下的顧茵不缺的，稀奇就稀奇在這是辣椒田。

之前顧氏船行的船隻出海前，武青意詢問過顧茵想從海外獲得什麼，顧茵就說過想要一些辣椒種子。

辣椒這東西時下賣得那麼貴，本土卻還沒人種植，也不知道是哪裡出了問題。她便想著讓人多搜羅一些不同的品種來，然後就可以開始試著自己栽種。

沒想到這東西竟早就有人耕種了，而且數量還這麼大，是按畝種植的！

武青意看著顧茵欣喜的笑容，便知道自己沒想錯，她果然是喜歡的。

後頭陸夫人又幫她小姑子來致歉，她實在是赧然，都覺得沒臉見顧茵了。

她自問真真是一份好心，不想抬英國公府的名頭出來壓人，免得商場上那起子唯利是圖的上前阿諛奉承，壞了顧茵和武青意出來玩樂的興致。唯一漏算的就是那驕縱乖張的小姑子也跟著來了，還一而再、再而三地冒犯他們。武青意如今不戴面具了，在顧茵身邊的時候也顯得性情溫馴，但惡鬼將軍的名聲到現在還威名赫赫，真不是他們這樣的人家惹得起的！

偏她想知會小姑子的時候已經晚了，小姑子已惱了她，根本不給她這嫂子說話的機會，且小姑子身邊呼朋引伴的，陸夫人還真不好在人前把話說開。

顧茵因為得到了成畝的辣椒田，正欣喜不已，並不為這點小事耿耿於懷，只和陸夫人打聽這辣椒田的來歷。反正那陸小娘子沒討著什麼好，前頭想買馬不成，自己的馬反而讓武青意放倒了；引以為傲的打馬球上，還輸給了此前根本沒學過的武青意，得意了一整日最後以失敗告終！

陸夫人招來人耳語幾句，那下人出去後沒多久又回了來，同時帶回來了顧茵想要的消息。

「這番椒田是劉家設的彩頭，剛使人打聽了一番，似乎是從前的劉老太爺喜食辛辣，就讓人從前朝那遠洋船行購買了許多，再請了好些人來試著栽種，試種了好幾年，終於算成功了。後來劉老太爺壽終正寢，這番椒田自然就落到子孫後代手裡了。這番椒的種植條件嚴苛，很難推廣，在這上頭賺的那點銀錢，做珠寶生意的劉家也看不上，便當作個新鮮的彩頭送出來了。」

顧茵聽完難免唏噓。「橘生淮南則為橘，橘生淮北則為枳」的道理一般人都懂，現代人從沒覺得種植這些外來物種有什麼困難，那是科技發展進步了，且還站在前人的肩膀上，吸取了前人的經驗教訓。想把一個外來物種弄到適合本土種植，其中不知道要經過多少年的摸索。可惜那些農人辛苦了那麼久，最後的勞動成果就讓富貴人家的子孫當成玩鬧的彩頭，隨意地送了出來。不過好在這辣椒田最終落到了她手裡，自然是不會埋沒了它們。

就是不知道種辣椒的那些農人還在不在？他們有了這樣寶貴的經驗，後頭船行再從外頭獲取別的東西，也可以交給他們種植。

此時已經到了下午晌，馬球會接近尾聲了，陸大人還要招待客人吃喝休息，顧茵便沒再託她去詢問。

顧茵兀自想著辣椒田的事，回過神來的時候發現武青意已經吃完了一隻兔子腿。

見到顧茵看過來，武青意饜足地稱讚道：「外焦裡嫩，肥而不膩，夫人這兔子烤得真不錯。」

這還是武青意第一次在人前稱她為「夫人」，顧茵嗔了他一眼，又問起方才那陸小娘子的話。「她怎麼說你是豁出性命才贏了馬球？」

武青意面上閃過一絲不自然，但顧茵問了，他也不想撒謊，就老實道：「有好幾次他們堂兄妹配合，眼看著就要把球運走，是我用了蠻力，把他們攔住了。不過我於馬術上還是有些心得的，所以完全沒有受傷。而且也不至於像她說的那樣，豁出性命，至多就是摔下馬來，讓馬踢上一腳。」

顧茵前頭還當是那陸小娘子誇大其詞，聽到這裡不由得變了臉色！什麼叫至多被馬踢上一腳呢？落馬這種事真的可大可小，輕則斷胳膊、斷腿的，重則完全可能丟了性命！

當然，以武青意的武藝，真要落馬，他肯定能保全自己，但顧茵還是不大高興。辣椒田固然是她想要的，但絕對沒有重要到他枉顧自身安危。

後頭文二太太他們都過來攀談，顧茵就沒再接著和他說下去。

傍晚時分，馬球會結束，眾人各自回家。

武青意沒再騎馬，陪著顧茵一道坐馬車。

顧茵確實有些累了，上馬車後就靠在引枕上閉目養神。一直到進了城，快回到英國公府，顧茵才睜開眼睛。一睜眼，她就對上了武青意的視線。

他正小心翼翼地打量她，兩人視線一碰，武青意立刻心虛地挪開眼。或許「乖巧」用在他這個年紀和身形上極為不合適，但顧茵腦海裡卻是立刻冒出了這個詞。

就好像上輩子在自家鋪子裡她養過一條看門的大狗，牠每次犯錯，偷吃後廚的飯食或者咬爛了東西，被顧茵訓斥過後，就也是這副模樣，顧茵不禁彎了彎唇。

武青意見她笑了，不由得呼出一口長氣，試探著輕聲問她。「妳不生氣了？」

顧茵道：「本也沒生氣。」談不上生氣的，畢竟他那麼做只是為了讓她高興，是他的一番心意，她不費吹灰之力就得到了自己想要的東西，再對他生氣，實在有些說不過去。「不過下次不要這樣了。」

顧茵頓了頓，又接著道：「不值得，知道不？」

武青意鄭重地點了頭，又解釋道：「其實當時沒想那麼多，只是聽人說了那彩頭，想著是妳會喜歡的，又看當時那陸家兄妹贏了好幾場，沒人敢和他們叫陣。我想著那陸小娘子性子驕縱，東西若到了她手裡，怕是後頭就算想用銀錢買，她多半也是不會賣的，所以才想下場試一試。」

「算啦，不想那些，總之還是謝謝你，這份禮物我很喜歡。」顧茵說著，主動去牽他的手。

小巧綿軟的手第一次主動靠近，柔軟的指腹輕輕撓著他的掌心，像是安撫，又像是逗弄。

「別鬧。」武青意攥住她胡鬧的手指，嗓音卻比平時還低沈了好幾分。

顧茵笑得眉眼彎彎，對他說：「我怎麼就鬧了呢？」這戲碼還是和他學的呢！若她眼下是胡鬧，那前頭他那麼做又算怎麼回事呢？一邊問，顧茵眼波流轉，帶著狡黠的笑意，伸出手指在他大掌虎口處打圈。

武青意眼神一黯，捉住她的手順勢一拉。

顧茵還未反應過來，便被武青意拉到懷裡，他粗重急促的呼吸聲陡然在耳邊放大。

「做什麼呀？」顧茵伸手推他，聲音不自覺地比平時軟糯了幾分。

「再不許胡鬧了，不然我就……」

「不然你就如何？」

氣氛正有些旖旎時，王氏的大嗓門從外頭傳了來。

「大丫、大郎，你倆幹啥呢？怎麼馬車停好半天了，你倆還不下來？」

頓時，再旖旎的氣氛都消失殆盡了。

顧茵察覺到他的手一鬆，便從他懷裡坐起身來，又笑著推他。「快下車了，武大郎！」

武青意眼中的黯色褪去，在王氏一迭連聲的催促中先下了馬車，而後再朝著馬車伸手。

顧茵搭上他的手，跟著下了來。

王氏到底是過來人，光是看到兩人這小小的互動，不用再問什麼，就已經猜到今日兩人相處得不錯。「玩得怎樣啊？」等到顧茵下車，王氏挽上她一條胳膊，帶著她回後院。

顧茵看了武青意一眼。

武青意朝著前頭書房的方向挑了挑下巴，示意自己也去休整一番。

顧茵對他笑了笑。

兩人雖沒言語，但這種兩人之間的氛圍，反正是連王氏都感受到了。

回後院的路上，顧茵給王氏講起今天的所見所聞。

後頭她去洗漱更衣，略休息了一、兩刻鐘，武安和顧野都下學回來了。

兩個小傢伙正是愛玩的年紀，照理說該比王氏還好奇，一定會追著問的，然而今日到家，顧野卻沒問，不只沒問，還把武安拉到一邊，和他咬起耳朵說悄悄話。

顧野說了好半晌後，武安才板著張小臉，十分認真地道：「那我考慮一下。」

顧野點點頭，最後補充道：「反正我覺得是好事，所以第一個想到你。」

這番操作，反倒是把顧茵看得好奇了，問他們這是在商量啥？

顧野張了張嘴，欲言又止，最後還是道：「不是不和娘說，是這件事不一定成。而且也不是什麼大事，娘今日累著了，我等娘有空了再和娘好好說。」

顧茵看他辦事越來越有章法，也就沒再接著追問。

不多時，主院擺好夕食，武青意也從前院過來了。

武青意不是話多的人，日常一家子聚在一起吃喝，他都是和武重一樣很少插嘴。

今日也是這般，只不同的是，他會時不時地看向顧茵。

顧茵也會在第一時間察覺到他的視線，回望過去，為他添一碗湯，或者挾一筷子菜。然後兩人再默契地相視一笑，一切盡在不言中。

以至於晚上眾人各自安歇，顧野洗漱好了，又跑到顧茵屋裡問：「叔是不是把我說的話告訴娘了？」

顧茵剛洗完頭髮，正在梳妝檯前用乾布帛擦著頭髮，便點頭道：「他今天出門的時候就一直面上帶笑，我見了問起來，他才和我說的。」

那話確實是自己說的，顧野搔搔頭，站在她旁邊看她擦了半晌的頭髮，後頭站得腿痠了，他又搬來個小杌子坐著。

顧茵的頭髮長及腰際，擦乾頗費工夫。頭髮晾了快一個時辰，她在梳妝檯前也坐得腰膝痠軟，起身的時候因為腿麻，踉蹌了兩下。

顧野大驚失色，霍地從小杌子起了身，趕緊把她扶住。

顧茵看他板著張小臉，嚴肅得和平時判若兩人，忍不住笑道：「這是怎麼了？」

「娘也太不小心了。」顧野皺著眉頭一邊說，一邊一臉鄭重地把顧茵扶到了床榻前。

顧茵拿起床頭小几上的茶盞。「白日裡那馬球會真不錯，我走之前特地問了陸夫人，陸夫人說那馬球場平時也會開放給普通人，稍微給一點銀錢就能去裡頭玩，而且馬球、球棍那些都會提供。下次休沐，我帶你和武安一道去。」

顧野是按旬歇假，十日一休，和武安的五日一休能對得上。

顧野聞言，眼睛先是一亮，但後頭想了想又道：「不然還是讓叔帶我們去吧，娘在家裡好好歇歇。」

這可太奇怪了！顧茵一面喝著溫茶，一邊在心裡狐疑著。從前這小崽子可只有把武青意往外推的，怎麼如今關係真好到這分上了？竟把她這當娘的摒棄在外頭？

「畢竟……」顧野頓了半晌，最後才憋出來一句話。「畢竟娘快要生小寶寶了，得注意身子。」

顧茵一口茶水嗆在嗓子眼裡，驀地好一陣咳！

顧野連忙給她捋著後背順氣，老氣橫秋地道：「娘都要再當娘了，可不能這麼冒冒失失的了，又是站不穩、又是喝茶嗆到，怎麼讓人放心呢？」

顧茵順過了氣後，把茶盞擱回小几上，把他抱起來，好笑道：「什麼小寶寶？什麼又當娘？這都是哪裡聽來的？」

顧野被她抱到懷裡，卻不像平時那般坐穩，而是小胳膊小腿齊齊發力，扒拉著床沿站起了馬步，生怕壓到她的肚子。

「是我之前和別人打聽的。」顧野紅著臉解釋道：「他們說男人和女人單獨待在一處，就會有小寶寶。」

顧茵實在是忍不住笑，把他抱在懷裡掂了掂。「怎麼可能待在一處就有寶寶？人家是看你年紀小，許多話不方便和你說，所以只能說個大概，並不是你想的那樣。我和你叔才單獨出門玩了一日，哪裡來的小寶寶？」

顧野這才放鬆下來，趴在她懷裡沒再掙扎。

顧茵越想越好笑，原來這小崽子之前老是在她和武青意獨處的時候出來打岔，合著是聽信了那種話！

「所以娘和叔單獨待在一起，並不代表著就有小寶寶了。」顧野認真地分析著，又問道：「那到底怎樣才能有呢？」

也難怪他問的人會糊弄他，和六、七歲的孩子解釋這個，實在是臊人。顧茵頓了半晌，才道：「唔……起碼得睡在一處吧。」

顧野了解地點點頭。「那我就懂了。」

時辰不早，顧茵趕緊打發了這個好奇寶寶回自己屋裡睡覺去。

第二天顧茵起身，先去了食為天。

五樓的話劇已經演了好幾日，場場都是滿座。

當然，這不是說話劇一下子就替代了時下傳統戲劇在百姓心中的地位，而是食為天的這話劇院本就不大，而且是寬寬鬆鬆地放置著沙發椅，確保觀眾體驗的，所以一場只能容納幾十人。位置不多，加上《親緣記》的名聲加成，所以顯得熱鬧非常，其實觀眾的數量不過是戲園子裡的一個零頭。

當然了，顧茵這邊話劇的客戶群定位和整個食為天酒樓的客戶群是一致的，票就賣得比一般戲園子的票貴多了，一張就是一兩銀子，另外送一份冰糖山楂或者甜米糕這樣的零嘴。這樣富客可以隨時過來消遣，而家境普通一些的京城百姓，逢年過節時也捨得花這個銀錢，所以賺頭是豐厚的。

昨兒個和陸夫人她們相聚一場，顧茵從她們口中知道了好些個時下熱門的話本子，也聽她們說了大概故事。

今天趁著演員們中間休息的空檔，顧茵讓大家集中在後臺，詢問他們對新戲的想法。

從前戲園子排新戲，少說得半個月、一個月的，若精益求精一些，排上幾個月也是常有的事。

戲班子裡的也都是人，是人就會懈怠，更別說他們才初初轉行，所以顧茵還挺擔心他們會不樂意。然而，顧茵預想中的事沒發生，小鳳哥一口應承下來，其他人也都樂呵呵的，連楚曼容都沒有二話，開始設想新戲服、提要求了。

其實也不難理解，從前戲班的人在班主手下討飯吃，班主拿大頭，他們一群人分小頭。累死累活，賺的也抵不上班主一個零頭。

現在顧茵和他們分帳就公道多了，每個人的收入都比從前大幅增長。

尤其是話劇中的主要角色，顧茵設置了和三樓雅舍一樣的制度，觀眾可以購買酒樓裡十文錢一支的布花送給他們。別小看了這送禮物的收入，小鳳哥一場能收上百朵花，而楚曼容這女主角，比從前那個花旦強不少，異性觀眾緣格外好，一天也能收到幾十朵花。

收入一上來，人自然就不覺得辛苦了。

最後就定下了一個叫《雙狐記》的新本子，從名字就能知道故事走向，是一大一小兩隻狐狸精初入塵世的故事。

顧茵當天就讓人去書局打聽話本子的作者。書局的人一開始還不樂意，以為顧茵是想挖角，不肯吐露半個字。但去的是周掌櫃，他為人處世的本事沒話說，先和書局老闆攀上了交情，等到對方肯聽他好好說話了，再仔細解釋來意——他不是來挖角的，是來合作的。若這《雙狐記》改編的話劇賣座，那書局售賣的原作自然也會大賣，顯然是個雙贏的局面。

加上還有食為天的招牌做保證，書局老闆總算是鬆了口，透露了作者的消息。

當天中午，顧茵就見到了話本子的作者——一個姓蔣的中年書生。

透過書局的人，顧茵才知道這書生不止寫了《雙狐記》，前頭還寫了不少本子，都同樣不愁銷路。這要在現代，那就是個暢銷書作者，應是不差錢的主兒了。

但眼前的書生看著年近四十，卻是面黃肌瘦，身上的書生袍不僅洗得發白，還打著補丁，反正一看就過得很是困苦的模樣。

顧茵請周掌櫃先帶著蔣先生去樓下吃頓飯，而後讓人出去打聽了一番，才知道時下書生撰寫話本，一般都是直接賣給書局。

如蔣先生這樣寫的話本子曲折離奇，本身故事素質極高，且前頭還寫過其他暢銷話本的，一冊話本子能賣出幾十兩銀子。

但這蔣先生頗有傲氣，他不肯把自己寫的本子完全賣給書局，而算成和書局合作，每賣出一本，他就得一份銀錢。這種合作模式當然是可行的，在現代的話，蔣先生肯定比一口氣賣斷的掙得多。

但壞就壞在這個時代沒有什麼著作權的說法，相關律法並不完善，他名聲響亮之後，本子賣得好，轉頭就有人照著寫一模一樣的不算，還敢署和他差不多的筆名，讓一般人根本分辨不出來。

加上書局的人一般都會推自家買斷的本子，畢竟賣得越多，自家掙得越多，對蔣先生這樣執意只肯合作、不肯賣斷的，自然沒那麼熱絡。

所以蔣先生的筆名十分響亮，生活卻不盡如人意。

一番打聽清楚後，蔣先生在周掌櫃的招待下饜足地吃完了一頓大餐。

所謂吃人嘴軟，拿人手短，蔣先生沒有再以自己傲氣的一面示人，不卑不亢地詢問道：「不知道夫人尋我前來所為何事？」

顧茵便開門見山地提出想買他的話本子排成話劇，然後又請蔣先生看了下午場次的《親緣記》，讓他明白話劇是怎樣的東西。

看完那排演精良的話劇之後，蔣先生的態度就越發和善了，很願意和顧茵這邊合作。

兩個都是爽快人，顧茵趁著他去看話劇的工夫就讓人擬好了書契，書契上還是按著蔣先生的分成制，依照戲票收入來分成的。

當然，看蔣先生境況窘迫，顧茵另外設置了一個十兩銀子的保底，也就是說，就算戲票一張都賣不出去，或者因為其他原因導致話劇未能上演，蔣先生也能獲得這份收入，怎麼也夠應付半年嚼用。

這書契對比書局和他簽的優厚得太多了，蔣先生簽下之後，還包攬下了後續的劇本工作。

最後就是新戲的戲服，這次的戲服不能像《親緣記》那樣完全按著時下百姓的裝束直接購買，畢竟主角是妖精，還得專門訂做。

顧茵讓人把府裡的繡娘接到了酒樓，讓她們量了小鳳哥他們的尺寸，而後和她們解釋了一下自己要的效果。

繡娘們的本事同樣毋庸置疑，但難就難在話劇是前無古人的，顧茵想要的那種脫離朝代特色、和傳統戲服也完全不一樣的舞臺裝，同樣也沒有先例。

不像寫劇本的時候，顧茵能復刻個《雷雨》劇本給大家做示範，她的畫畫水平還不如武安呢！武安到現在還不會畫人，顧茵就更別提了，畫畫草圖還行，畫服飾顯然把她難住了。

後頭依舊是蔣先生幫了忙，他早年間是學過畫的，在寫戲本維持生活之前，就是在街邊賣字畫的。不過蔣先生也說了，他的畫畫水平也很一般，不然當年不會賣字畫都賺不到餬口的銀錢。

顧茵讓人弄來了筆墨紙硯，讓蔣先生儘管試試。

新戲的事項安排妥當，一、二樓的生意有周掌櫃看顧，三樓則由葛珠兒頂著。

顧茵又給自己告了一日的假，她隔天就要去城外看武青意為她贏回來的辣椒田了！

翌日清晨，顧茵和王氏打好招呼，就準備出發了。

王氏笑呵呵的，揮手讓她快去吧，都沒叮囑她一路平安、出城小心之類的話。

顧茵看著王氏笑就覺得怪怪的，出了主院沒多久，看到已經等在二門前，同樣整裝待發的武青意，她總算是明白過來。

「你今日又告假？」顧茵腳步輕快地上前，雖然心中歡喜，但還是道：「你不比我在自家酒樓，不好這樣連連告假的吧？」

武青意見了她，眼中同樣醞滿了笑意，一本正經地解釋道：「前天去馬球會是告假，今日不是，是我把休沐的日子和下屬換了。」

「那下次我再出城……」

「下次說不定我是正好病了，告病在家。」

「堂堂大將軍這麼懶懶！」顧茵抓住他的手指捏了捏。

兩人邊說話邊走到了英國公府大門口的影壁附近。

車夫給顧茵準備的馬車已經停穩，然而還不等他們跨出門去，又一輛華美氣派的馬車停下來了。

一個頭梳高髻、雍容華貴的中年婦人先下了來，而後是一個身穿紅裙的妙齡少女，最後則是陸夫人。

陸夫人在人前從來都是鮮活豪爽的性情，今日卻有些畏首畏尾的，一直低垂著頭。

那中年婦人說了她兩句「手腳慢騰騰，什麼都做不好」，陸夫人這才趕緊從馬車上下了來。

顧茵認出了陸夫人，也認出了那性子驕縱的陸小娘子，便猜著那領頭的中年婦人是陸家的老夫人了。她無奈地和武青意對視一眼，想著估摸是得晚些出門了。

陸家是京城富商，像陸夫人那房經營的綢緞莊，在陸家的生意裡都不算什麼。

不過到底只是商賈之家，這樣的人家想遞拜帖進國公府，一般是不可能的。

但既然陸夫人來了，顧茵就賣了她這個面子，讓人把他們都請了進來。

陸老夫人讓下人抬了好些個禮物，上來就說是來賠罪的。

陪侍一旁的陸夫人臊得面紅耳赤，整個人都不發一言。

顧茵不是愛計較的性子，而且確實之前那陸小娘子只逞了口舌之利，沒討到什麼便宜。

對方既然特地登門來致歉，這件事便算就此揭過。

招待她們坐了一、二刻鐘後，顧茵說自己還有事要辦，便送了她們出去，然後立刻和武青意坐上了自家馬車，奔著心心念念的辣椒田去了！

陸老夫人帶著兒媳婦和女兒，早顧茵和武青意兩人一步離開英國公府。

等確定離開了英國公府的地界，陸老夫人放下車簾，總算是呼出一口長氣。

端莊了半日的陸小娘子也鬆散下來，背靠著引枕嘟囔道：「那國公府好大的派頭，娘親自領著我們去，陪著笑臉各種賠不是，不過才容我們坐了兩刻鐘不到，還不肯收咱們的禮，怕就是看不上咱家呢！」

陸夫人便開口道：「妹妹這話說的，將軍和將軍夫人就不是那樣的人，他們應是真有事要辦。至於那些禮物，應也不是看不上，只是將軍夫人不收重禮罷了。」

陸家送過去的東西都十分名貴，但顧茵又不指著這個發財，收下了不知道要惹出什麼傳聞，所以就說自家不收重禮，都給退回了。

陸小娘子抱著胳膊，陰陽怪氣地諷刺道：「嫂子倒是了解人家呢！說起來，今日得這般大費周章，還是多虧了嫂子呢！」

陸夫人有苦難言。顧茵和她們這些雅舍女客都興味相投，先認識了、相交了，後頭才知道了彼此的身分。顧茵真正是平易近人的性情，從未和她們擺過架子，一群人一道玩到現在，從沒鬧過紅臉，發生矛盾。

馬球會是陸老夫人讓她辦的，和她說可以招待一些朋友，顯得熱鬧。

前頭陸小娘子說不去，陸夫人便把交好的朋友都請過來了。

馬球會當日她和顧茵解釋說是陸小娘子臨時起意要去的，其實陸小娘子根本沒知會她這嫂子，當天逕自帶著人就過去了！陸夫人實在沒面子，卻也不好在人前說小姑子的壞話。

誰會想到小姑子好端端地會去惹顧茵和武青意？到頭來，竟成了自己的不是。

陸夫人無從解釋，只能苦笑。

陸老夫人看了陸小娘子一眼，讓她止住了話頭，又開口道：「不好怪妳嫂子的，本就是妳這丫頭讓我驕縱壞了，冒犯了人家。」

陸老太爺走得早，陸老夫人青年守寡，帶大了幾個兒女不算，還保住了陸家的家業。她在陸家地位極高，說一不二。

陸小娘子是遺腹子，雖平時最得寵愛，但聽她娘發了話，也就不敢再說話去刺陸夫人。

後頭回了陸家，陸老夫人讓陸夫人回屋安置，不用伺候，只把陸小娘子帶到了自己屋裡。

屏退了所有下人後，陸小娘子靠在陸老夫人懷裡撒嬌。「娘如今是不疼我了！」

在外頭驕縱無比、目中無人的陸小娘子趴伏在母親的懷裡，像一隻乖順的貓。

陸老夫人愛憐地摸著她的頭髮。「都多大的人了，還說這般孩子氣的話。我自然是最疼沅琪了。」

陸沅琪嘟著嘴道：「那娘怎麼不讓我說嫂子？本就是嫂子惹出來的事，請了那樣身分的客人卻又不事先相告，害得女兒沒討著什麼好不說，今兒個還得巴巴地上門去致歉！要女兒說，說不定就是嫂子故意這般，讓女兒在人前丟醜呢！」

「她沒這份心計。」陸老夫人拿串菩提子在手裡慢慢轉動。「妳嫂子雖是遠嫁而來，但娘家那邊的情況我是都打聽清楚的，家裡人丁比咱家還簡單，那種環境養出來的女兒，沒有這種心計。再說，她嫁進咱家也有年頭了，真要是包藏禍心的，早就該露出馬腳了。退萬步說，她設計妳這小姑子丟醜，她這當嫂子的能落到什麼好？」

陸沅琪還是不大樂意。

陸老夫人又接著道：「不過之前確實是我小看了她，沒想到她不聲不響的，竟認識了那般人物，往後妳得對妳嫂子敬重一些。」

陸沅琪氣呼呼地道：「也不知道嫂子是走了哪門子的運道！」轉頭她又拉著陸老夫人的手晃了晃。「娘，新朝不少人家都改換了門庭，那英國公府從前也不過是鄉下泥腿子，如今卻是高高在上，不可一世。咱們這樣幾代人積累的巨富之家，反而要屈居在這樣的人家之下。」這要是從前，年紀輕輕的陸沅琪是想不到這些的。可今日她一道去了巍峨雄奇的英國公府，才知道勛貴人家是這般的花團錦簇。

當然，那樣的宅子陸家是買得起的，只是時下的商人地位不算低賤，但許多規制的東西商人卻不能用。

前頭在馬球場的時候，陸沅琪還在心裡笑話顧茵和武青意穿著普通，看著就知道不是什麼好出身的。如今才知道，人家那是不顯山、不露水，反倒是她，才是那個身分低微的！

順風順水了十幾年長到如今，陸沅琪如何能接受這種心裡的落差？所以才會把一腔怨氣都怪罪到她嫂子頭上。

陸老夫人沒吱聲，兀自沈思。

她孕有二子一女，大的那個成家了數年，還沒開枝散葉。這些年她塞了不少妾室、通房給大兒子，那些女子同樣沒有開懷，雖不想承認，但陸老夫人心裡清楚，問題多半是出在大兒子身上了；然後就是比陸沅琪大了一歲的小兒子，那是個沒定性的，給他說了好幾門好親事，他都挑三揀四不滿意，像隻沒有腳的雀仔。

府裡另還有些庶子、庶女，這些年在她手裡討生活還算規矩，但也有幾個不老實的，盤算著要走科舉的路子。若真讓庶子熬出了頭，她和兒女往後都要在庶子女手下討生活了。

女兒雖然驕縱，但話說的不錯。新朝新氣象，沒得還只安於當一個富商之家，得想法子往上爬一爬。至於如何往上爬？陸老夫人看著女兒如花朵般嬌滴滴的臉龐，笑著問道：「我們沅淇長大了，再有幾個月就是妳十七歲的生辰了，親事也該相看起來了。」

陸沅琪羞澀地垂下眼睛，她並不愚笨，前後一連貫，就知道她娘把她的話聽進去了，要給她尋摸一門好親事呢！

當天晚些時候，陸老夫人使人請了京城享譽盛名的冰人來。

那冰人知道陸家富貴，若說成這門親事，少不得能得個成百上千兩的紅封，因此格外殷勤，進屋就笑道：「您家小姐閉月羞花，知書達禮，不知道有多少青年才俊眼巴巴地盼著小姐說親呢！這消息只要一放出，回頭提親的人家怕是要把您家門檻都踏下去三分嘍！」

陸老夫人先讓人封了一個小紅封遞上，然後直接提出了自己的要求。

那冰人聽得直咂舌！這陸家竟想著把陸家姑娘許給高門大戶，而且還得是家裡有二品以上在朝官員的文官家，或者是入流的勛貴之家！

到手的紅封頓時變得燙手無比，那冰人遲遲沒有言語。

陸老夫人當然知道自己的要求有些強人所難了，那些人家一般來說怎麼可能娶一個商戶女做正室呢？所以陸老夫人又接著道：「小女是我的掌上明珠，這嫁妝方面自然是會按著豐厚來的。我們府裡女孩出嫁，公中都會給萬兩嫁妝。」

冰人聽到此處，眼睛一亮。

陸老夫人又接著道：「當然了，這是公中的，小女作為陸家唯一的嫡女，我另外還會貼補一些，至於怎麼個貼補，當然還得看對方的條件，總歸是不會比公中那份薄的。還有其他的，妳想必也懂。」

陸老夫人的意思，就是陸沅琪出嫁，起碼有四萬兩現銀做嫁妝！

至於她口中的「其他的」，則是他們這樣的人家嫁女兒，給現銀壓箱底只是一方面，另還會給置辦田地、鋪子的產業，那些才是會生金蛋的雞，能保證後半輩子吃喝不愁的！

京中高門大戶的嫡女楚家也就萬八千兩嫁妝，陸老夫人給女兒籌備的嫁妝，絕對算是在京中排得上號的了。

高門顯貴看著光鮮，內裡一筆糊塗帳的不在少數，有了這份豐厚的嫁妝做資本，陸家想把女兒高嫁，就從不可能變成了可能。

冰人一面笑著點頭，一面將那紅封往懷裡一揣，應下了這份差事！

中午之前，顧茵和武青意總算是尋到了書契上的辣椒田。

那田地並不在村子裡，居然是在山裡。

得虧武青意行軍打仗多年，認路尋路的本事高超，這要是讓顧茵一個人過來，不知道得走多少冤枉路。

劉家算是爽快人，送出辣椒田的當天已經使人來說過這件事。

所以顧茵尋到那處後，拿出書契，管事的很是客氣，並沒有什麼不情願的，立刻帶著他們去看田地。

辣椒剛播種下去沒多久，顧茵大概看了下，長勢喜人。這方面她其實也不大懂，就沒多言語什麼。

田地的歸屬權確認得很快，剩下的就是侍弄田地的農人了。若這些農人是佃戶，那麼顧茵想留下他們還好說，若是劉家的下人，那他們自己也沒有權利決定去留。

顧茵客客氣氣地把管事請到一邊，正要出聲詢問，突然間，一個灰頭土臉的中年人跑了

出來。他形容狼狽、狀若癲狂地喊道──

「天理不公！天理不公啊！」然後就一屁股坐在田埂上嚎啕大哭了起來，竟好似遭遇了天大的冤屈，受了莫大的委屈一般。

武青意見了便立刻上前一步，將顧茵擋在了身後。

管事面色不豫，轉頭使人來把那哭鬧不止的人拉走，一邊拱手致歉，解釋道：「這山中的田地是家裡老太爺在世時開墾的，負責的人手都是家中下人，只這位楊先生，是老太爺從外頭聘的。這楊先生是個『農癡』，讓您二位見笑了。」

管事說話的時候，幾個農人來架那楊先生，但楊先生到底是聘請過來的，並不是劉家的下人，所以他們也不敢用強，真把人給弄傷了。

楊先生藉著他們的手起了身，卻沒下去，反而踉蹌著上前道：「我通讀《氾勝之書》、《齊民要術》，醉心此道半生……民以食為天，食以農為本，我是『農癡』怎麼了？怎麼了？丟人嗎？一點都不丟人！」

管事越發頭疼了。

顧茵反而眼睛一亮，輕輕推了武青意一下。

武青意從她身前讓開，顧茵上前詢問道：「楊先生莫急，有話好好說。你方才說『天理不公』，是發生了何事？」

楊先生看她態度不錯，就嘟囔道：「劉老太爺在世時和我說得好好的，說明這辣椒種植成功後，還會搜羅別的新奇東西讓我種。現在才幾年啊，老爺子壽終正寢，劉家這些人就不認他說的話不算，還輕而易舉地就把我這些辣椒田送出去了……人走茶涼、人走茶涼啊！」

管事板著臉插話道：「楊先生慎言！劉家家風清正，子孫孝悌，怎麼可能老太爺一走就翻臉不認人？你可拿得出當年和老太爺簽訂的字據憑證？」

楊先生面色赧然道：「老太爺縱橫商場多年，一言九鼎，是重諾之人。我相信他，自然就沒立什麼字據。」

管事又問：「那這些田地，老太爺請了先生來侍弄，可說過種成之後，要把這些田地送給你？」

「那……那也沒有。」

管事攏著袖子道：「那不就成了？楊先生只是來給劉家做工的，這些年劉家不曾虧待你，每個月的工錢都按時發放。田地既然歸屬劉家，那就是劉家的人說了算。眼下田地易主，家中還出了一筆辛苦費給先生。先生拿著這筆銀錢，做些小買賣也好，另尋一份差事也好，總是不難的，何必一直在此處歪纏呢？」

這話已不是管事第一次說，但這楊先生就像聽不懂人話似的，一味說著劉老太爺在世時不是這樣說的，卻又拿不出什麼憑據，反正就是不願意劉家把辣椒田送人！

「我要是想要銀子，我去做什麼不成，偏要來幫你家種這番椒？」楊先生又一屁股坐下了，絮叨起來。

「前頭人家來請我去養花，一個月開出十兩銀子的工錢我都沒去……」眼看著再下去要掰扯不清，說不定得鬧到官府去，劉家這樣的人家自然不怕事，就是怕楊先生口無遮攔的，壞了劉家的名聲，管事實在頭疼不已。

顧茵突然開口道：「楊先生可否聽我一言？」

楊先生停住了嘴，狐疑道：「方才我就覺得妳面生了，妳應不是劉家的人。」

顧茵就解釋說自己是這些辣椒田的新主人。

「好啊就是妳！」楊先生這次沒要人扶，一躍而起，哆嗦著手指指著她。

顧茵還當他要罵人呢，沒承想楊先生指了她好半晌，最後只是委屈巴巴地道：「妳一定要好好對它們啊！它們都是外鄉來的，在這裡扎根不容易。這些田地是我好不容易侍弄好的，就適合種番椒，不適合種別的，妳要是非種別的，也得等這批播種下去的長成了……」他說起悉心栽培的辣椒，竟好似在托孤一般。

管事的臉黑如鍋底，腹誹道：也不知道老太爺怎麼就招了這麼個瘋子來！

顧茵做了個「請」的手勢，將楊先生請到一邊。

管事想著自己都勸服不了楊先生，眼前的小娘子不過二十出頭的模樣，自然更沒這個本事。但好在這小娘子的夫君看著身形魁梧，是有把子力氣的，若是他們商量不成鬧起來，由這小娘子的夫君出馬把楊先生趕走，這樣就壞不了劉家的名聲了。

管事兀自盤算著，半刻鐘後，卻看楊先生臉上帶笑回來了。

他興沖沖地跑到管事面前，一把攥住管事的手，一迭連聲地道：「我誤會你家了，你家真是好人，全家都是好人！」

管事還不明所以，楊先生又興沖沖地跑走了。

顧茵也過來了，同他解釋道：「我和楊先生都商量妥當了，從前他給劉家做工，往後就給我做工。只是換了東家，其他劉老太爺答應的條件都不變，所以楊先生一口答應了。」

管事驚訝道：「我們老太爺答應的條件……」然後他又猛地頓住，尷尬地賠笑道：「我是說，楊先生說的老太爺答應的條件，可不只是讓他主管這些田地，還有尋摸新奇玩意給他栽種呢！」

主管田地這事不算什麼，那楊先生確實有本事能把田地侍弄好。但尋摸新奇玩意栽種，可是費錢又費時間的活計，為了這些番椒，劉家花費了好幾年工夫不算，還填進去千兩銀子呢！劉家人也不是傻子，好不容易到了番椒成熟的時候，雖賺頭不多，但第一個想的肯定還是把這還育成功的番椒賣回本錢。

但這番椒前腳種成，後腳楊先生就說要種新東西了！

這次種番椒，算運道不錯，三五年就折騰出來了，再種新東西，豈不是等於前頭的成本還沒收回，又要填銀子進去？

劉家這才想趕緊把這些田地脫手，乘機也把楊先生這大麻煩甩了。

顧茵但笑不語。「我都知道的，和楊先生都說好了。」

管事狐疑地看著她。

劉家人把田地送出去後，曾打聽了一下顧茵和武青意的來歷。前頭陸夫人她們能打探到顧茵的身分，那是顧茵看陸夫人等人人品很好，真心和她們相交，沒有選擇瞞著她們。劉家這樣和她無甚關係的，想往深一層打聽，就難了許多。加上他們也和那陸小娘子一般，沒往深一層想，只隨意打聽了一番，所以只知顧茵是食為天的東家。

這食為天酒樓的生意確實好，鼓搗了不少新東西，但也才開業一年，竟也有這資本？

不過結果是自己想要的，那管事也不再多言。

後頭顧茵問起之前收成的辣椒，管事就把他們帶到一個糧倉去。

那地方說是糧倉，其實也就是幾間茅草屋。

辣椒是去年年末種成的，才收穫了一次，一大半已經讓劉家賣了出去，還剩下一間庫房的乾辣椒。那些辣椒經過曬乾脫水，顏色比新鮮辣椒深了好幾個色號，但都嬌豔豔、紅彤彤的，比海外那些長途運送過來的看著好上許多！

「這些番椒……」

顧茵問起來，管事就道：「這幾間屋子也在書契之上，所以裡頭的東西也一併歸於您，全看您怎麼處理了。」

一庫房的辣椒，少說得值百兩銀子。不過劉家同樣是幾代積累的巨富之家，幾十畝辣椒田都送出去了，自然不會再吝惜這些。

顧茵又道了一聲謝，後頭和管事交割清楚，又寫了份字據，管家就帶著那幾個農夫離開了。

等到管事一走，顧茵臉上的笑容才完全綻放。

武青意面上沒什麼表情的，見她笑起來，神情也跟著一鬆，拉起她的手問：「得了番椒就這樣高興？」

回想去歲顧茵和王氏剛到京城的時候，王氏領著她去查看英國公府的庫房。裡頭堆了那麼些金銀珠寶、名畫古玩、綾羅綢緞，王氏看著笑得合不攏嘴，當時顧茵也跟著高興，但和現在的反應相比，當時她絕對稱得上是反應平平了。早知道這些能讓她高興，那會子開國封賞，他就不該要那些俗物了，不過那會子他也沒想到會有後來的事。

「不是因為番椒。」顧茵笑著解釋道：「是因為楊先生啊！」比起辣椒，當然是楊先生這樣的農業人才更寶貴啊！偏劉家不識寶，只把楊先生當成大麻煩！

那劉老太爺真是個人物，當年能把楊先生收歸麾下，絕對是準備做大事的，只是對外說自己喜食辛辣，只讓楊先生過來種植番椒。真要是只為了番椒，他能答應楊先生往後一直提供新東西給他種？顯然是要進軍飲食界的。

可惜劉家子孫完全沒摸準他老人家的心思，反倒是讓她這後來者撿了漏！

沒有別人在場，顧茵當下就把自己猜的說給武青意聽。

後頭顧茵又去了一趟水雲村，說自己新得了一些田地，就在附近的山腳下，要尋人去侍弄。

她前頭放出來的田地，租子都比平常低了二成，來收山貨的時候同樣是價格公道，村民們早就念著她的好。

加上此行是武青意陪著前來的，傷兵們雖是得了正元帝的旨意安頓在這裡的，不知道這主意是武青意出的，但不提這個，他們都對他信服無比，中間有不少人前頭受過英國公府的救濟，更是滿懷感激。

尤其衛三娘家那個坐輪椅的男人，見了他再過來，差點又要掙扎著下地給他磕頭，讓武青意給攔住了。

眾人爭相做這份活計，一個比一個要的工錢低，甚至還有如衛三娘家的男人那樣，說不要工錢的。

場面熱鬧壞了，眼看著都要內鬨了，最後顧茵出聲，說並不要他們白辛勞一場，還是給了公道的價格。

傷兵們還是看著武青意。

武青意便道：「這些事都是夫人作主，她的意思就是我的意思。」

眾人這才應下來，紛紛同他們致謝。

顧茵選好了人，給他們說清了地方，便讓他們去和楊先生對接。

傍晚時分，顧茵和武青意乘坐馬車回到了城內。

忙碌了一整日，照理說這會兒顧茵該是疲累的，但她今日卻是十分的亢奮。她沒讓車夫直接把馬車趕回英國公府，而是先去食為天把自己放下，再讓車夫把武青意送回去。

到了食為天後，顧茵趕緊喊來周掌櫃、葛珠兒和衛三娘，連同後廚兩個大廚，召開了一個臨時的管理層會議，商量起自己的計劃。

一倉庫的辣椒啊！而且後頭還有收成，這要是不弄出些特別的東西來，都對不起它們！

顧茵的計劃，就是辦一場辣味宴，就像後世的美食節一樣，確定一個主題後，圍繞這個主題，做出許多不同的美味吃食。

這概念一解釋完，眾人都沒有不同意的。

尤其是周掌櫃和兩位大廚，自從天氣轉暖，火鍋和烤肉的熱度下去後，一、二樓的生意就下降了不少，且還有日漸下滑的趨勢。

反倒是葛珠兒和衛三娘管著的三樓雅舍，生意自從開業到現在一路走高，加上五樓現在有了個小話劇場，女客們消遣的娛樂又多了一項，更喜歡拖家帶口的在食為天消磨時光了。

有人的地方就有競爭，雖說顧茵這東家從沒苛責他們，但他們三人當然不甘心就這樣被比下去。

這種良性競爭，顧茵還是樂於見到的，所以當即她就擬了一份菜單，讓周掌櫃和兩位廚子帶回去參詳參詳，若有其他想法也可以再提。

再就是寫告示、畫傳單了。

周掌櫃寫慣了告示的，立刻就寫了出來，寫明十天後，食為天將舉辦一場辣味美食節！傳單則還需要等確定菜單後再畫。這步驟也不需要外包，家裡武安是這上頭的熟手了。

等到這些都弄完，外頭天色已完全暗了下來，酒樓的晚市也開了。

顧茵讓眾人先去忙，她則該回家了。

然而出了食為天走到街口，顧茵才發現自家馬車居然還在原處！太白街熙熙攘攘，能停馬車的只有街口的空地，若車夫駕著馬車回府後又回來，自然不會還在那個位置。

顧茵立即小跑著上前，撩開車簾，果然看到了等在裡頭的武青意。

他陪著她奔波了一整日，同樣累得不輕，此時他抱著雙臂靠在條枕上，呼吸均勻地睡著了。

顧茵看了車夫一眼，車夫朝著她拱拱手求饒，表示自己勸過武青意了，是武青意吩咐這般的。

他們雖然沒有言語，但武青意警醒慣了，察覺到身邊有響動，他立刻睜開了眼。待看清馬車前站的是顧茵，他整個人才放鬆下來，朝著她伸手。

顧茵立刻回握過去，被他拉上了馬車。

「累壞了吧？快睡會兒。」他的嗓音帶著滿滿的睏倦，說完又閉上了眼，將顧茵攬在懷裡，像哄孩子似地輕拍著她的背。

顧茵靠在他懷裡，心頭又柔軟、又酸脹……

——未完，待續，請看文創風1024《媳婦好粥到》5（完）

2021年11月出版

孤女當自強

文創風 1010～1011

靠著重生優勢，要扭轉命運對她來說根本小菜一碟！
可是、可是她從沒想過，
命運既然能再給她機會，也能給別人機會啊！
唉，上一世活得辛苦，這一世怎麼也得披荊斬棘呢……

命運交織，甜中帶澀，細品好滋味／盧小酒

雲裳本是天之驕女，父母亡故後，獨力撐起影石族的興榮。
誰知族內長老欺她年幼，想奪取族長之位，
孤立無援的她，誤信奸人，最後慘遭背叛，更連累族人。
含恨自盡前，雲裳多希望這些年的苦難都只是一場惡夢——
沒想到，上天真給了她一次重來的機會！
這一世雲裳先下手為強，把圖謀不軌的人收拾得服服貼貼。
她唯一沒把握的，就是她爹娘早早為她定好的夫婿人選，顧悶。
眼下她是影石城呼風喚雨的少族長，而他只是身分低微的屠夫，
怎麼看兩個人都不相配，
然而只有她知道，將來顧悶可是權傾朝野，一人之下。
不管怎樣，她都要牢牢抓住顧悶的心，並助他一臂之力！
可人算不如天算，拔了這根刺，卻又冒出另一根，
更離奇的是，原來，重活一世的人不只她一個人！
事情發展逐漸脫離雲裳所知道的軌跡，一發不可收拾——

2021年11月出版

傻白甜妻硬起來

文創風 1008～1009

所謂贈君荷包，以表心意，
既然他都收下她親手做的荷包了，豈有退回的道理？
何況全天下都知她如今是他未過門的妻子，她今生是非他不嫁的，
所以，他只有一個選擇——好好跟著神醫解毒，早些回來！
如若不幸毒發身亡了，那黃泉路上有她相伴，他也不虧……

山無陵，天地合，始敢與君絕／蘇沐梵

蕭灼反覆作著一個夢，夢中的她已婚，夫君和側室聯手利用完她並害死她，
就連伺候她多年的一個貼身丫鬟也冷冷看著她遇害，顯然是一丘之貉，
雖然夢境逼真到令她害怕，但她一再說服自己，那只是個夢罷了，
何況夢中的側室還是從小到大都很疼愛她的庶姊，怎可能這麼對她？
然而，現實中發生的一些事卻漸漸與夢境吻合了，原來庶姊確實包藏禍心！
明眼人都看得出來府中二夫人及其所出的這位庶姊假仁假義，對她沒有真心，
偏偏就她自己傻，對庶姊言聽計從，去年母親意外過世後更是依賴對方，
結果堂堂安陽侯嫡女的她，因性子軟綿，被庶姊母女迫害仍不自知，
幸好，許是母親在天之靈保佑她，讓她作了那個預知夢，如今徹底清醒過來，
從今往後，她再不會糊塗過日，她要硬起來，救自己免於淒涼又短命的一生！

2021年11月出版

寧富天下

文創風 1005～1007

人處於下風，想飛，自然得借勢。
她如今一無所有，能被當棋子是件好事！

金無足赤，人無完人，情卻有天作之合／鶴鳴

面對養父母一家的真摯親情，陳寧寧甩開原身的自私念頭，
拿出自小戴在身上的玉珮典當，解除家中的燃眉之急。
無奈禍不單行，當鋪掌櫃見她家可欺，便構陷她偷竊要強佔寶玉，
她只得衝向街上行軍隊伍的鐵騎前，以命相搏。
所幸為首的黑袍小軍爺明察秋毫，為她解了圍，還重金買下她的玉。
手頭有了足夠的銀兩，家中的困難可說是迎刃而解，
不過她仍是讓家人低調行事，畢竟家裡遭遇的災禍，並非偶然，
而是秀才哥哥先前仗義執言，惹了上頭的腐敗官員所致。
可如今從她躲在家種菜養魚，到她買下一座破敗山莊開始發展，
遇上的難題都會默默化解，彷彿她家從未遭受過打壓。
這讓她總覺得被人盯著，也不知想圖謀什麼，心裡不安穩。
直到那黑袍小將找上門，拿著一種解毒草的種子問她能否培育出來，
她頓時明白是誰在暗處幫忙，因為種藥草的手藝她並未外傳。
「軍爺是我家的救命恩人，為解令兄之毒，我自當全力以赴。」
人情債難還，如今這要求於她來說不過舉手之勞，何樂而不為呢？

2021年10月出版

扶瑤直上

文創風 1003～1004

既然從現代回到古代，那可不能浪費腦中的知識！
沒有手機、看不到電視、上不了網都無所謂，
智慧深植於骨子裡，她要勇往直前，翻轉世人對女子的印象……

俏皮文風描繪達人／若涵

要說有什麼比「穿越」這件事更令人匪夷所思的，
那肯定是她原本就是個道地的古代人，
只是靈魂不知怎麼的跑到現代，
還害別人在丞相府默默代替她活了十六年吧……
不過夏瑤向來想得開，就算一睜眼即是洞房花燭夜，
她也能「從容就義」、「視死如歸」……
等等，這位新郎官長得會不會太帥了一點啊？!
行行行，既然老天賜了個讓人看了就流口水的丈夫，
那她就「勉為其難」地待在這副身體裡不走，
努力宣揚新時代女性自立自強的思想，
當個「驚世駭俗」的超猛人妻！

文創風
1023

媳婦好粥到 4

國家圖書館出版品預行編目資料

媳婦好粥到 / 踏枝著. --
初版. -- 臺北市 : 狗屋出版社有限公司, 2021.12
冊 ; 公分. --（文創風 ; 1020-1024）
ISBN 978-986-509-281-8（第4冊 : 平裝）. --

857.7 110018443

著作者	踏枝
編輯	黃淑珍
校對	吳帛奕
發行所	狗屋出版社有限公司
地址	台北市104中山區龍江路71巷15號1樓
電話	02-2776-5889～0
發行字號	局版台業字845號
法律顧問	蕭雄淋律師
總經銷	知遠文化事業有限公司
電話	02-2664-8800
初版	2022年1月
國際書碼	ISBN-13　978-986-509-281-8

本著作物由北京晉江原創網絡科技有限公司授權出版

定價280元
狗屋劃撥帳號：19001626
網址：love.doghouse.com.tw　E-mail：love@doghouse.com.tw